U0854719

异度侠科幻
探案笔记
Ⅰ

异度侠 著

灭顶之城

The Dangerous City

北京理工大学出版社
BEIJING INSTITUTE OF TECHNOLOGY PRESS

图书在版编目(CIP)数据

灭顶之城/异度侠著. —北京：北京理工大学出版社，2016.7
(异度侠科幻探案笔记)
ISBN 978－7－5682－2413－0

Ⅰ.①灭…　Ⅱ.①异…　Ⅲ.①科学幻想小说－中国－当代　Ⅳ.①I247.5

中国版本图书馆CIP数据核字(2016)第123684号

出版发行/北京理工大学出版社有限责任公司
社　　址/北京市海淀区中关村南大街5号
邮　　编/100081
电　　话/(010)68914775(总编室)
(010)82562903(教材售后服务热线)
(010)68948351(其他图书服务热线)
网　　址/http://www.bitpress.com.cn
经　　销/全国各地新华书店
印　　刷/北京欣睿虹彩印刷有限公司
开　　本/710毫米×1000毫米　1/16
印　　张/15.5
字　　数/214千字
版　　次/2016年7月第1版　2016年7月第1次印刷
定　　价/33.00元

责任编辑/高　坤
文案编辑/高　坤
责任校对/孟祥敬
责任印制/马振武

楔　子

一个人在这个世界上出现，都会带着他自己独特的使命。我不是一个宿命论者，我相信科学的力量，也相信在不远的将来人类可以飞出太阳系，在浩瀚的宇宙中自由翱翔。但无论科技如何发展，对于单个生命体来说，我依然坚信，每一个人都不会无缘无故地来，也不会无缘无故地去。而对于我来说，发现，将会是伴随我整个生命的主题。

我姓异，叫异度侠。这个姓氏很怪，百家姓中好像没有收录，也无从考证姓氏的来源，至于“度侠”这个名字，却完全是我祖母的馈赠。

据说在我还没有出娘胎的时候，她老人家就已经为我取好了这个名字。她是一个灵媒，用现在的说法，就是一个宣扬封建迷信的巫婆，但这是我们老祖宗在科学认知尚不发达的情况下，与宇宙沟通的最原始方式。如果我们不戴有色眼镜，客观公正地去看待的话，或者会有不一样的看法。更何况，相比于宇宙大爆炸和生命起源的假说，这实在没有丝毫的玄妙之处。

关于祖母的经历，我想完全可以写一部离奇怪诞的大书，但她老人家一直守口如瓶，极少向别人说起，这段经历也随着她的寿终正寝一起深埋地下。对于像我这样拥有旺盛好奇心的人来说，这不能不说是一个巨大的损失。

我的童年经历实在算不上快乐，从小体弱多病，一直被一些不可名状的神秘力量纠缠，这让我在小小年纪就患上了神经衰弱的毛病。要不是我祖母守在身边，并与“它们”做着殊死搏斗，可能我根本活不到现在——直到很多年后的某一天，我才突然明白了这些神秘力量的来源。

随着我年龄的增长，祖母的身体日渐衰老，她用以保护我的力量也在慢慢减弱。终于有一天，当这股力量再次来袭，并将我囚禁到一个不知道是什么所在的空间里后，我的生命轨迹被扭转了。

那一次，我昏迷了三天三夜，再次睁开眼睛时，自己已经躺在了少林寺的大雄宝殿上，几位老僧人正围着我念诵一段我根本听不懂的经文。

那一年，我只有六岁。

从此，我便作为一名少林俗家弟子，开始了为期六年的寺庙生涯。在这六年的枯燥时光里，我从一个矮小瘦弱的孩童成长为一个身强体壮的半大小伙。

可惜的是，这段经历并没有让我变成一名虔诚的佛教徒，我仍然是一个六根不净的俗人。我跟寺院里的一个小沙弥——虽然他正式受过法戒，但因为来得比我晚，便理所当然地成为了我的师弟——成了寺里的两大公害，我们会去偷功德箱里的香火钱买零食，会把一泡尿撒在佛祖脚下表示对枯燥生活的不满，还会把香灰偷出来掺进面食里搞恶作剧。

当然，这个跟我一起胡闹的小和尚值得提一下。他法名一空，这个名字没多少人知道，但是另外一个名号却在后来变得如雷贯耳，这个名号叫作“铁和尚”。

他是一个拥有超能力的奇人，若干年之后，他和与他齐名的另外几位性情古怪的朋友，组成了中国迄今为止最奇特的一个强大联盟，他们共同隶属于一个神秘组织，我管这个组织叫作 X 机构。

关于他们的经历，将来有机会，我想有必要好好讲述一番。

六年后的一天，我被老方丈叫到了禅房，我以为他是要给我剃度，像我的小师弟一样，在头顶上点上九个戒疤，一生一世守在佛祖座下伺候香火。但出乎意料的是，我见到了六年没有见过的父亲。老方丈告诉我，他答应我祖母的六年期限已满，我可以离开寺庙，跟父亲回家了。

直到这时候我才知道，这一切都是祖母的安排。我很想当面问问她原因，可当我跟着父亲赶到家的那一天，正是我祖母出殡的日子，这个秘密也随她一起深埋地下，我至今不得而知。

自那以后，我终于过回了正常人的生活，那股神秘力量也没有再来光顾我，好像从始至终，它们就从来都没有出现过。这段平静的时光一直维持了八年，直到我上了大学。

大二那年，我喜欢上一个女孩——一个漂亮到极点的女生，我不折不扣地迷上了她，然后费了吃奶的力气终于成了她身边永远拍不死的小强。正当我憧憬着我们双宿双飞的美好未来时，噩运却悄然降临，一场如同瘟疫一样的死神事件在全国数十所高校蔓延，一些女生被选定在指定的日期走向死亡。很不幸，我的女神也成了其中一员。哦，对了，后来有一位小说家把这次事件写成了一本悬疑小说，那个人的名字好像叫蔡骏。

后来的情节就比较老套了，一个穷屌丝，为了挽救自己的女神，战胜了内心的恐惧，义无反顾地冲进了死亡漩涡，经过一番殊死搏斗后，终于将女神从死神手里抢了回来。但现实却并未像网络段子一样发展，女神依然是女神，穷屌丝依然是穷屌丝，女神确实走下了神坛，也确实跟这个穷屌丝腻歪了一阵子，然后就乘风破浪留学而去，连挥一挥手的意思都没有。

于是穷屌丝十分绝望，并因此得了抑郁症，数次自杀未果后，终于大彻大悟，用辍学的壮举表达自己改变的决心，离开了那个令他伤心绝望的地方。

再后来，这个穷屌丝凭借着不屈不挠的作死精神和不可遏制的好奇心，在一个个谜团中横冲直撞，慢慢崭露头角，在解决神秘事件领域取得了一些小成就。后来便有了这些看起来近乎怪力乱神的故事。

谜，是令人感到恐惧的字眼，解谜也一样。但我们又不得不承认，人类所生存的世界其实就是由大大小小的谜团纠缠在一起的矛盾体。当我们的认知还不足以解开人类和宇宙的所有秘密时，这些谜团就成了我们管中窥豹的一条线索。

对于解谜，我一直乐在其中，你们呢？

目　录

第一章

尸斑疑云

一

那是一个阳光明媚的早上。我有睡懒觉的毛病，一般情况下，上午十点之前我是很难睁开眼睛的。梦魔紧紧攥着我的嗜睡神经，丝毫也没有放松的意思。

可是那个早晨却是个意外，因为电话铃在毫不留情地丁铃铃乱响，无休无止。在我第八次朦朦胧胧按断电话后，终于忍无可忍地接了起来，向对方大声咆哮：“诈尸吗？三更半夜打电话！”

电话里传出一个女人的声音，很惊讶地愣了一会才说：“呃！对不起，我以为现在您应该起床了！”

我没好气地说：“现在几点？”

“北京时间上午九点半！”

我脑子稍微清醒了一下，声音不再那么粗暴：“哦！你有什么事吗？”

“请问您是异度侠先生吗？”在得到肯定的答复后，她好像不相信我的话，又用同样的语调问了一遍。此时我已经完全清醒了，于是很绅士地做出更加肯定的答复。

“我是S市的刑警，我们遇到了一件案子，很棘手，所以想请您帮忙。”

“刑事案件？杀人案？现场什么情况？”

她很为难地说：“对不起，异先生，这事很特别，可以说很诡异，如果您方便的话最好能过来看看。”

我暗笑两声，心想如果我说不方便，不知道她将做何回答！

二

坐上飞机两个小时后，我已经站在了S市机场门口。

前来接机的是一个身穿警察制服的年轻女子，身材高挑，统一的警服难以掩饰她诱人的身材，肤色略黑却光滑如脂，在黑暗中发出明亮的光来，如同绸缎一样。她的眸子不大，却很有神采，薄唇微微上扬——个性应该比较高傲。整体来看，是一个看了就让人心动的女人，年纪二十出头的样子。正是她给我打的电话，她名叫白枫。

也许是为我接风，她先陪我去了一家装修高档的饭店吃午饭。席间只是和我聊一些工作以外的话题，对案件却只字不提——也许她感觉在吃饭的时候谈论死人有些大煞风景。吃完饭后就带我到了警察局，白枫先把我带进了休息室，笑着说："打扰异先生的休息时间真不好意思，您先补个回笼觉，待会儿我来叫您！"这使我对自己在电话里的粗鲁感到有些不好意思起来。

我向来中午是要小睡一觉的，所以躺下不长时间便酣然入梦。

我被叫醒时大约是下午三点多钟，白枫领着我去见他们的大队长，一个瘦瘦的男人，个子虽然不高，却眼光犀利。"这是我们局刑警大队长，陆华，也是这件案子的总负责人！"白枫向我介绍道。

大队长伸出右手，使劲和我握了握，他的手就像老虎钳子一样紧紧夹了我一下，一看就知道肯定练过功夫。他不等白枫介绍就抢先说："异度侠，久仰大名！"

等我坐好后，陆华便开门见山地说："这次请异先生来，主要是这件案子和其他案件不太一样，想听听异先生的意见。"白枫已经拿着一叠现场照片放在我面前。

从现场照片来看，死者是一家三口，男女死者大约四十多岁，另外一个是十多岁的小孩。男子死在卫生间，女子死在门口，而小孩死在了沙发上。三人脸上都露出骇异的神色，显然是看到了什么特别恐怖的事情，身体上有瘀结的黑色斑块，没有明显的伤痕。室内地上有一行淡黄色的脚印，是赤着脚印上去的，脚趾粗壮，从脚印大小看，应该是成年男子的。

我问道：“他们什么时候死的？”

白枫说：“经过法医鉴定，他们应该死于八月二十三日凌晨十二点到两点之间。”

“什么时候发现的尸体？”

“八月二十四日下午两点，照片就是那时候拍的。”

我微微一笑：“既然陆队长说这个案子和其他案件不一样，恕我孤陋寡闻，到底不一样在什么地方？”

陆华笑着说：“异先生是在考我吗？好，那我先说说自己的意见。死者系一家三口，身体上没有明显伤痕，室门完好，门窗没有破损，而且法医鉴定结果显示，三人都是死于心率过速。从血检结果看，三人生前并没有注射过可能导致心率过速的兴奋类药物，也未发现三人有心脏类疾病。当时的情景应该是男子正在洗手间上厕所，小孩在看电视，女子听到门铃响就去开门，不知道看到了什么，导致心跳过速猝然死亡，然后小孩和男子也因惊惧过度导致死亡。罪犯从门口走进屋里——经过对死者脚印的比对，印在地砖上的脚印并非男女死者的，我们初步判断是罪犯留下来的！”

我说：“那么顺着脚印这个线索查下去，不就可以破案了吗？”

陆华苦笑了一下，说：“这就是奇怪的地方。因为脚印上根本就没有脚纹，只是一张平平无奇的脚印形状。从泥土分析的结果来看，这些泥土是本地随处可见的田泥，没有特异之处。泥土中所挟带的皮屑已经腐败变质。正如异先生所发现的，这第二点特异的地方就是三人身上都有尸斑。新死的人怎么会在第二天便长出尸斑？”（笔者注：此尸斑是尸体在腐败之后瘀结而成的痂块，并非通常意义的尸体暗点）

“其实结果你们已经得出来了是不是？只不过不敢确定？”

陆华叹了口气，说：“这件案子已经超出了普通凶杀案的范畴，我们不敢确定，知道您是这方面的专家，所以才请异先生来帮忙。”

“果然是诈尸吗？见鬼，难道一句牢骚话也能惊动冤魂？”我随口说道。

陆华感到很诧异，奇怪地看着我。

我向白枫扫了一眼，她扑哧一声笑了。

开过玩笑，我立即正色道：“你们是否调查过那天晚上周围有没有人家死了人？如果是诈尸的话，请灵媒做法禳解一下就太平无事了。”

陆华为难地说：“这件事不宜大张旗鼓地展开调查，况且我们身份特殊，这个工作如果由我们来开展，怕引起市民恐慌，这也是我们请异先生来的另外一个原因！”

陆华说话很直率，好像我是一个不同于地球生命体的异类，不过想想我所从事的这种职业，也真的和异类没什么差别，心里冒出的不痛快也随即释然了。

“如果这只是诈尸错走入生人家里，现在已经过去了许多天，尸体也应该已经火化下葬，就算调查确实，总不能将死者拓骨扬灰吧？”我接着说道。

陆华语气中还透着一股莫名的疑惑：“我个人觉得这件事没有那么简单。如果真是误走惊尸，那么为什么放着大路边上的人家不去，而要钻到深在巷子里的死者家里？要是僵尸，为什么家中门窗紧闭？难道尸体还会杀人后关好房门？而且据我们暗中查访，那几天村里也没有人家办过丧事。”

我感到心里一紧，说：“案发地点不是在S市里？”

白枫接口说：“是市郊的一个小镇，只不过由于离S市较近，那里的人多做买卖营生！”

我心里一惊，低头再看这些照片——因惊惧而放大的瞳孔、令人作呕的尸斑、无纹的脚印、腐败的皮肉……于是点点头说：“好吧，我试试看！”

陆华脸上露出一丝笑意，说：“好，不过一定要绝对保密！有什么需要尽管跟我说。”

我笑着开了句玩笑：“现在还没有，不过我不会饶了你的！”

陆华发出一阵爽朗的笑声：“哈哈哈……随时恭候！为了方便你展开调查，就让白枫给你做助手，她对那里的环境非常熟悉，而且从头到尾都参与了这个案子，你能用得上她。”

我知道让她跟着我还有另一层用意，那就是有什么情况可以及时报告给陆华，当然还可以顺便监视我，以免我有违规之举。我对此毫不在乎，反而认为在这件离奇古怪的案子中能有个美女相伴，也是人生一大快事！

三

当天下午，我便要求白枫换了便装和我一同赶赴案发地点。换了便装的白枫少了穿制服时的英姿飒爽，却显示出了她活泼可爱的一面。

白枫驾驶技术不错，宝马车在她手里就像一匹驰骋疆场的骏马一般风驰电掣。我开玩笑说："要是让交警逮住咱们超速行驶，不知道会不会卖你个面子？"白枫笑着说："现在我不是警察，只是异度侠的一个助手，至于抓到之后会怎么样，那就全看异度侠的面子了！"

"你怕鬼吗？"我问她。

她笑了笑，很认真地回答："如果鬼不往我脸上喷臭气，我就不怕！"

我很好奇地问："谁告诉你鬼要往人脸上喷臭气？"这句话一出口，我就想到林正英的鬼片里经常出现的镜头，不禁摇了摇头。一般人对僵尸的认识恐怕也只限于鬼怪片里看到过的情景吧！

"你遇到过鬼吗，在你这么多年神秘生涯中。"她又好奇地问。

我一本正经地回道："当然遇到过。不过鬼没有什么可怕的。其实鬼只不过是一种特殊的电磁力和某地磁场作用的结果，没有什么可害怕的。这是国际上灵媒研究的最流行看法，你没听说过？"其实我所见到过的所谓鬼怪并不能称其为鬼怪，因为那些东西都是在特定的情形下出现的，有着合理的环境因素。真正的鬼魂幽灵，世界上又有几个人真正见到过？

"听说过，只不过不知道为什么这种电磁力能够被人看到。"她说。

"改天好好给你上一课！"

"那么这次呢，是不是这种东西所为？"她问我。

"不像，如果是鬼的话，不可能有脚印留下，我更倾向于认为是僵尸作祟！只有僵尸在和生人有过肢体接触后才会让对方传染上尸斑，可是事实真相到底如何，我也不敢确定！”

车子渐渐驶近清明镇，这里便是我们的目的地。现在是下午四点，可是街上却没有几个行人。

我有点好奇，问道：“这里居住人口很少吗？”

白枫说：“以前这里是一个很繁华的小镇，常住人口有三四万呢！不过现在外出打工的很多，很多人有了钱就搬到市区住了。还有就是几年前这里曾爆发过一场大瘟疫，死了许多人，大伙都说这里主凶，现在人就少了很多了！”

“什么瘟疫？我怎么没听说过。”我诧异地问。

“这是五年前的事了，不知道从哪里传过来一场疾病，大家都闹咳嗽、发烧，打针吃药也不好，发热两三天就呼吸困难，一星期左右死了好几百人。最后还是市中心医院一名老教授研究出一种抗生药才阻止了这场瘟疫的蔓延。他说这是一种地方性瘟疫，是S市潮湿的环境使感冒病毒起了变异导致的，他又针对这种病研制出相应的疫苗，在S市区内广泛注射，这才彻底消灭了瘟疫，最近几年也没有再爆发过。”

说话间已经到了案发地点。果然如同陆华所说，这里很偏僻，从大路上走过来，需要拐七八个弯才能到达。这是一条死胡同，从胡同口数过来是第十二家，而从胡同最里数过来是第三家。如果是诈尸，一具无知无觉的尸体说什么也不可能走到这里。

打开房门，屋里很阴暗，透着一股浓重的腐败气味，闻着臭烘烘的。打开灯可以看到，屋里各种电器一应俱全，摆设考究，装修得也很高档，可以看出死者生前收入不错。东首屋里挂着一幅老人的遗像，很慈祥的一个老头。照片放在一座盒龛里，上面还罩着一块黑布。

我问白枫：“这位老者是死者的什么人？”

白枫说：“是死者的父亲，据说三年前死于一场大病！”我正要转身离开时，从墙角暗影里嗖的一声跳出一只大黑猫，满怀敌意地看着我，眸子中放出绿幽幽的光芒，看得我浑身汗毛都竖了起来。难得主人出事这么多天，它还能不离不弃地守在这里！

我突然看到洁白的地砖上好像隐隐约约有脚印的痕迹，马上蹲下身仔细查看。那果然是脚印，和照片上的脚印一模一样，脚印周围有几粒泥土，我轻轻捡起来，放在鼻子上闻了闻，恶臭中夹杂着一丝新鲜的泥土气息冲入鼻孔。我轻轻一捻，泥土被捏成一片，糊在指端。

我突然想起一些事情，问道："白枫，今天几号？"

白枫微微一呆，笑着说："九月五号吧！"

我心里默默地算着：八月二十四日到今天刚好是十二天，这地面看起来很干燥，一点水渍也没有……便道："白枫，今晚住在这里怎么样？"

白枫吓了一跳，满是狐疑地看着我问："你是在开玩笑吧？"

我将泥土交到她手里，她轻轻一捻，惊道："是新的！"

我点点头，说："也许他根本就在这个房间里没走，或者这几天来过这里，咱们今晚就在这里碰碰运气！"

白枫明知道我说的是谁，还是不禁问道："等谁？"

这时一声凄厉的哀号传进耳中，不知道什么时候，那只大黑猫已经跳到了老者遗像的盒龛上，瞪着绿幽幽的眼睛看着我们，遗像上老头的嘴角仿佛也挂着一丝诡异的微笑。

我略带挑衅地问道："不敢吗？要不你就先回去，我一个人在这里过上一夜，看看到底是什么东西作怪！"

白枫倔强地说："你不走，那我只好舍命陪君子了，有你异度大侠在这里，我没有什么好怕的！"

四

虽然嘴里说着不害怕，但白枫一张脸还是变得煞白。我笑着说："这样才好看嘛！"白枫对着镜子笑了笑，镜子中的她笑得极为不自然。我安慰道："放心，你们既然这么信任地将这件案子交给我来处理，我不会令你们失望的。"

于是我们走出了院落，找到一家小饭店饱饱地吃了一顿。饭店老板见我们开的车不错，便招呼得格外殷勤，不停地过来添汤加水，还一边凑趣搭讪：

“两位一看就是大富大贵之人，来这里做什么买卖？”

我神秘地向他摆摆手，轻声问：“老板，最近你家闹鬼吗，我帮你捉几个玩玩？”

老板一愣，讪讪一笑，说：“先生，你真能取笑，我家又不是黑店，闹什么鬼？”

“可惜了，可惜了，我们不远万里来到这里就是为了抓几只小鬼，怎么会不闹？看到了吗？她是我徒弟，专门辞了警察工作跟我天南海北捉鬼的。”

老板见我说得一本正经，也半信半疑起来，讪讪地笑着退了出去，听到他在门口呸呸地吐了两口唾沫，捏着嗓子骂道：“哼，捉鬼，撞鬼吧你！”

吃完饭我们找到一家停车场泊好车，徒步走回那所房子。

这时天已经全黑了下来，我们蹑手蹑脚地潜回屋子。屋里很暗，伸手不见五指，白枫伸手想要去按灯的开关，我一把拉住她，说：“本来不闹鬼，你这一开灯，街坊四邻还以为真闹鬼呢，再说你见过在灯光下捉鬼的吗？”

我从床上扯过一条毯子，领着她走到那间放遗像的屋子里，靠墙席地而坐，说：“好了，你睡吧！待会有动静我叫你。”说着将毯子盖在她身上。

白枫轻轻地揭了毯子，说了声我不冷，可是我知道她是嫌毯子是死者盖过的，怕晦气。

她开口叫了一声异先生，我轻轻地说：“别说话，一说话就有生人的气场了，不干净的东西就不会出来了！”

她也就住了声，向我身边缓缓地靠了靠。

耳听得大厅里的大座钟响了八下，又响了九下，一直到了十一点，我还听到她呼吸的声音很不平稳，她虽然歪着头假装睡觉，可是分明没有睡着。

四下里一片寂静，那只大黑猫不知道去了哪里。一直没有它的身影，好像根本没有存在过一样。

又过了一会，只听大厅里的钟声响过了十二下，午夜到了！

外面突然传来一阵急促的犬吠声，声音十分惶急。

接着吱呀一声，屋门缓缓开了一条缝。我突然感到右臂一紧，被一只小手紧紧抓住了，那是白枫。我伸出手来轻轻地拍拍她的手背以示安慰。

开门声响过之后，一条黑影从门缝里嗖的一声窜了出来，瞪着一双亮晶晶的眼睛看着我们，绿幽幽的放着摄人的光芒。只听它喵的一声叫，又窜到了装有遗像的神龛上。

我侧目望过去，窗外一缕月光洒进来，正好照在那遗像的脸上，他眼睛里好像也放射出光彩，冷冷地注视着我，那黑猫又喵喵的轻声叫起来，如怨如诉，好像有人在梦呓一般！

不远处狗的吠叫声渐渐低了，变成了吱吱的低哼，这时只听吱——呀一声长响，院门缓缓地开了。

接着院子中传来踢踏踢踏走路的声音，那脚步声越来越近，一股腐臭的气息也渐渐弥漫开来。终于，啪啪啪啪的拍门声一阵紧似一阵地响了起来，就像是有人叩击我的耳鼓一样。那拍门的声音在静谧的夜里回荡，听着令人心惊胆寒。不一会儿，房门终于被推开了！

踢——踏——踢——踏，脚步声慢慢进到了屋里来。

我俯身顺着门缝向外看去，只见地砖上一双大脚木然地迈着步。

那双脚沾满了黄黄的泥土，腐烂破损不堪，白森森的脚趾骨露在外面，一股恶臭弥漫全屋，令人欲呕。

那黑猫发出一声凄厉的尖叫，一下窜了出去，在那人一只脚上狠狠咬了一口，顿时拽下一块肉来。那肉并不黏连，就好像农村旧时打的土墙，经过日晒雨琢，用指尖轻轻一抠就能抠下来一块泥土一般。

那双脚的主人像是全无知觉，依然在屋子里踢踏踢踏地走动。我抬头看去，不禁倒吸了一口凉气。只见那人身上穿着一套绸缎做的老式寿衣，头戴毡帽，只是衣帽都褪成了土灰色，焦黄焦黄的面皮上飘着几根胡须，弯弯曲曲地在嘴边伸展，如同几根锈迹斑斑的铁丝一样僵硬。那人双目深深地陷入眼眶中，也看不出来是睁开的还是紧闭的，嘴角破了半边，露出黄黑相间的牙齿。

他在大厅里转了半匝，缓缓地向我们所在的屋子走来。

白枫抓住我的双手在瑟瑟发抖。我知道她怕得厉害，于是不等那人迈进屋里，猛然推开门，将手中的毛毯向他迎面罩去。

他并没有躲闪，毛毯盖在他的脸上如同毫无知觉一样，继续向前迈着步。我将准备好的墨斗线轻轻扯出，一头系在门把手上，一头扯到另一边，轻轻一弹，嗤的一声，墨线崩在他身上。可是奇怪的很，他居然丝毫不为所动，向前迈了两步，墨线便被扯断了。

这时那只黑猫突地蹿了起来，用牙齿咬住毛毯，死命地向下拽着。不一会儿，毛毯从那人脸上滑落了下来，连同他那顶破败不堪的毡帽一同掉在地上。

我抬头再看他脸时，心里更是惊骇，只见他头上的银发如同被摇落的松针，扑簌簌掉在地上，露出臃肿的脑袋，原来他头顶上竟然生着一个很大的脓包，约有半个头颅般大小，很像封神演义中肋生双翅的雷震子。可是不同的是，那脓包只是包了一层很薄的皮，月光照射进来，居然可以看到薄皮里的黄色液体，他每迈一步，那脓包便颤颤而抖，像随时都要破开流脓一样。

眼见墨斗没有起作用，我心中一急，连忙掏出用桃木刻成的三柄小剑——上面都请一位很有道行的朋友刻了咒语——一个箭步冲到那怪物面前，伸手分别将桃木剑插到他印堂、胸口、肚脐三个部位。

那东西居然连停也没有停，继续向前迈步。这下我心里才开始慌了，没想到古老相传对付僵尸的法子居然毫无作用！

那怪物冲到我身前，双臂轻轻一推，我就觉得身子好像被千钧的力量猛然撞到一样，狠狠地摔了出去！

白枫起初只是蜷缩在墙角瞪着一双骇异莫名的眼睛看着，一见我身子摔了出去，那怪物已经冲进了屋里，吓得啊的一声大叫起来，右手本能地向腰里摸去。等她瑟瑟发抖地抬起手时，手里已经端了一只手枪，黑洞洞的枪口颤抖着指向怪物，说话的声音也变了：“你，站着别动……别动！”

怪物对她的话置若罔闻，我知道他也根本就不可能听到！

白枫在慌乱之中扣响了扳机，啪啪啪——三声枪响，三颗子弹全部命中目标，其中一枪正好打在他脸上，顿时将他左半边脸皮打烂了，几块腐肉分作数块飞溅开来。他脸孔僵硬，破开处一点血液也没有，颧骨也白森森地露了出来，面容可怖至极！

白枫见子弹并没有阻止他的移动，又看到他脸上的恐怖形状，不禁张嘴发出一声尖叫。

就在他脸上中枪的那一刻，趁着月光，我突然看到墙上挂着的那张老人遗像。虽然这怪物瘦骨嶙峋，可是面貌依稀看得出和这遗像有几分相似，心里不禁一动，于是急忙站起身，一把摘下遗像，随手将一个小小的罗盘放在屋中地上，快步跑出了房间。

这招果然有用，那怪物突然转了个身，向我追来。他虽然踢踢踏踏地行走，可是脚步并不慢，我放开步子狂奔，他居然并不落后！

我跑出胡同，街道上一个人影也没有，路旁几只野猫发出连声凄厉的尖叫，纷纷逃进黑夜里去了。

我不想就这么一直被他追下去，于是拿出打火机，点着了火，将那遗像烧着了。

我将还未燃尽的遗像放在街心，自己则跑到街角一个暗影里藏了起来。

不一会儿，那怪物便追了过来，在灰烬处转了几圈，然后转身走了。

我怕他再奔回屋里，白枫一见非吓昏过去不可，就也慢慢地跟在他后面。他走到胡同口，略微停了停，好像在辨别道路，接着却顺着街道走去。

我长嘘了一口气，总算将他骗走了，眼见他踢踏踢踏地将要消失在朦胧的夜色里，心里突然想：他会去哪里？

既然他不再回去，也就不用担心白枫的安危了，于是我便跟在他后面，想去瞧个究竟。

他一路向南行，走了一会，道路渐渐变窄，四周也渐渐开阔，一股泥土的清新气息随着夜露一起送进鼻孔，已经到了小镇郊外。

再走一阵，眼前出现高高矮矮的坟头，有的还泛着黄黄的泥土，松松软软，白色的纸幡随着微风左右摇动，那是新坟；有的则生满了野草，矮小的就像一个小土丘；有的立着高大的石碑，石碑上镶嵌着死者生前的照片，满含笑意；有的却光秃秃的空无一物……这里应该是小镇上的集体墓地，一想到这里躺着许多都有可能变成僵尸的死人，我不禁感到头皮发麻。眼见他在坟地里高高低低地走了一会儿，身子一矮，就没了踪影，我急忙转身逃开，脑子里却想起来一个故事：有一个人走夜路，半路上被几个歹徒跟踪，好几次都不能甩掉，于是急中生智，跑到一片坟地里，一屁股坐在一个坟头上，叹了一口气，幽幽地说道："终于到家了！"那几个歹徒以为遇到了鬼，吓得哭爹喊妈地跑了。正在他扬扬得意的时候，突然看到旁边坟头上有一个老头双手分别拿着锤子和凿子，正在认真地凿着墓碑，于是这个人问："大爷，这么晚了，您在这干吗哪？"那老头回头笑笑，说："没事，你先睡吧，不知道是谁把我名字刻错了，我出来改改！"这个人当场吓晕过去。

这本来是一个很恐怖的故事，却被小沈阳改成了一个笑话四处讲说。现在我耳边却隐约响起了咔咔的敲击声，只觉后背一阵阵发凉，顿时觉得这笑话一点也不好笑，于是拔足狂奔起来！

等我跑回那所房子，看到白枫脸色煞白地蜷缩在墙角，还呆呆地举着那把手枪。

第二章

掘 坟

一

白枫喝了一口咖啡，望着窗外照射进来的暖洋洋的阳光发呆，脸上稍微恢复了一点血色。她转过头突然开口问我：“那到底是什么东西？”

自从昨晚遭遇怪尸之后，白枫就像丢了魂。虽然我立即带她离开了那所房子，离开了小镇，回到S市，可是一晚上她都呆呆出神，一闭上眼就会从噩梦中惊醒过来，我只好守在她旁边不敢离开。就这样一直折腾了一夜，她才稍微安稳下来。我理解这种恐惧对一个一向不相信正常人类生活以外的东西的人心灵的震撼，那不是凭简单几句安慰话就能轻易释怀的。想想我第一次接触这类事件时的表现，比她也好不到哪里去。

我皱了皱眉头：“这个我也没有想清楚。如果说是僵尸的话，却有几点难以理解。首先僵尸一般是在刚死不久的时候发生，因为人刚死时，许多意识所形成的磁场还没有消失，脑子里还有一些深藏着的潜意识，如果人没有被火化，往往会形成僵尸。可是这老头已经死了三年多，就算他墓穴所在的风水极好，致使尸体入地不朽，可是脑子里的潜意识不可能存留三年而不消失。从昨晚的情景看，他的尸体虽然没有腐烂，可也是基本上干枯了，身体里根本就没有体液，脑子里也不可能有，脑子在干枯的情况下是不可能保留潜意识的！”

白枫目不转睛地看着我，听得很认真。我看她没有厌恶的表情，知道自己的叙述并未引起她身体的不适，于是又接着说：“第二，要是僵尸的话，墨斗和桃木剑在它身上不可能不起作用。你在香港鬼片里也应该见过，就算是千年僵尸一旦遇到这两件东西也会有反应，虽然我不知道这是什么原理，可这是老祖宗传下来百试不爽的法宝！”

白枫插嘴说："那这么说狗血也有作用了？"

我点点头："是的，不过狗血不是最厉害的，如果用女人经血的话效果会更好！还有一点，僵尸伤人。僵尸一旦遇到生人就会被生人呼出的气息吸引而暴起伤人。"

白枫被我的讲述吸引了注意力，也许是因为我给她剖析出昨天晚上那个怪物不是僵尸而使她不那么害怕了，她的精神也有了一些好转，于是又问："不是想喝人血吗？"

"那是西方的吸血僵尸。严格来说，西方的那种不算僵尸，因为他们不是尸体，只是介于生死之间的怪物！"我喝了一口咖啡，接着说，"不过奇怪的是，当我取下遗像并放上罗盘改变了那间屋子磁场的时候，它的感应很灵敏，好像它的脑子并没有完全死掉，潜意识中对磁场的把握很准确，这又和僵尸很相像。不过，案情已经大致清楚了，正是因为它的突然造访，致使死者一家三口因为恐惧而导致心跳过速死亡，这也是种因得果，如果他们将尸体及早火化，悲剧也就不会发生了。现在你可以向上面交差了。"

"那尸斑怎么解释呢？"白枫突然问。

我想了一会儿，实在也没有更合理的解释，只好说："一般来讲，人死之后，因为机体已经处于缓缓消亡腐败中，一旦被深埋地下，处于密闭的环境里，如果这里比较潮湿，就会长出尸斑。可是，尸斑不大会传染，也许这种尸斑比较特殊，就好像瘟疫一样，见风就会传染，这个要等到解剖之后才能有结果。也许解剖之后也无法辨别其特性，不要对现代科学抱有太大的希望。"

白枫在听到"瘟疫"两个字后，身体不禁哆嗦了一下，下意识地去看自己的手臂。她光滑的手臂上起了一层鸡皮疙瘩，可能发现身上并没有尸斑，这才略微放松了些，轻轻呼出了一口气。

我半开玩笑地安慰说："尸斑是不会传播给生人的，你倒是想，可惜没有这个待遇！"

白枫白了我一眼："那接下来呢？你要怎么做？"

"将凶手缉拿归案。"我笑着说。

白枫吃了一惊：“你要将尸体挖出来？”

我笑了：“我不光要把尸体挖出来，而且要对它进行解剖，至少应该搞清楚是什么原因导致它变成了僵尸。这就是我的兴趣所在，也是这次来的目的，总不能留一个疑团给你们，不然我的名声不就给毁了吗？”

白枫看着我，突然笑了：“你真奇怪，你看看你脸上都放出光来了，就那么兴奋吗？你就一点不害怕？”

“害怕解决不了问题。我以前是很胆小的，小时候晚上都不敢出家门，可是后来很多古怪的事都开始找上我，我突然明白了这个道理。不知道才是最可怕的，只有将事情的来龙去脉弄清楚，你才会发现，很多看起来骇人听闻不可思议的事情，都有一个合理的解释，这样也就无所谓恐惧了！”

白枫低头沉默了一会儿，好像下定了很大的决心一般：“那下边我们应该怎么做？大白天的就去掘墓吗？”

我微微一愣，诧异地问：“我们？你的意思是说你不退出，还要跟我查下去？”

白枫笑了笑：“你不是说，害怕解决不了问题吗？再说，现在我是你的助手，在事情没有完全搞清楚之前，你没有权力赶我走！”

我突然发现她一笑起来两颊上会有两个浅浅的酒窝，很迷人。

“好吧！那现在咱们分头行事，你马上回局里，向陆队长报告咱们的发现，最好能够让他协助一下，在咱们掘坟的时候，不至于引起镇上人们的恐慌。”

“好吧，这个没问题。那你呢？”

我神秘地笑笑：“我要去拜访一个老朋友，他也许可以帮助咱们解开谜团，我回头就去找你。”

二

当我见到蔡峰时，他正在S市中心医院里的急诊室为一个大腹便便的人挖鸡眼。他刀功很好，手术刀在他手中仿佛魔术师的魔棒，他只须轻轻一点，就能点石成金，化腐朽为神奇。所以得鸡眼的那个人看起来很舒服，恹恹欲睡，等到手术结束的时候，他居然有点儿不情愿离开，也许他将这次手术当成了一次足底按摩。

蔡峰是五年前我在查一宗上百只小猫突然疯狂起来，互相撕咬，导致离奇死亡的案件中认识的。他来自很偏远的农村，当时还在读医科大学，在一家医院里实习。我委托这家医院的一位教授解剖死猫尸体的大脑，看看是什么疾病导致了群猫的突然疯狂。可是他解剖了十几具尸体却没有半点儿发现。正在我要放弃这条线索的时候，蔡峰自告奋勇地找到我，很自信地告诉我他可以找出原因。我虽然心存怀疑，不过还是抱着死马当作活马医的心理让他放手一试。他的自信是有道理的，他确实在死猫脑子中找到了一条移了半寸位置的神经，而且还断定这是因为某种特殊的声音导致了神经的移位。正是循着这条线索，我很快抓到了利用音乐控制群猫犯罪的嫌疑人。从此我便和他成了朋友，不过几次接触之后，我也发现他是一个生性高傲而又不善于掩饰的人，我可以预料到他的前途定然多舛，但没想到五年没见面，他还在受着命运的作弄！

他脸型瘦削，肤色略黑，戴一副眼镜，眸子在镜片后面显得很深邃。他见到我显然很吃惊：“怎么会是你？”

我笑着说：“怎么不会是我，我就不应该来看看老朋友吗？”

“我知道你很忙，真没想到你会出现在这里，是不是有什么事情找我？”

我没有和人瞎侃一通的毛病，于是转入正题：“有一件很奇怪的事情需要你帮忙！”

他自嘲道：“我除了会解剖几具小猫的尸体之外，就是给人挖鸡眼，能帮你什么忙？”

“要的就是你这把可以迅速挖掉鸡眼的神刀，不过这次鸡眼不是长在脚底下，而是长在死人身体里！”

他听到死人两个字，神色突然变得十分怪异，不过只一闪就恢复如常：“你说说到底怎么回事。”

于是我就将这件案子的来龙去脉和昨天晚上的怪异遭遇向他简略说了一

遍。

蔡峰沉吟道：“你怀疑这僵尸被人做了手脚？”

“至于是不是有人做了手脚我不敢肯定，可是我敢肯定它头上生的这个脓包和僵尸一定有着某种关联！”

他为难地说：“你知道我现在只是一个急诊科医生，连上手术台的资格都没有，这种解剖手术没有精密的仪器很难办到。就算解剖能够顺利完成，也需要繁琐细致的化验，如果没有先进的设备配合，恐怕难以查明真相。”

“你们医院设备应该可以吧？”我问。

“设备没有问题，主要是怎么获得医院同意，我们院长不会允许占用手术间解剖僵尸的。你不知道，他是很固执的老头，而且在 S 市称得上是医学权威，在全国都是顶尖级的，如果他不同意，就算是市长来了也不会给面子！”

我笑笑：“这倒是个难题，不过我想办法，你只要同意主刀就可以了！”

蔡峰点点头：“没问题，乐意为你效劳，我就跟那个僵尸来个亲密接触，他还能吃了我不成？”说完，他很不屑地笑笑。

正在我们说话的时候进来一名护士，身材小巧玲珑，皮肤很白，面容姣好，眉目间透着一股聪敏灵秀之气。蔡峰很亲昵地握着她的手向我介绍：“这是我女朋友白小娟！”然后他又介绍了我的名字。

白小娟听到我的名字，很惊讶地上下打量着我，说：“你就是异度侠，你经历的那些奇怪的事情都是真的吗？”她的声音清脆悦耳。

我笑着点点头，转过了话题：“蔡峰，你们什么时候结婚？我可等着喝喜酒呢！”

“快了，快了！”白小娟一脸幸福，“就在这个月，我们装修完房子就结婚。异哥是大名人，到时候可得来啊！”

“我还要在 S 市待几天，一定喝完你们的喜酒再回去！”

蔡峰露出一丝很轻的苦笑。

我猜测蔡峰对这女孩不太满意，可是又不能不结婚，说不定她已经有孕在身。我心里笑了笑，轻轻拍拍蔡峰的肩膀，以示了解和安慰。

三

我从医院出来便拨响了白枫的手机，电话那头响起了一曲《老公老公我爱你》的旋律，一股小女人态跃然而出。我不禁感到诧异，很纳闷她怎么会设置这么一首曲子作为铃声。

“喂！异先生，我是白枫，有什么事吗？”白枫在那头很客套地接听了电话，一副公事公办的样子。

我本来想调侃她几句，可听到她这几句礼貌的话，就不敢贸然开玩笑了：“我拜托的事情怎么样了？”

“没问题，队长已经同意了，他会调动警力对那里施行戒严，你打算什么时候动手？”

我笑了笑：“看你说的，跟恐怖组织袭击似的，要是有人监听咱们通话，国安局说不定要找你谈话的！”

她在电话那头也笑了笑，听筒里传来的声音很温柔，不像面对面讲话时的声音那样清脆利落。

“尽快吧，如果方便我们最好在下午就办妥这件事！还有一件事，你看能不能让中心医院帮帮忙。我想解剖就在那里进行，另外一个就是借调一位急诊科叫蔡峰的医生，我很需要他来完成这件事！”

“好吧，我马上跟队长说！还有什么事情要吩咐吗？”她半开玩笑地说。

我突然想起一件事：“你最好将彩铃换换，要是陌生人打电话给你，可是有损人民警察的光辉形象啊！”

她愣了一下，没有反应过来。

半小时后，白枫打来电话，告诉我事情已经办妥，只不过中心医院院长要亲自参加解剖，原因是他对这件事也很感兴趣，这是借调蔡峰的前提条件。我本来觉得这个要求有点特别，颇有点对蔡峰不信任的味道，可是反过来一想这也未尝不是一件好事情，尤其是对蔡峰的前途来说。也许让他的领导真正见识到蔡峰的本事后，会对他另眼相看。

四

应该说陆华做事是很雷厉风行而且值得信赖的。当我驱车赶到坟地现场时，进出坟地的几条路已经拉上了警戒线，包括能够崎岖进出的几条山路也布置了警力，任何人不得进入。他们的布置很巧妙，是从距离坟地好几公里的地方开始，所以一般人不可能知道这次行动的目的。

他们很负责，我无论如何解释自己的身份，都没有获准进入现场，直到用电话向白枫求助，她来接我才解决问题。

那是一个不大的坟头，立着一个高耸的墓碑，上面写着死者的名讳——李莫然，一个很有诗意的名字。墓碑上镶嵌着一张遗像，和我昨天晚上烧掉的遗像确实是同一个人。相片上的老头面容慈祥，看上去很亲切。无论是谁都不会想到这么一个慈祥的老人，会在死了三年之后跑出坟墓来作祟，并因此祸及自己的亲人。

墓穴旁边两三米处有一个不大的洞穴，因为生满了杂草，趴近了也看不出丝毫痕迹，更像是一个雨水冲击而成的坑道。可也正是由于杂草丛生暴露了这个洞穴的古怪——草根纠结在一起，如同铁板一块，它们不可能任由雨水在自己的地盘开疆拓土，乱施淫威！看着这个洞口，我想起了美国恐怖小说家史蒂芬·金的一部很有名的恐怖小说《黑暗的另一半》，书中写了一个从主人公为自己虚构出来的小说人物而立的坟墓中爬出来的地狱幽灵的故事，那个幽灵就是用手挖开一条深洞爬出来的！这个洞穴是否也是幽灵的杰作呢?

陆华还是那副精明强干的样子，唯一不同的是他今天戴了一顶太阳帽和一副黑色墨镜，炯炯发亮的眼睛隐藏在墨镜里。其余两个没穿警服的人，一个是头发有点花白的老头，另一个是蔡峰。陆华对我说：“异先生，可以开始了吗?”

我点点头，几名戴着手套的干警开始用铁锨和镢头刨开坟头。

坟上的土不是很坚硬，所以没用多长时间已经挖到了地平面以下。随着坟墓慢慢露出它的庐山真面目，白枫又开始紧张起来。她缩到了我身后，轻轻扯住我的衣服，不敢继续看下去。

就在几名干警手脚不停地挖掘的时候，坟坑里的一名干警突然脚下一陷，半个身子就漏了下去。幸好他身边的同事眼疾手快，一把将他拽了上来，可他的半条腿已经浸湿了！

我大吃一惊，先让他们停了下来，捡起一块小石头往陷落的洞里投下去，洞里发出一声沉闷的响声，咚——是石头落水的声音。

陆华问："有什么不对吗？"

我皱皱眉头："里边积了很多的水。"

那个花白头发的老者很不以为然："咱们这个地区属于多雨区，一入秋雨水就很多，墓穴中进水有什么值得大惊小怪的？"

蔡峰从旁边插嘴说："可是，里边却是空的。现代人在为墓穴填土时都会贴着棺木将土填死，不像古代的王公贵族要砌出很大的空间，那么这里边的土是谁挖出来的？"

他这话一出口，挖墓的几个人都不禁向后退了几步，仿佛洞口已经伸出了一只长满森森长毛的手会抓住他们的脚踝扯下去一样。

老者满带不屑地说："说不定是你们说的僵尸自己掏的呢！"说完，他似乎也觉得自己的话很无稽，摇着头笑起来。

我看看白枫，问："你记不记得昨天晚上那尸体身上穿的衣服？"

白枫使劲摇摇头，不知道是不记得还是根本不愿意去回忆那个恐怖的身影。

我说："他身上的衣服是干的！"

"你的意思是说，他可能根本就已经不在这里了？"蔡峰看着我说。

我也不解地摇摇头："可是我昨天晚上明明看到他跑到这里就没影了。"

陆华从一名干警手上接过一张铁锹，说道："到底怎么样咱们挖开了再说！"说完，就站到了墓穴边上开始一锹一锹清理墓洞上面的浮土。我和蔡峰也分别接过工具上去帮忙。

等上面的浮土清理完毕以后，墓穴里果然现出一个大洞。那洞约有三四米见方，和整个墓穴差不多大小，里面积了足有十几厘米的水，水很黏稠，呈土黄色，散发着冲鼻的臭气。水面上漂浮着还没有完全腐烂的寿枕和寿鞋等墓葬物品。墓穴四壁略微高起的地方是四个黑黝黝的洞，洞口和刚才地面上见到的差不多，其中一个透着光亮，正是和地面上那个连通在了一起，水应该就是从那里灌进来的。正应了老头刚才的嘲笑，洞道里满布着一道一道的抓痕，看样子确实是用手抓出来的。

不用猜测棺木中有没有尸体，因为棺盖已经翻到了一边的水里，被子等物都已经腐烂，只有一个玉嘴的烟斗完好无损地躺在棺内一侧，黄铜的烟窝已经锈迹斑斑。除此之外，别无他物。

“尸体哪里去了？”老头很惊诧，翘着修饰得十分整齐的胡子望着我，好像是我将尸体偷走了一样。其实他有理由诧异，任何相信科学可以解释一切的人都会对现在看到的情景感到惊诧。

墓穴中另外三面的洞穴，洞道黑黢黢的看不到头。我拿出罗盘，平放在胸前。

从罗盘的指向来看，这是端端正正的癸山丁向墓穴，癸代表阴灵，难怪会有死者不宁、僵尸作祟的情况出现。可并不是所有癸山丁向的墓穴都会出现这种情况，这里边一定还有其他原因！

我向西边平平迈出几步，罗盘指针开始很不稳定地旋转起来，这说明西面磁场紊乱，一定有其他东西扰乱了这里的磁场。我来来回回在西边、北边和南边走了好几圈，这种情况只有在西面最剧烈。我又向西走了十几米，发现在那里罗盘紊乱得最为厉害，指针在盘内滴溜溜地不停乱转，半点也不停止。

我指着这个地方说：“从这里挖下去！”

陆华半信半疑地看着我，因为这里已经离墓穴有十五六米的距离，谁都不相信，尸体会自己爬到这里来。

不过，虽然很不情愿，大家还是开始挖了。这里土质很硬，和适才松软的泥土形成鲜明的对比。

当大伙挖了大约有一米深浅的时候，底下又出现一个大的洞穴。洞穴呈圆形，直径约有两米左右。等大家打开了一条一尺见方的口子，耀眼的阳光照射进去，冲鼻的臭气飘散出来后，我就看到洞穴里躺着一具干尸，皮呈乌黑色，紧紧地裹在骨头上，手足皮肉斑驳，十指都露出白森森的骨头。他仰面躺在干燥的洞里，脸孔左颊破损不堪，颧骨也露在外边——那是昨晚白枫慌乱中开枪打的。他唇角缺了半边，看起来好像在咧嘴大笑，可是黄黑相间的牙齿半点也不好看，看得人后背一阵阵发凉！他头上长着一个硕大的脓包，皮很薄，隐约可以看到里面有黄黄的液体。

虽然不是第一次见到，白枫还是忍不住恶心，跑到一边干呕起来。

大家脸上都露出了惊惧莫名的表情，难以相信眼前看到的情景，这更像是梦魇中所见到的恐怖景象，而不应该出现在现实中。其实我又何尝不是这种感受？如果黑夜给了我产生幻觉的理由，那现在白花花的阳光照射在他脸上，是那么的真实，真实得如同幻影。我使劲掐了自己大腿一下，疼，钻心的疼！

第三章

骤起的脑电波

一

尸体掘出后就被直接运到了中心医院，为了保密起见，我们将它安放在离太平间较近的一间闲置很久的手术室里。到这时候我才知道那个老头就是S市声名显赫的中心医院院长李长龙教授。

本来我们打算立刻对僵尸进行解剖，但是后来却改变了主意，想要先观察一夜再说。而且李教授和蔡峰也要做些准备工作，毕竟这是解剖早已干瘪的僵尸，不同于解剖新死的人体。

我仔细检查了一下手术室的门窗。这个手术室是备用的，也许建设之初并不是用来做手术的，所以留着一个足有两三米宽的窗户，和隔壁一间休息室相连。由于这里离太平间较近，休息室也一直没有人住，正好可以作为我们夜里的休息场所，还能隔着玻璃观察尸体的动静。

蔡峰熟练地为尸体接上各种心电图，脑电图等检测仪器的线路，李长龙则一直在冷眼旁观。在他看来，为死去三年多的尸体做各种身体体征的测量简直是匪夷所思、不可理喻！等蔡峰终于满头大汗地忙活完，这位李教授突然笑着说："小蔡，你还忘了一样东西！"

"什么？"蔡峰诧异地问。

"氧气，你应该准备好抢救用的氧气！"说完，他看着身上布满各种线路的干瘪尸体不停地摇着头。在他看来，这件事不光是无稽之极，简直就是疯狂。还不等蔡峰做出反应，他已经扭头走了。

我故意长出了一口气："这老古董终于走了！"蔡峰回头看看我，眼中分明也是这个意思。

等一切准备完毕，天也黑了下来，我就让陆华和白枫回去休息。陆华还是不太放心，想要留下来陪着我们，我见他声音有些沙哑，连日的费心操劳给感冒病菌趁虚而入提供了机会，就执意让他和白枫都回去了。

现在医院里的工作人员也下了班，只有病房楼里还有许多病人家属在出出入入地为病人打饭。时间刚七点多钟，我想十二点之前应该不会有什么状况，便拉着蔡峰去门口一家小酒店吃饭。要了几样小菜和一瓶二锅头，两个人就对饮起来。

我见他一直闷着头不说话，好像有什么心事一样，于是逗他："你是不是要双喜临门了？"

"什么双喜临门？"蔡峰不明白我的意思。

"你和你那位白衣天使不是要结婚了吗？"我一脸坏笑地向他挤挤眼睛。

"哪有？我可是正人君子，这种生米煮成熟饭的事怎么能干？你看我像那种人吗？"他明白了我的意思，赶紧辩解。

"那我怎么看你闷闷不乐的，有什么心事？我还以为你是做了亏心事，人家来个奉子成婚呢！"

"看你说的，不能，不能，我们是真心相爱的。我是有别的事。"

"什么事，说出来听听。我毕竟比你年长几岁，说不定就有锦囊妙计奉上呢！"

他微微怔了一下："其实也没有什么事，就是工作上的事！"

我知道他是一个有大抱负的人，目前这个急诊科医生的角色一定让他觉得很委屈，于是正色道："其实不用担心，你这么年轻，前途不可限量，勾践还有个卧薪尝胆呢，你这一时不得志也算不了什么！"

蔡峰笑笑，突然郑重地问："你说人死后会有灵魂吗？"

我吃了一惊，没想到他会突然问这么一个问题，于是挠挠头："你这个问题问的可大了，从古至今，也没有人可以给出一个肯定的答案。民间是相信这个的，可是谁又真正瞧见过鬼魂？多数碰到鬼魂的情况只是道听途说，以讹传讹。或者就是由于心理原因产生的幻觉，例如紧张、恐惧、思念等都可能使人精神恍惚，而精神恍惚又是幻觉滋生的最佳温床。现代科学是否认灵魂这种说法的，可是也没有几个人相信他们的论断，因为他们拿不出一个令人信服的证据能证明灵魂是子虚乌有的。就好像乡下经常发生的“遇人”之事（笔者注：遇人，乡下有的人家刚死了人，如果有个八字纯阴的女人从这家门口经过，往往会发生这种情况。女子会行为异常，口出死者之言，连说话声音都是一样的，许多死者很隐秘的事情也能够说出来。有的地方也叫“鬼上身"，多发于女人身上），你怎么解释？总不能一概归为恐惧心理在起作用吧？”

“那么幽灵诅咒呢？”

我看着蔡峰一本正经的样子，吓了一跳：“你怎么了？怎么会突然对这些问题感兴趣，是不是遇到了什么事情？”

“没有，我见到这具僵尸，又听了你昨晚的遭遇，突然觉得好奇，世界上有些被看作无稽之谈的事情还真不好说，也就想问问。”蔡峰喝了口酒，慢悠悠地说。

“那好，既然聊到这里我就说说看。先说诅咒，这在很多民族中是比较常见的，例如在埃及和咱们中国的一些原始部落中比较常见。诅咒主要通过两种方法实行，那就是巫蛊和召邪，例如武侠小说中经常提到的云南五毒教，它之所以会令人恐惧，除了能以毒虫致人死命外，最可怕的就是毒蛊，一旦被施以毒蛊之后，那是什么情况都可能发生的，行尸走肉是比较形象的说法。现在苗疆还有人能够施展这种巫蛊的邪法。而我们比较熟悉的就是巫蛊娃娃，这是一种以人偶进行诅咒的方式。而召邪是通过一定的仪式召唤含有怨气的孤魂野鬼，使用他们的怨气得到力量，并加以利用，以达到自己的目的。比较简单的就是诸如“碟仙”“笔仙”之类的东西，虽然看似简单，但和那些大型的召邪行为道理是一样的。实际上就是通过某种仪式在生界和灵界两个本来互不相联的世界里打开了一条通道，如果有一些带有怨气的阴魂正巧赶上，便会顺着这条通道来到我们身边。因为这种沟通带有某种偶然性，所以所招来的阴魂也说不定会做出什么事来。”

我见蔡峰听得全神贯注，于是继续说：“你说的幽灵诅咒就是召邪的一种，只不过这种仪式是死者在生前就已经安排好了的。也就是说，这种仪式在他临死前已经进行完毕，只是把最后一道程序设定为一个机关，只要有人无意间触动了这个机关，也就完成了这种仪式，邪灵也就被释放了出来。

“邪灵有可能是老早就存在的古代灵异怪物，也许就是死者本身。埃及的法老诅咒就属于这一种。1922 年英国著名探险家卡纳冯爵士和英籍埃及人、考古学家卡特率领的一支考察队在寻找了整整七年以后，终于找到了图唐卡门法老的陵墓。在金字塔幽深的墓道里，刻着一句庄重威严的咒语：‘谁打扰了法老的安宁，死神的翅膀就将降临在他头上。’当时大家都没有在意，还是对法老的陵墓进行了挖掘。后来卡纳冯爵士因为被蚊虫叮了一下导致感染而死，考察队的考古学家莫瑟推倒了墓内一堵墙壁，从而找到了图唐卡门木乃伊。不久他就患上了一种神经错乱的怪病，痛苦地死去。参加考察队的卡纳冯爵士的兄弟，不久死于腹膜炎。协助卡特编制墓中文物目录的理查德·贝特尔，于 1929 年自杀。次年二月，他的父亲威斯伯里勋爵也在伦敦跳楼身亡，据说他的卧室里摆放了一只从图唐卡门墓中取出的花瓶。埃及开罗博物馆馆长米盖尔·梅赫莱尔负责指挥工人从图唐卡门墓中运出文物，他根本不信‘咒语’，曾对周围的人说：‘我这一生与埃及古墓和木乃伊打过多次交道，我不是还好好的吗？’这话说出还不到四个星期，梅赫莱尔就突然去世，时年 52 岁。据医生诊断，他死于突发性心脏病。到 1930 年底，在参与挖掘图唐卡门陵墓的人员中，已有 12 个人离奇地暴死。法老咒语显灵之说，从此不胫而走。发现图唐卡门陵墓的卡特，自以为侥幸躲过了劫难，过着隐居的日子，不料也在 1939 年 3 月无疾而终。

“1966 年，法国邀请埃及将图唐卡门陵墓中的珍宝运往巴黎参加展览，此举得到了埃及政府同意。主管文物的穆罕默德·亚伯拉罕夜里忽然做了一个梦：如果他批准这批文物运出埃及，他将有不测之灾。于是他再三向上级劝阻，但力争无效，只好违心地签署同意书。他离开会场后就被汽车撞倒，两天后去世。像这类事件多了去了，虽然我们现代科学还无法解释诅咒真正的力量来源，可是却不由得人不相信！”

“也就是说，打开金字塔墓门就是法老召邪诅咒仪式的最后一道程序？”

“可以这么理解，当然咱们没有亲眼见过，也不能肯定这就是事实的真相。我个人觉得对于一些从古流传至今的事情，是不能够妄然就给它下一个是迷信还是其他的定义的。它之所以能够流传数千年，自然有它的道理在里边，往往实践得出的经验比所谓的科学定论更接近真理！”

蔡峰对我后边的话好像充耳不闻，低低地嘟囔了一句：“最后一道程序？”

我看他想得入神，于是笑着说：“行了，行了，咱们换个话题，要是再说这个就真的吃不下饭去了。”

二

等我们从小酒馆里喝得醉醺醺的出来时，已经是夜里十点多了。我们歪歪斜斜地穿过病房楼向陈放僵尸的那座小楼走去。

僵尸放在小楼的三层，由于里边有太平间，所以晚上楼里没有人值班，只有一楼传达室里有一位老大爷看门。

我一边哼着歌一边和蔡峰有一搭没一搭地聊着。蔡峰向那小楼看了一眼，突然指着三楼一个窗户颤声说：“你看，三楼怎么有灯光？”

我满不在意地说：“可不是有灯光吗！现在都什么社会了，难道还有人点蜡烛？”

蔡峰突然转过头来，正色道：“那就是蜡烛！”

我听到他这句话，突然一个机灵，急忙向三楼看去，果然中间的一扇窗户里有一丝微弱的灯光透出来，光线不像其他病房楼里的那样明亮，只是很微弱地从爬满爬山虎的窗户中隐约透出来，忽明忽暗，应该是蜡烛发出来的。看灯光发出的窗户位置，正是我们存放僵尸的那个房间。我心里一惊，忙看了一下手表，十点半整。难道这个时候僵尸就开始活动了？我暗骂自己糊涂：本来这就是一具很特殊的尸体，谁告诉你他只会在午夜十二点以后出来活动？

虽然我确信手术室玻璃的坚固程度足可以抵挡一个成年男人的重击，但那具僵尸的力量可不是一个成年男人可与之相比的。

“太平间里有没有尸体?”我问蔡峰。

“平时太平间不会存放尸体，可今天正巧，下午有一个老头因为心肌梗塞死在医院里，家属还没来得及运走。”

我大叫一声不好，拉着蔡峰向楼上飞奔而去。

传达室的老大爷正在一个人吃着一盘花生米自斟自饮，也许喝的已经有了几分酒意，等我们跑上了二楼，才听到他吐字不清的喊声：“站住！上边是太平间……”

跑在三楼的走廊上，我一边放慢了脚步一边将兜里的镜子和七枚枣核拿在手中——因为上次墨斗和桃木剑没有起作用，这次我就换了两件法宝，不管是不是僵尸，只要是邪祟作怪，这两件东西一定管用。“镜乃金水之精，内明外暗”，正反一照必然能够驱魔赶怪；而“枣核七枚，钉入尸脊背穴”暗合了北斗七星的正阳之数，所有阴灵一旦被钉住，便会阴魂立散。

走廊里凉风嗖嗖地吹着，将我的酒气吹走了大半，也吹得我后脊梁一阵阵发凉！虽然昨晚和他交过手，但我之所以能够全须全尾地回来，不是因为自己身手多么了得，而是由于罗盘的帮助使他离身而去。如果真正动起手来，我获胜的几率几乎为零！

虽然那恍惚摇曳的灯光是从休息室里传出来的，可是等我蹑手蹑脚地走到那间手术室门口时还是不禁向里看了一眼。在被窗帘遮住的大玻璃窗透出的暗淡灯光中，我看到手术台上端端正正地躺着一具干瘪的尸体，尸体上密密麻麻地粘着各种线。我暗自舒了一口气，看来他没什么动静。

我看了蔡峰一眼，示意说尸体没事，可是又突然想到不对，既然尸体没事，那休息室里的蜡烛是谁点着的？我看着蔡峰，见他也微微皱起了眉头，我知道他和我想的一样——得心肌梗塞死掉的老头！

这时休息室的门突然吱呀一声开了，从里边探出一个飘着银白色头发的头颅，灯光太暗，看不清他的面貌。

我来不及细想，突然一伸手将手中的镜子对着他照了一下。那头颅一晃，又缩了回去，接着蜡烛忽地一下就灭了。

我慢慢地走近，轻轻拉开房门，迎面看到一个身影就站在门口，手里好像还举着东西。我来不及细想，右手一晃，七枚枣核刷的一下向他脸上掷过去，只听他哎哟叫了一声，迅速蹲了下去。

我暗叫一声不好，鬼的声音怎么这么耳熟？

蔡峰在后面问了一句："谁？"

那人捂着脸应道："小兔崽子，你扔的什么东西？打我眼睛了！"

蔡峰惊叫一声："李院长！"

我知道这下闯祸了，赶忙将他搀扶起来，蔡峰这时也在窗台上找到打火机点亮了蜡烛。我将他扶到椅子上坐下，赶快道歉："您看这事弄的，我以为是闹鬼了。您怎么不开灯，点上蜡烛了？您没事吧？"

李院长瞪了我一眼，看到他被枣核打红的眼睛，我很想笑，可是知道这一笑肯定火上浇油，会使他更加恼怒，于是只好使劲憋着。他伏下身在地上摸到一个枣核，看了看："好家伙！你就用这玩意对付鬼啊？幸亏你喝酒打偏了，要不然我这双老眼就给你打瞎了！"我突然觉得这老头并没有我想的那么固执高傲、不可接近，反而觉得他有点可爱了。

蔡峰按了一下开关，电灯一点反应也没有。他说了一句"我去买个灯管"，就一溜烟地跑了出去。

原来尽管李院长对我关于僵尸作祟的看法嗤之以鼻，可是也确实对这具不腐的尸体很感兴趣，在家里总是放不下心，才来医院陪陪我们。没想到这休息室长久不用，电路已经不太好了，只好要了一支蜡烛照明。巧的是偏偏我们把注意力都集中在了这具僵尸上，没有想到他会过来。而我们蹑手蹑脚的行动又引起了他的怀疑，以为我们是来医院行窃的小偷，这才看了一眼又缩回去吹熄蜡烛，拿了一把椅子防卫，才造成了这个错上加错的结果。

不一会儿，蔡峰买回来一根灯管换上，休息室终于重新恢复了光明。

不过这次误会也并非全无好处，至少将我们之间的关系拉近了许多。李院长不再像白天一样总板着脸，说话也近乎了几分："说实话，你这说法我一直持怀疑态度。僵尸？怎么可能？"

“其实要不是昨天晚上亲眼看见，我也不相信！”我说。

“就不能是看花了眼，或者产生了幻觉？一个人在紧张的时候往往会产生幻觉！”

“要是产生幻觉，那怎么解释白枫也看到了？还有他自己在坟墓里挖坑避水的情况您也是亲眼见到的，总不会在场的这么多人都产生了幻觉吧！”

他还是摇着头，眉头深锁，只是一时找不到什么理由驳斥我的观点。

我又说：“其实僵尸这种东西也没有什么神秘的。我曾经认识一位专门研究这方面的专家，他说尸变从医学上也是可以解释的。”他看了我一眼，示意我说下去。

“他说人体之所以能够在停止心跳之后——也就是我们常说的死亡之后重新活动，主要是因为感染了一种叫作索拉难的病毒，这种病毒可以感染一切活物，但只有人类才会出现‘僵掉的身体重新启动’的状况，也就是我们常说的僵尸。而这种病毒只能通过直接的体液交换才会造成感染，或在爆炸中被僵尸的肢体液浆喷到、或被僵尸噬咬。感染后首先出现的症状是感染部位疼痛，脸色变为紫色或褐色，然后就是发高烧、呕吐、全身麻痹僵硬，二十小时之后便会心跳停止，再过数小时就会形成所谓的僵尸！”

他接口说：“这个我是知道的，可是这具僵尸和你说的不是一种情况，不能相提并论！”

“这是自然。我想说的是既然我们已经证明了死去不久的人发生尸变可能是因为感染了索拉难病毒，也许我们在不久的将来也能证明不腐的干尸能够破坟而出也是因为某种病毒的感染，只不过现在我们还没有发现罢了！更何况咱们古人的笔记中记载了很多关于僵尸的传说，总不能全算作无稽之谈吧？例如纪晓岚著的《阅微草堂笔记》和袁枚写的《子不语》，这两位可都是历史上鼎鼎有名的大文人、大名士，他们写这些东西总不能是为了宣传封建迷信吧？”

也许我的话听起来有一定的科学道理，也许他认为我还读过一点书，不像是一个危言耸听的江湖骗子，于是微微点了点头。我心里暗想要说服这位老古董真不是一件容易的事情，好在我引经据典、旁征博引的能力还有一些。可关于什么紫僵、白僵、绿僵、毛僵、飞僵、旱魃这些僵尸分类的话可不能告诉他，对于这些话，他可是打死也不会相信的。

其实每个人都有弱点，只要摸准了他的脉，接近是很容易的。就像这位老先生，只要在讲话时稍微注意一些论据，不要信口开河，还是能够和他处好关系的。

聊了一会儿，本来从昨天晚上到现在就一直没有休息，再加上半斤二锅头的劲儿，困意就袭了上来。李教授看着我不住打架的上下眼皮，对我说道："工作时间不能喝酒，我看见你们年轻人整天喝得醉醺醺的就来气，大好的光阴都浪费掉了！行了，你们睡一会吧，我盯着就行。"

我知道他虽然说话总带着几分教育人的口气，其实人还是蛮不错的。再说我也实在困得不行，就趴在桌子上睡着了。

迷迷糊糊中我突然看到白枫在一个幽暗的环境里发疯般的跑着，一边跑一边声嘶力竭地张嘴大叫，只是听不到她在叫什么。就在她身后不远处有一个黑色的人影不疾不徐地跟着，那身影跑得并不快，只是一步一步地慢慢迈着步，可是却离白枫越来越近。终于白枫一个失足，发出一声凄厉的惨叫，落入了一个很深的地洞里，那身影慢慢走到洞边，俯身向下看了看，抬起头诡异地一笑，露出白森森的牙齿，和他头上黄黄的脓包交相呼应，说不出的阴森恐怖——正是躺在手术台上的那具僵尸！再往那洞口瞧时，只见洞底站着许多人，正伸出十根尖利的手指，紧紧地将白枫抓住，好像要将她撕开一样。我在洞口向下面喊了一声住手。那些人一齐抬起头来，向我阴森诡异地笑着，每人嘴角都挂着一道鲜红的血迹，露着白森森的牙齿，而且每个人头顶上都生着一个大大的脓包。再看白枫时，发现她也完全变了样子，浑身被咬得鲜血淋漓，可是她却像一点也没有感觉到疼痛一样，将右手食指放在嘴边，伸出舌头舔舐了一下手指上的鲜血，突然露出白森森的牙齿，咯的一下将食指咬了下来，眼神也变得一样的阴森诡异。我不禁看的呆住了。这时突然有人在后面使劲推了我一把，我的身子便不由自主地向洞里跌去，无数的手臂伸出尖利如钩的手指一把将我抱住……

我大叫一声，只觉被一只手掌拽住了衣领。我睁开眼睛时，看到蔡峰紧紧地拽着我背部的衣裳，我半个屁股已经离开了椅子，差一点就坐到了地上。

我知道自己做噩梦了，脸上不禁一红。李长龙扭过脸去不再看我，蔡峰却趴在我耳边说："是不是喜欢上那个女警察了？真有你的，捉鬼还不忘泡妞！"

我知道肯定是自己刚才叫了白枫的名字，脸上不禁微微一红，急忙坐正了身子，还被梦里出现的恐怖情景吓得心头乱跳。我喝了一口水稳稳神，问："现在几点了？"

"刚过十二点，你看！"蔡峰说着撸起袖子让我看了看手表，指针现在正好指向十二点十分。

我侧头看了看脑电波图，那是一条很平的直线，在屏幕上就好像一条笔直的马路一样，一点动静也没有。

我向李教授请示说："咱们拉开帘子看看吧！"

李教授微微一笑，点点头。

我呼啦一声拉开窗帘，手术台和那具干瘪的尸体就一览无余地呈现在眼前。只见他还是很平静地躺在手术台上，好像一根四四方方的木头被钉在上面一样，半点移动的意思也没有。

我正感到奇怪，李教授说："看来这只是一具干尸而已，我说嘛，干尸怎么会起来伤人？"

我目不转睛地盯着那具尸体十几秒钟，他连一根指头也没有动一下。

我突然想到了什么，急忙将罗盘拿出来平放在胸口。罗盘的指针最先开始缓缓转动，到了后来，慢慢变得剧烈起来，来来回回地旋转不停。

就在这时，突听蔡峰惊叫道："你们看，怎么会这样？"

我急忙顺着他手指的方向看去，那台测量脑电波的仪器居然起了变化，屏幕上那条笔直的"马路"突然产生了弯曲，一个波峰、两个波峰……那波峰越来越多，而且也越来越大，两个波峰的距离也越来越短。

“他开始有脑电波了！”蔡峰惊呼道。

我急忙将罗盘装进密封袋里，这样它就不会对这里的磁场产生影响，可是那波峰还在不停地跳动。

我回头看了李教授一眼，他也是一脸的诧异之色，实在难以相信眼前的这一幕。

“不会是仪器坏了吧？”李教授嘴里轻声嘟囔了一句。

蔡峰摇摇头：“我安装之前已经检查过了！”

那僵尸还是没有动弹，可是头顶上的脓包里好像装了一个活物一样，开始很缓慢地这里一凸那里一凹，就像怀胎五六个月的孕妇的肚子。

正在这时，我的手机突然响了起来，把我们三个人都吓了一跳。我打开手机一看，电话是白枫打来的，我突然想起刚才的可怕梦境，心里一阵阵的打鼓。

电话那头白枫的声音显得极其恐惧，一接通电话，她就大叫起来：“他来了，他来了！”

我急忙问：“你别着急，谁来了？”

“那个僵尸，他就在我门外，我听到他在不停踢踏踢踏的走路！他……他就要闯进来了！”

我意识到事情非常严重，必须马上赶过去。我好言好语地安慰她一番，说这只是幻觉，你不要害怕，我马上过去。

等我挂断电话，急忙将桃木剑、罗盘等东西交给蔡峰，简略说了一下用法。李教授也意识到事情不同寻常，急忙催促我快去。

我告诉他们如果不行，马上撤出这栋楼，将门窗紧紧锁上，等我回来再说。说完后我便急忙飞奔下楼，去停车场开车。

驶出医院大门，我将车开得飞快，再给白枫打电话的时候，电话那头却传来了：“对不起，您所拨打的电话已关机，请稍候再拨……”我大叫着咒骂了一声，别无他法，只有尽快赶到，或许还能救她。

第四章

意念之灵

一

S 市是中国北方的一个普通城市，既不是省会也没有足以支撑其迅猛发展的自然资源，在建设上自然连二级城市也算不上。可是没想到深夜十二点，街道上居然还有许多人，真不知道他们夜里游荡在清冷的街道上是要寻花问柳还是想溜门撬锁。只不过这里人的习惯好像和其他城市不大一样，不是成群结队的出来活动，而是一个人独来独往地晃荡在路灯照射的昏暗街道上，这也更加让我断定这里的治安一定不是很好。

我现在心急如焚，将油门踩到底，这样的速度即便是在高速公路上都应该算是超速行驶，何况是在一座城市中。许多人都停下来看着我，不是惊诧，只是好奇，有的人甚至在我飞驰过他身边时看着车发笑，好像一点也不担心我一个转弯不灵，会将他放了风筝。

再驶过一个十字路口就能够赶到白枫的寓所，我心中升起一股莫名的恐惧，很害怕会看到一具长了尸斑的尸体。我知道这种恐惧不光来自于她那个语气惊恐的电话，也来自于我那个毫无来由的梦。我一直深信人不会平白无故地去做一些稀奇古怪的噩梦，每个梦都会向事主昭示一些内容，有的是警示，有的是预言，也有的是其他无法解读的内容。我甚至怀疑那具僵尸突然有了脑电波和白枫遭遇凶险也有着某种必然的联系。

我扫了一下十字路口两边，空荡荡的没有车辆和行人。我也顾不得上面是否会有交通摄像头暗中监视，丝毫没有减速，嗖的一下冲了过去！

就在这个时候，一个人影从左前方五六米的地方突然飞快地冲向马路。刹车已经不可能，我急忙一打方向盘，车子往左边一贴。我已经估算好了，以他的跑动速度，等车子到了他身边的时候，他已经在马路中间偏右的位置，我就能与他擦身而过。虽然凶险，但应该不会撞到他。

可是，不知道他是有意还是被飞驰而来的车吓昏了头，猛地冲到路当中后却突然停了下来。

他这一停不要紧，我的算盘全部落空了。如果按我算好的路线行驶，汽车肯定会撞到他半个身子。以这种速度撞上，根本就不用往医院送，只需一秒钟，他就可以在天堂里和上帝一起坐着吹牛了。

这时，我脑子一片空白，被这突如其来的变故吓懵了。还没等我理清头绪，轰的一声，汽车重重地撞在马路左边一根水泥电线杆上。

我扭头向右边瞧了瞧，那人吓得脸色煞白。不过还好，我的手在最后关头猛地扭了一下方向盘，救了他一命，当然，也救了我一命。

我暗自念着佛祖菩萨老天爷，只要是能够想到的神仙统统念了一遍。虽然剧烈的撞击将汽车左边的车灯撞得粉碎，前盖也瘪了进去，自己的脑袋被挡风玻璃碰得嗡嗡响，但万幸的是，总算没有出人命。我虽然恼恨这人横穿马路的不文明行为，却也知道主要责任在我，一股火气便强压了下去。出于礼貌，我摇下车窗向那人道歉："对不起，我有急事？您没事吧？要不要去医院？"

那人木然地向我迈了几步，转到我车窗边，微微伏下身子。我看着他煞白的脸孔，心里泛起一阵凉意。他十分平静地问："你为什么不撞死我？"说完，一伸手抓住我的手臂，又问了一句："你为什么不撞死我？"

我大叫一声不妙，听他口气如此镇静，不像是吓懵的样子，难道遇到了个精神病？

我也顾不了那么多，急忙启动引擎，一甩他的手，想往后倒。可是没想到他的手竟然像是长在我手臂上一样，根本就甩不开，我的手臂居然被他五根手指捏的生疼！

他看着我微微一掀嘴唇，露出一丝冷冷的狞笑，声音冰冷地说："你撞死我吧！"

我现在敢肯定，这个人精神一定有问题，当下也不敢和他纠缠，左手抄起一支放在前挡上的签名笔，使劲向他手上扎去。我本指望他见我玩真的，一害怕就会撒开手，没想到这一下正好戳在他手背上，戳的鲜血淋漓，可是他却依然没有撒手的意思，甚至好像连一点疼痛的感觉都没有，狞笑着说："对，你杀了我吧！"

我顿时吓出了一身冷汗，也顾不得他就在车旁边，一踩油门，车飞速地向后倒了一下。他脚下一阵踉跄，终于扑倒在马路上。我哪里还敢等他爬起来，手忙脚乱地换上挡，车嗖的一声窜了出去。

从后视镜里看见他慢慢爬起来，望着汽车露出了一脸诡异的笑容，嘴角还张了张，我分明听到他在喃喃地说："为什么不杀了我？"不知道是我产生了幻听，还是他这声低语确实传到了远在二十几米开外的我的耳中，好像就是贴着我耳朵说的一样。我甚至能感受到从他口中吐出的凉气哈进了我耳孔里，嗖嗖的凉！

我将车一口气开出老远，心里还是怦怦跳的厉害，抬起左手看看手表，已经是凌晨 1 点半多。我的手腕上被他抓出了一道深深的痕迹，好像用铁箍箍了很长时间留下的印记一样。没想到这人看起来瘦瘦小小的，手劲居然异乎寻常的大。跟这个精神病纠缠了这么长时间，也不知道白枫怎么样了。

二

终于到了白枫楼下，我飞快地冲进楼道，按下电梯按钮。幸好是晚上，电梯就停在一楼，不用焦躁不安地等待。

她所居住的小区是 S 市十分稀少的小高层，白枫跟我讲过，她也不是本地人，父亲经商，生意做得挺大，虽然她干警察只有几个年头，却并不缺钱。

电梯里的楼层指示虽然跳得很快，可是我仍然觉得这几秒钟十分漫长。数字终于跳到了十三，电梯门只缓缓地开了一条缝，我就迫不及待窜了出去。

楼道里很黑，看不见任何东西。我轻轻拍了下手，声控照明灯刷的一声亮了。

就在这时，我看到一条黑影在步行楼梯的门口一晃就不见了，我吸了一口气，飞身追了过去。由于我常年和一些奇异的事情打交道，身体状况直接决定了我能否生还，所以我不但专门学习过一些诸如截拳道、跆拳道的功夫，还特意拜求名师，练习过脚上的速度。相对于制敌取胜的击杀术来说，脚上的功夫尤为重要，毕竟无论遇到什么情况，保住性命才是根本。

可是当我飞身到了楼梯口时，却什么也没有看到，就见到楼道里的感光灯如同炒爆豆般一盏盏向下亮去。说是炒爆豆其实也不确切，应该说刷的一下，感应灯就亮到了底层！

这种速度，简直不是人类所能达到的。我自知就算坐电梯也追不上，除非我直接从十三楼跳下去，也就只好不管那到底是什么东西，还是先去看看白枫再做打算。

白枫寓所的防盗门是那种带单边门把手的，如果没有锁上，在外边一扭就能打开。可是现在门把手已经被扭弯，而且和门板连接的地方破损严重，把手耷拉在一边，弯口很平滑，把手上也没有被硬物撬过的痕迹，好像是硬生生被人用手掰弯的，看得我胆战心惊！

我用力拍了几下门，门里毫无动静，我又喊了几声白枫的名字，里面照样没有半点回应。我只好又拨响了她的手机，还是那个声音："对不起……"本来我看到防盗门没有开，以为她应该没有出什么事，可是现在一颗心又提到了嗓子眼，突然想到：这个不知道是人是鬼的东西既然能够硬生生将把手扭弯，保不准他会从别的地方进入屋内。

想到这里，我急忙跑到楼道旁边的窗户处，打开窗户向白枫所在的屋子看去，只见阳台中透出明晃晃的灯光。我冲着阳台又喊了几声，还是没有回应。

从这个窗户到阳台大约有五六米的距离，楼房外圈没有可以抓手的地方，要是想从这里爬过去，那简直比登天还难！除非我能像蜘蛛侠一样吐丝结网。

我不禁摇了摇头，无计可施。

正在这时，我突然听到一声凄厉的惨叫。那叫声划破静谧的夜空，如同怪唳号哭，听得我头皮发麻。

我一听那声惨叫，不禁变了脸色，因为那叫声就是从白枫屋子的阳台里传出来的。

三

这声惨叫说明白枫遇到了极端的危险，已经不能再拖了。如果再晚哪怕几秒钟，后果可能都不堪设想，可是我又能用什么办法进去呢？

这时一股凉风迎面吹来，头顶上被什么东西轻轻拂了一下。我抬头一看，这时看清楚了，心里猛地觉醒：哎，我真是个笨蛋！

头顶上是一根约有小指头粗细的绳子，也不知道是谁拴上去的，可能是十四楼的住家用来晾晒衣物的。拴的时间不短了，绳子都褪了颜色，一头脱了扣，经风一吹，在空中荡来荡去。

我急忙伸手一拽，绳子已经腐朽，咔的一下就断了。

这也难不倒我，既然有了它的启示，我完全可以如法炮制。我立刻一边往十四楼跑一边往外拽自己的腰带。

敲碎一块玻璃，然后将腰带固定在窗户的铁棂上，我拽着腰带便爬了下来。还好，脚尖稍微比白枫家阳台高出一米多，位置正好。我使劲蹬着墙壁，以便身子能够更大幅度地左右摇荡，虽然五六米的距离有点远，可事情紧急，这个险值得冒。

我又将各路神仙的名字在心里念叨一遍，最后又加上一句：蜘蛛侠保佑。然后双脚在墙上狠狠一蹬，身子如同被弹弓射出的石丸一样，嗖的一声飞了过去。

身子越坠越低，想要完完整整地跳到阳台上，这难度太高，我连想也不敢想。在身子飞出的同时，我已经张开双臂，只要能用手抠住阳台底沿就是最大的胜利。

古人说得好：少壮不努力，老大徒伤悲。阿基米德说过：给我一个支点，我可以撬动地球。时下最流行的是：时刻准备着抓住机遇的秃尾巴。当然我抓住的不是机遇而是阳台坚硬的水泥沿。从这点可以看出，我那些苦学是没有白费的，自然现在也不用伤悲——其实如果失败了，也用不着伤悲，更加没有时间伤悲。我可以很自豪地对着阿基米德的遗像说：给我一个腰带，我可以抓住阳台，比你撬动地球这事牛多了。

闲话少说，言归正传。我一纵身就上了阳台，用拳头使劲敲碎阳台上的玻璃，阳台上有一个大的玻璃推拉门，用以和房间隔开，不知道什么时候给锁上了。我也顾不了那么多了，从阳台上捡起一把躺椅，抡圆了猛地砸过去——砰，哗啦——玻璃应声而落。虽然这块雕花玻璃值不少钱，可现在也管不了那么多了。

我越往里走心里越害怕，虽然完好的玻璃显示没有什么东西进来过，可是现在遇到的这个东西是不能用常理来推断的。何况我打碎玻璃的声音不算小，如果白枫没有出事，她为什么没有任何动静？

客厅里桌椅板凳都翻倒在地，卧室里的床上也是杂乱不堪，白枫的警服周正地挂在衣架上，床上还放着一把切菜用的宽刀，还好，上面没有血迹。其他房间里也是一样的乱作一团！这说明白枫已经陷入了极端恐惧之中，可是她现在人在哪里？

洗手间！对，肯定在那里。一个人在恐惧的时候越是在宽敞的空间里越会感到害怕，而狭小的地方会给人一种安全感。

我快步走到洗手间门口，门是紧锁着的，我推了两下，一点动静也没有，这使我更加肯定了自己的判断。

我大声喊了两声白枫的名字，里边一点反应也没有。

没有其他办法，只能将门撞开了。我向后退了两步，猛地一下撞到门上，砰，门终于开了！

满地的鲜血，满地的玻璃碎片，墙上的镜子已经全部碎裂到了地上，沾满了鲜血。

白枫缩在洗手间的一角，煞白的脸上尽是恐惧。她双手死死地抓住一块碎玻璃，两只手掌上割开了很长的口子，鲜血淋漓，洁白的睡衣已经被血染红了！

救人要紧，我急忙抱起白枫往外跑去。她身子冰凉，不知道是否已经断气，我来不及伸手去试试，更加不想去试。我知道，她之所以昏迷是因为失血过多加上心里高度恐惧，无论如何，先送到医院再说。

四

等我大喘着粗气将她抱到中心医院的时候，已经是凌晨三点多。由于事情紧急，医院立即展开了抢救。为了保险起见，抢救工作由院长李长龙亲自主持。其实这个手术也不是很特别，主要是输血和抢救，其他医生也完全能够胜任，可是李教授坚持要亲自上阵。看着他熬的通红的眼睛和紧张的脸色，我对这固执的老头又多了几分敬意，他确实是一个将病人的安危看得高于一切的医生，理应得到更多人的尊敬！

我瘫坐在抢救室门口走廊的长椅上，脑子里开始将今天晚上这一连串事情好好理一理：先是那具僵尸开始有了脑电波，然后就是白枫遇险，加上那跑得快得不能再快的不知所谓的“怪物”，被扭弯的门把手，恐惧得几乎自杀的白枫……这些事情如同放电影一样在我脑中循环往复地不停闪过。难道那具僵尸具有了一种仅仅依靠脑力就能幻化成形的特殊力量？而这幻化出来的“东西”不但能够自由活动，还能够伤人毁物？如果是这样，那我和白枫在案发现场见到的僵尸会不会也只是它的一个幻影？

可是，我从没有听说过幻影成真的事，虽然现实中有些人可以通过意念移动物体，人的灵魂也可以在特定的环境中被人们用肉眼看到，可是在前者中那股力量是看不到的，而后者却只是肉眼能够看到，触觉是无法感知的。然而这次却和这两种情况都不一样。再者，就算我和白枫冲撞了僵尸的“意念之灵”（用意念产生的可以被看到和感知的灵物。这是我自己给它杜撰的名字，为了表达上不至于显得太啰唆），那为什么它选择的目标不是我而是白枫？而这意念之灵又为什么会发生在这具僵尸身上？这和僵尸头上的脓包又有什么特殊的联系呢？

我越想越糊涂，现在只有弄清楚那具僵尸在我走后有没有其他变化才能再有其他判断。如果它可以移动身体，说明它确实具有实体攻击能力，这个事情可能要重新来看。但是我又有些吃不准，就算它能够自由移动，就一定能够证明不会产生所谓的意念之灵吗？我不敢肯定！难道白枫因为恐惧而看花了眼？但除了不寻常的东西之外，还有什么能够达到那种近乎不可思议的奔跑速度？

“去他妈的僵尸，去他妈的意念之灵。”我暗暗咒骂道。想这么多也解决不了任何问题，还是先去看看僵尸的情况再说。刚才因为白枫生命垂危，大家忙着抢救，我也没来得及向李教授询问僵尸的情况，现在只能去问蔡峰了。

正在我刚要起身的时候，蔡峰却走了过来，虽然有些疲倦，不过看来没有出什么事。

“到底发生了什么事？”蔡峰不等我开口就问。

“一言难尽，我也被弄得稀里糊涂的，等空下来我再慢慢跟你说。这里没发生什么事吧？”我问。

“还好，死尸只是有脑电波，其他的倒是没有什么。刚才我和院长看他没有动静了，就在他头上的脓包里抽了一些液体出来观察，想看看有没有什么发现。”

“那结果呢？”我心里一跳，也许从这里边可以发现一些情况。

“刚才院长忙着抢救白警官，我做了个片子（显微镜的涂抹片），发现有点特别，所以想让你跟我去看一下！”蔡峰脸上露出一股吃惊的表情，他对自己的发现一定感到很惊奇。

我亟待知道实际情况，于是急忙站起身，拉着蔡峰就要下楼。因为这里是门诊楼，和安放僵尸的小楼不在一起。

蔡峰一把拉住我：“实验室在这边！”我看了一眼抢救室门口亮着的指示灯，十分虔诚地祈求上天保佑白枫转危为安，随后三两步追上了蔡峰。

刚一走进实验室，我就被一股怪异的味道熏得脑袋发懵，真搞不懂医生怎么能够长久忍受这种气味的折磨。

摆放着大大小小玻璃器皿的实验台上放着三台显微镜，蔡峰指了指最左边的一台，示意我凑近去看。

我只好弯下腰，闭上一只眼睛往里边瞧。可是还没等我凑过去，鼻子里就又闻到一股强烈的腐臭气味，使我差点呕吐出来。

“这东西怎么这么臭？”我轻声嘟囔道。

蔡峰急忙伸手将离显微镜不远的一个小玻璃器皿拿到一边，盖上了盖子：“不好意思，是这东西发出的臭味，想不到你鼻子还挺灵！”

“不是我鼻子灵，是你都麻木了，真想不到你是怎么受得了的。”我瞥了一眼那玻璃器皿中黄黄黏黏的液体，终于明白了，“这是从墓穴里取出来的雨水吧？一定要小心，里边肯定有尸毒，那可比砒霜厉害多了。”我一边提醒他一边看着显微镜。

显微镜里是一片黄色的世界，黄蒙蒙的好像是一片一望无垠的黄土高原。我又使劲眯了一下眼睛，黄色中好像有着密密麻麻的底纹，呈点状分布，只不过那些小点太密，如果不使劲眯着眼睛根本瞧不出来。

我抬起头说：“把焦距调大点，看着多费劲！”

蔡峰笑笑，道：“这已经是最大倍数了。”然后又指着中间的一台显微镜说，“你再看看这个。”

我不明白这些密密麻麻的小点能说明什么，疑惑地向另外一台显微镜望去。里边还是密密麻麻的点，不过比刚才那个大了几倍，可以看清楚里边是像隔起的一个个小房间，房间里是许多流动的小黑点，我知道这是细胞在显微镜下面的样子。我们的人体就是这些“小房子”盖起来一座高楼大厦。我突然想如果将细胞放大到和房子一样大小，那么像人体这样的高楼大厦，得需要多少“农民工”不分白天黑夜地建造啊！

蔡峰拍拍我的肩膀：“异哥，你再看看这个！”说着又指了指最右边的显微镜。

我顺着他手指的显微镜向里边一看，顿时吓了一跳！视野里出现的只有一个“小房子”，什么“内墙”“外墙”“屋里的摆设”全部历历在目！我心里突然想到什么，抬起头来看着蔡峰。

蔡峰向我点点头，说：“这是相同倍数的显微镜。三张片子一个是脓包里边抽出来的液体，一个是人体大脑组织的切片，另一个是人体普通内脏细胞。”

我急忙又去看第一台显微镜，并尽量把眼睛眯成一条小缝，这样虽然很难受，可是却能看清楚那些小黑点里面也是空心的。如果放大到和脑细胞一样视野的话，恐怕也是一样的结构。

我知道这一定意味着什么，但是吃不准，于是问蔡峰：“说说你的看法。”

“我们知道，地球上的植物和动物都是由细胞组成的，当然，细胞又可以分成更小的结构。但是我们一般人也就认知到细胞这一个层次，就好像我们认识宇宙一样，都知道宇宙中最小的单位是星体，无数的星体组成了浩瀚无际的宇宙。可是宇宙外边是什么，没有人知道。虽然科学家有着各种各样的猜测，可惜没有证据。我想就算再过上几个人类纪元，也不太可能搞明白。

“话又扯远了，人体细胞的细密和大小是因人体器官的功能而有着很大差别的，有的地方多有的地方少，而人体中细胞分布最紧密的地方就是大脑。道理很简单，因为大脑是人体的中枢，它对信息的处理直接决定了人体的各种行为，它的工作量也是最大的。

“可是我发现这脓包里的液体单位体积下含有远比人体大脑更多的细胞……”

我打断蔡峰的话，说：“也就是说，这液体远比人脑更发达，如果说它能够像大脑一样具有思考能力的话，远比我们的大脑更有智慧！”

蔡峰缓缓点点头，接着说：“可以这样认为。你知道，人体的一切行动都来源于大脑的指令，其实我们的身体拥有许多潜能，大脑更是了。科学上不是证明了人体的大脑开发还不到5%吗？许多细胞处于休眠状态。由于现代科学技术的发展，我们身体上很多原有的能力被渐渐淡忘了，而控制这方面能力的细胞也渐渐进入了休眠状态。”

“比如人类的寿命。有记载远古先民的寿命很高，像黄帝、炎帝这些君主都能够活到好几百岁，圣经上也记载许多先圣都具有数百岁的高龄。正是因为人类大脑某个区域的休眠，才导致了人类寿命的降低？”我问道。

蔡峰挠挠头，笑着说："对于这些事，我不太了解，如果按咱们刚才的推断来说，你的说法是成立的。"

我点点头，喃喃道："如果推论成立的话，那仅凭意识就可以形成'意念之灵'也就没有什么大惊小怪的了。"

"你说什么？什么是'意念之灵'？"蔡峰一脸不解地看着我。

我朝他笑了笑，又问："既然这个奇怪的脓包具有这么大的智慧，为什么前天我和白枫见到的僵尸好像浑浑噩噩，如同行尸走肉一般？今天见到的却又灵活无比、极端聪明呢？"一想到他飞一般冲下楼的速度，我就感到后脊梁发麻。如果他没有选择逃跑，而是来攻击我的话，凭借这样的速度和能够扭弯把手的力量，我很可能一招也接不下来就一命呜呼了。

蔡峰又解释说："你知道，大脑之所以起作用是因为能够通过各种神经细胞或者叫作神经线路的和我们身体的各个部位相连。我推测这个脓包因为是生长在颅骨以上头皮以下，没有直接和神经细胞相连，所以必须通过人体的大脑来间接发号施令，甚至只能够增加大脑某种功能的强度，而不能脱离大脑独自控制身体。这样就可以解释僵尸的行为。当然这只是我的推断，事实是不是这个样子，还要经过解剖尸体大脑和进一步研究才能下结论。"

"也就是说，它只能控制大脑的某部分区域，不可能左右人体的所有行动？"我问。

蔡峰点头说："理论上是这个样子。只有这样才能够解释为什么尸体只有到了午夜之后才有脑电波，而过了这个时间段就消失了。"他停了一下又皱皱眉头，"可是我想不明白的是，尸体已经干枯，脑子也应该萎缩坏死，这种控制是通过什么渠道实现的呢？如果它通过和尸体的某些神经细胞连接直接发号施令或者激活某个大脑区域，又怎么会在特定的时间段发挥作用？应该可以完全控制才对！"说着他摇摇头，"除非……"

"除非什么？"

"除非尸体的大脑并没有完全坏死！"蔡峰看着我说。

我吓了一跳，虽然知道他这个推断只是一种假设，但想到死去三年多的人还能有意识，实在不是一件能让人高兴的事情。

最后蔡峰摇摇头，苦笑着说："以我的脑子实在想不出个所以然来。真希望那具尸体能把头上的脓包借给我使使，这个问题在他看来说不定只是小儿科呢！"

我开玩笑说："千万别想，说不定明天就扣你头上，专门控制你的邪恶神经，用不了多长时间，你就被拉到菜市口，一刀了结。"玩笑归玩笑，我还是很郑重地提醒他："一定要小心，咱们现在遇到的情况远比五年前恶猫行凶那件事危险得多，因为僵尸身上有很多可以传染的尸毒，一旦传染上后果不堪设想。"

正在我们说话的时候，李教授拖着疲惫的身体走了进来。我急忙问他："白枫怎么样了？"

李教授说："生命危险是没有了，不过现在还昏迷着，需要再观察一阵子。"

我嘘了一口气，忙活了大半夜终于将她从死神手里夺了回来。

李教授问："到底怎么回事？报案了吗？警察怎么说？"

我突然意识到自己忘了一件事，应该给陆华打个电话。白枫发生了这种事情，于公于私都应该让他来处理。

于是我先让蔡峰将自己的发现跟李教授说说，等我打完电话再仔细跟他说我在白枫家的遭遇。

陆华给我留电话时说自己一般是24小时开机，果不其然，他的电话响了三下就接了起来："喂，我是陆华！"

一听就是一个很有派的人，不过听他嗓音好像还有些沙哑，感冒还没有减轻。"我是异度侠，白枫出了点事……"

"什么？出什么事了？人现在怎么样？你们在哪儿？"陆华的声音中充满了震惊和慌乱，连声调都有些变了。

他给我的感觉一向是雷厉风行、处变不乱的，没想到居然会对白枫如此关心。不过略一思索我也就明白了，陆华三十多岁又是单身，就算是对白枫有点意思也无可厚非，毕竟漂亮的女人谁都喜欢，想明白这一点，我也就知道为什么陆华会派白枫做我的助手了。一方面出于信任，另外一方面恐怕也有点刻意安排的意思。如果这个案子能够查个水落石出，白枫就是全局的有功之臣，也就能顺理成章地得到升迁；如果查不出来，责任自然在我，和白枫也扯不上多大关系。不过陆华能够毫不怀疑地将白枫安排在我身边也说明他是一个很自信的男人。虽然我名声比他要大，不过在他心里，我恐怕还不是他的情场对手。

于是我赶忙说已经救过来了，并简单地将事情的原委跟他说了说。

他一直很耐心地听我说完，才郑重地说道："谢谢你，异先生！我马上带人去现场勘察，看看能不能发现凶手留下的蛛丝马迹，然后赶到医院。"

我挂了电话，心里说："你是应该谢谢我，要不是我，说不定你下半辈子就要打光棍了。"还没等我走回屋里，就听到李教授大声叫着说："怎么可能，怎么可能？你这说法我不同意，一点科学依据都没有。走，现在咱们就去解剖尸体，看看你说的对不对。"

我心里暗笑，让这倔老头相信蔡峰的推断的确不是一件容易的事情，也许只有解剖之后才能够让他哑口无言。可是我心底却希望这次蔡峰的判断是错误的。因为如果真如他所料，事情就太不同寻常了，这恐怕是我职业生涯里所遇到的最不可思议的一件事了。

我见两人一前一后地走出了实验室，也赶忙跟了过去，我要亲眼看看事情的真相到底是什么。

第五章

眼　球

一

当李教授和蔡峰将解剖手术前的工作准备完毕时已经是凌晨五点多钟了。现在正值深秋时节，天色还很昏暗，但东方已经缓缓露出了鱼肚白。如果是在乡下，现在应该是金鸡报晓的时候了。

我害怕在手术过程中僵尸会突然暴起伤人，虽然大多数阴尸都会在鸡鸣破晓时被上升的阳气所制而归于平静，但这僵尸却古怪的很，不能以常理看待，于是我也换上手术服和他们一起上阵。当然，我也十分想看看蔡峰的推断到底说中了几分。

蔡峰手里拿着精光闪烁的手术刀，声音透过口罩发出来，有点瓮声瓮气：“咱们只要打开头颅，看看大脑的情况就可以大体做出判断了。”

李教授点点头：“开始吧！”

锐利的手术刀从前额将已经干枯发黑的皮肉慢慢切开，发出一阵如同绞切皮革的嗤嗤声。手术刀在两人手中好像使用自己手指一样灵活，每一刀都切得恰到好处，绝对不用进行二次修补，几刀下去就将僵尸的头颅打开了。外翻的皮肉里镶嵌着几根已经干涸很久的血管，血管延伸向下，这是心脏供给大脑滋养血液的通道。血管早已干瘪，如果不是颜色比皮肉深了几分，根本就分辨不出来。缺少了血液的滋养，大脑如果还能存活，那就真是咄咄怪事了。

僵尸的头骨也已经变成暗黑色，李教授手里的手术刀在两块颅骨缝隙中轻轻一撬，其中一块头骨的边缘就碎开了一个指甲盖大小的口子。经过一年多的钙化反应，头骨已经变得十分酥脆。

为了不破坏贴在颅骨上的脓包，两人从前额处入刀，从左右两个太阳穴的空隙处打开了前额骨，从这里可以看到大脑的情况。

以变得酥脆的骨头推测，僵尸的大脑应该已经腐坏掉了。但当明亮的光线照射进孔洞中的时候，我们还是吃了一惊。

僵尸的脑浆已经萎缩腐坏得如同一个小儿的拳头，黑如焦炭。李教授用戴着胶皮手套的手指轻轻捣了一下，黑脑硬得就像一块顽石。这是大脑细胞在没有养料供应后迅速坏死，坏死的脑细胞在密闭的颅腔内慢慢干枯萎缩的结果。很明显，僵尸的大脑已经接近石化，不可能再具有思考的能力。

李教授看了看蔡峰，又看了看我，说："人的脑浆在坏死后，本来应该腐败成灰尘，可是由于脑浆在颅腔这种密闭的环境中，再加上地下特殊的环境，有可能慢慢凝聚成核。虽然大脑还存在，可是可以断定绝对没有可能再有思考的功能了！"

我又看了蔡峰一眼，自从打开僵尸颅骨的那一刻起，他就始终皱着眉头，手术刀在他手中如同螺旋一样绕着中指来回转动。这是蔡峰思考问题时的一贯动作，只不过平时是转圆珠笔，这次却是手术刀。寒光闪闪的手术刀如同有了生命一样在他手指间辗转腾挪。手术刀的刀刃锋利无比，我真怕他手指动作稍慢一点，就会削下一块肉来。

蔡峰手指的动作越来越快，突然停下来，抬头说："如果脑浆确实已经坏死，那唯一的可能就是绕过它！"

我听懂了蔡峰的意思。如果脓包不是通过控制大脑的某个尚未坏死的区域来控制僵尸的行动，那很有可能是绕过大脑直接控制身体的神经。这个可能其实我们在手术之前就已经想到，只不过因为无法解释为什么僵尸会在某个时间段发挥作用而被否定了。可现在这个关于大脑没有完全坏死的假设已经被事实推翻了，那么后一种情况的可能性就加大了几分。虽然还是无法解释关于特定时间段出现异常情况的问题，但也不妨验证一下这个推论。

李教授自然也听懂了蔡峰的意思，于是说："那就试试看！"

要想验证这个推测也很简单，只要将脓包和颅骨的连接面全部剥离，看看有没有生长出新的神经就可以了。

两人一点一点剥开脓包表皮。表皮很薄，稍微用力大一点，就有可能戳破包囊，流出脓液。因为还没有对脓包进行更进一步的化验，必须尽量保证其完整性，所以两人动刀时都十分小心。

脓包包囊表皮和颅骨的连接十分紧密，好像两者是生在一起的。这块只有几厘米大小的连接面，两人一刻不停地忙活了将近二十多分钟才算结束。

剥开表皮就只有光秃秃的一个顶骨，除了颜色比其他地方略微发白，别的毫无特异之处。蔡峰的这个推测又被事实驳倒了。

蔡峰见到这种结果，向我摊摊手，一脸的苦笑。李教授却不像蔡峰那样沮丧，开口说道："没事，虽然推测错了，可毕竟又排除了一种可能性！"他已经不像上阵前那样满脸倦容，精神反而越加矍铄，眼里精光闪烁。我不禁开始佩服这位年届六十的老教授了，虽然他对蔡峰的判断仍然持有怀疑态度，但这种越挫越勇的劲头却让人肃然起敬。

蔡峰摘下眼镜，又脱了手套，用手指使劲捏了捏眼角，自言自语道："难道说尸体的移动竟然和这脓包完全没有关系？"

我也很疑惑，不禁轻声嘟囔了一句："真他妈活见鬼了！"各项检测结果都将罪魁祸首指向了这个明显多余的脓包，两者怎么可能没有关系？

这时，李教授突然指着大脑暗处的一个地方说："这里好像不大对！"

我急忙向他手指的地方看去，在大脑硬核略微靠后的位置有一块皮肉呈现出与其他地方颇为不同的淡黄色，只是颜色很浅，若不是将颅骨上面的表皮剥离开来，使得灯光能够从耳洞的空隙中照射进去，也很难发现。

李教授伸出手在那块狭长的地方轻轻摸了一下，将手指凑近灯光，发现两根手指上沾了许多黏黏糊糊的液体，散发出一股淡淡的腥臭气。在这具全身干枯的尸体上居然有一块沾有黏液的皮肉，这不能不使人感到奇怪！

从那狭长的黏肉所呈现出的走向来看，应该是连接脑核和脊柱的。脊柱是整个身体运动神经最为集中的地方，这块黏肉一定与他的行动有着重大的干系。

蔡峰看了一眼李教授，说："切开脑核？"

李教授点点头表示同意。

蔡峰将手伸进颅骨内，轻轻将脑核攥在手中。

就在蔡峰伸手攥住脑核的一刹那，一直安安静静躺在手术台上任由摆布的僵尸突然猛地抽搐了一下。

这一下抽搐的动作很大，好像活人被什么尖利的东西猛地戳进肉里的反应一样强烈。我们三个人同时被他吓了一跳，幸好他只是抽动了一下，之后便没有了下一步的动作。蔡峰的手在他颅腔内停了一下，才慢慢拽出。

翻转过脑核可以清楚地看到，那块淡黄色的皮肉大约有小指粗细，从脑核中延出，几滴淡黄色的液体滴落下来。黏肉和脑核连接得很紧密，不知道是和脑核表面连在一起，还是深入到脑核内部。

我看得实在摸不着头脑，不禁问李教授："这是什么东西?"

李教授郑重地摇摇头："我这几十年给无数的人做过脑部的各种手术，这种东西却是第一次见到!"

蔡峰紧紧握着手术刀，说道："不管是什么东西，我们看看它到底连接到脑核的什么地方去，也就能够猜出个大概了。"说着他就将脑核紧紧按在手术台上，小心翼翼地切了下去。

脑核凝结得很结实，就连切骨也毫不费力的手术刀切在上面如中败革，需要来回割上好几次才能缓缓切开一道小小的口子。

随着刀口的不断深入扩大，僵尸的抽搐越来越强烈、越来越急迫，到后来，甚至手脚都开始摆动起来。有了第一次的经验，蔡峰也有了心理准备，任凭他如何抽动，只是一刀接着一刀地慢慢割着。

最后，那僵尸猛地抽动了一下，便不再动了，同时脑核的刀口上涌出一股焦黄的液体，好像被敲破了壳的鸡蛋一样，黏稠无比。

我伸手帮蔡峰将脑核轻轻扯开来，不禁惊叫道："这是什么?"

硬如顽石、韧如败革的脑核中居然镶嵌着一枚红枣大小的东西，那东西外边包裹着一层黄黄的黏液，里边是一粒晶莹放光的黑色小丸。小丸浸润在黏液里显得晶莹剔透、寒光闪烁，尤其是经过灯光照射，更显得如同一颗眼珠一样瞪视着我们三人。我被它“盯”得背上冒起阵阵凉意。

脑核和液体相接的地方虽然也呈黑色，可是已经相当淡了，黑中带黄，好像要被同化掉一样，而且非常柔软，用手术刀轻轻一点便破开来。

李教授怔怔地看着那形如眼睛的东西，发了半天呆，突然开口叫着：“这简直令人难以置信！难以置信！”

我看了看蔡峰，他也是一脸惊讶。虽然我们事先做过各种猜测，但唯独没有想到会是这种结果，别说是他，就算是华佗再世，恐怕也猜不透为什么尸体的脑子里会长出这么个稀奇古怪的东西。

三人你看看我我看看你，愣了好一会，也没有人能说出个所以然来。最后只好将皮囊包裹的脓包和这枚脑核先保存起来，再慢慢观察研究。

等我们收拾完毕，满脑浆糊地走出实验室所在的楼房时，天色已经大亮。清晨的阳光温煦惬意，可是我却感觉不到一丝一毫的舒爽。自从介入到这件离奇的杀人案件之后，事情越来越诡异，越来越疑团重重，而这些事情是我永远也想象不到的。我心底陡然生出一股强烈的恐惧，虽然不知道这种恐惧源于何处，只是觉得心里越来越怕，好像有一种极大的危险力量正飘荡在我周围，只等待一个合适的时机，它就会猛地扑过来，将我和我周围的人一口吞下，连骨头也不会吐出来。

楼门外不远的地方站着一个人，身材健硕，戴着一顶太阳帽，正是陆华。看他一脸焦躁地来回踱着步，我知道一定又有什么事情发生，心里不禁又是一沉！

二

我看到陆华双眼通红，猜想他在听到白枫遇袭的消息后，一定彻夜未眠。于是上前打趣说：“陆队长，你可真够早的啊！”

陆华撇嘴笑了笑，说：“你不也挺早的嘛！”我不禁揉了揉自己微微发涩的眼睛，暗想自己的“熊猫眼”一定也比他好不到哪里去。

“你找我一定是为了白枫的事吧？”

“你能不能将昨天晚上的事情跟我仔细说说?”陆华一边递给我一支烟一边说。

我和他在楼下找了一个长椅坐下来，点上烟，从头至尾将昨晚的遭遇跟他说了一遍。

陆华静静地听我说完，沉吟了一会儿才说:“也就是说你根本没有看到凶手长什么样子?”

“是的，他速度太快，我连半个影儿也没有看到！你有没有去白枫的家里检查过?”我问。

陆华皱着眉头说:“去是去了，可惜也没有什么有价值的线索。门把手肯定是被人用手硬生生掰弯的，而且门洞也被捏得挤到了一块儿，可惜的是凶手可能戴了手套，上面根本没有留下任何指纹，询问附近的居民也没有任何发现！”他说完摇了摇头。

我笑了笑:“也可能凶手根本就没有指纹。你们在杀人现场不是也没有发现指纹吗?如果深夜造访白枫的和吓死那一家三口的是同一个凶手的话，当然也不会留下指纹。”

“你是说这都是那具僵尸所为?这怎么可能呢?他不是好端端地在医院里躺着吗?”陆华对我这个说法表示疑惑。

其实我又何尝不是被搅得糊里糊涂的:“我也不知道这两个案件是不是同一个‘凶手’所为，毕竟我们找不到僵尸在场的任何证据。虽然案发时我接到过白枫的电话，但是我不敢确定她是真的见到了凶手的面貌，还是只凭着听到的脚步声做出的判断。如果是后者，那就更加难说了。”

我们两人都陷入了沉思，彼此沉默着。我不知道昨天晚上白枫到底见到了什么可怕的事情，如果真是那具僵尸的意念之灵，那呈现的形貌又会是怎样的模样?如果和僵尸现实的样子相差无几，虽然很可怕，但这不是她第一次见到，按常理来讲，她不可能被吓得割脉流血而不自知，那她到底见到了什么?

我突然想起陆华刚才的话，心里闪过一个念头，问:“你刚才是说防盗门的门洞也被人用手捏到了一块?”

陆华点点头。

“依你看，这是凶手有意为之，还是无意间的举动？”

陆华肯定地说：“一定是凶手有意为之，因为很明显，门洞被捏到一块后，白枫就不可能从屋里看到门外的凶手了！”

“也就是说，凶手不愿意让白枫看到自己，换言之，凶手不愿意暴露自己的身份，或者说，白枫有可能认识凶手。”我大声说道。

陆华又重重地吸了几口烟，说：“很有可能！”

我猛地站起身，拉着陆华向前走，也许只有白枫自己可以解开这个谜团。

我飞快地跑到白枫所在的病房，心底盼望着她这个时候已经醒了过来，这个谜题也许就能解开了！

三

刚走到白枫的病房门口，迎面就撞到白小娟。

“异哥！”她轻轻地叫了一声。

“她怎么样了？”陆华急忙问。

“一切还算稳定，不过还没醒过来。”

白枫很安静地躺在洁白的病床上，手上一层层地裹着绷带，点滴一下一下地缓缓流进她的体内。她的脸色已经比昨天好多了，不像刚送过来时那样煞白，呼吸也平稳了。

陆华紧紧抿了一下嘴唇，走到床边轻轻叫了一声她的名字，满脸关切。

他此时也许在想，如果这场灾难能够转嫁到自己身上该有多好。

好像有了感应，白枫的身体竟然在此时突然微微颤动了一下。

我和陆华同时紧张起来，期望她立即睁开双眼。可是，她只是轻微颤动了一下，就又恢复了安静。我们等了很久，她始终没有再动。

陆华又轻轻地叫了两声，白枫还是丝毫没有反应。

我扯了一下陆华的衣角，刚要开口，突然听到身后一个微弱的声音幽幽说道：“她流了很多血，需要好好休息，你……不用太担心。”这声音平平的，中间没有一点平仄变化，更像是一个机器发出来的。

我左右看了看，以为是走进来了一个女医生在安慰我们，可是房间里除了我和陆华之外，就只有安静躺在病床上的白枫。

我不禁疑惑地凑近了白枫，想看看她是否已经苏醒了过来。

只见白枫微微发白的嘴唇翕动了两下："是你在说话吗？"声音又是平平吐出，竟然是她在说话！

陆华也凑了过来，脸上写满了惊讶和狐疑。

白枫的嘴唇又轻轻翕动了两下："这是怎么回事？"

我和陆华顿时惊呆了。白枫说话时只是嘴唇微微翕动，脸上却平静如常，好像梦呓一样。

"这绝对不正常，快叫医生！"这是我刚想说的话，可是我只是张了张嘴，声音却从白枫的嘴里发了出来。

陆华一个箭步跑到门口，大声呼叫医生，声音里充满了焦急和恐慌。虽然作为一个整天和刑事犯打交道的刑警大队长，这种声音不应该从他的嘴里发出来，可是关心则乱，他确实惶恐不安了。

医生要做一个全方位的检查，我和陆华被赶出来，又坐到了走廊冰凉的长椅上。

"这是怎么回事？"陆华气急败坏地嚷道，"是不是精神失常？"

他是在自言自语，而不是想让我来回答这个问题，其实我也回答不了。可是我还是接口说："这不是精神失常，这好像是……读心术！"其实我也不敢肯定，虽然她确实说中了我想要说出的话，可却是那样的浑浑噩噩、无知无觉，而真正的读心术是从人的眼睛里窥破人的思想。她明明闭着眼睛，怎么会突然具有了这种异能？难道她被开了天眼，不用肉眼就能窥破人心？想到天眼，我突然想到僵尸脑核中那只好像死死盯着我的"眼睛"，不禁打了个寒战。

陆华没有觉察到我的变化，只是一个劲地摇头，絮絮叨叨地说："不可能，不可能！她从来没有过这种能力，她有时候连嫌疑犯前后矛盾的话都不容易觉察到，怎么可能具有这种超能力呢？”

我苦笑了一声。人在特殊遭遇中的确有可能突然掌握某种本来没有的能力，只不过这种情况少之又少，一百万人中也难以遇到一个。难道偏偏这么巧，今天就正好发生在白枫身上？

正在这时，白小娟走了过来：“异哥，老蔡说你两天两夜没有合眼了，让我带你去休息一下。”

听她这一说，我才感觉到自己确实有点浑身乏力，眼皮也开始打起架来。我一来到这里，各种怪事接踵而至，别说睡觉，就连精神也丝毫没有松懈。但事情却越来越复杂，一个僵尸的事情还没有完全弄清楚，现在又出现了白枫这件棘手的事，真不知道，接下来还会发生什么意想不到的状况。

“对对对！异先生是该好好休息一下了，从来到这里他还没有好好休息过！你还是快去睡一觉吧，事情总会水落石出的，这不是一朝一夕的事情。”陆华急忙站起来说。

我对他笑笑，说：“你也不用太担心，白枫肯定不会有事的。”

陆华微微一怔，不好意思地笑了笑。

白小娟在前面引路。我问她：“我们没来之前，白枫有没有过什么异常举动？”

“没有，我们护士每隔十分钟就去查一次房，她一直处在昏迷中。”白小娟说，“异哥，你说白警官到底得了什么病？是不是恶鬼附体了？我听到她说话的声音，心里就一阵阵的发冷，那声音好像不是人发出来的！”

“你们医生还相信这个？”我笑着问。

白小娟一本正经地说：“怎么能不信？医院里都传遍了，说你们运来的那具尸体是一个恶鬼，谁要是冲撞了他，就一定会倒霉的，还说……还说，这只是个开始，白警官只是第一个！”她回头看着我，满脸的忧虑。

我知道她的忧虑是因为蔡峰也参与其中，她是在为自己的情郎担忧，于是安慰道：“没有那么邪乎，那只不过是一具干尸。白警官的事情和他没有关系，你放心好了。要是真有什么恶鬼附体的话，也会第一个找上我。”

她被我说中了心事，脸颊微微一红。

说话间，我们就到了医院专门给医生划出的休息室。她将我带到一个房间，说："医院里没有专门给客人准备的休息室，您就委屈一下，在老蔡这里休息一下吧！"

我打量了一下房间，地方不大却收拾得很干净，被子叠放得整整齐齐。我知道这肯定出自白小娟之手，于是笑着说："好家伙，这都赶上星级标准了，收拾得真干净！"

"你真会开玩笑，不过，你声音小点儿，院长就在隔壁休息。"白小娟压低声音说，"他脾气很怪，要是吵醒他，可有你受的。"

我突然想到蔡峰，问："我占了蔡峰的地方，他去哪里休息？"

"你是不知道，他一工作起来就不要命，现在还在实验室捣鼓呢！如果弄不出来个结果，他是不会安心睡觉的。"

是的，这是蔡峰的作风，这种穷根究底的性格在上一次合作中我就曾领教过。

"真不好意思，给你们添了这么多麻烦！"

"哪里，哪里！我还应该好好谢谢你呢，你是老蔡的福星。"说完，她就关上门走了出去。

我微微一愣，随即明白她所指的是什么。李教授之所以可以安心地在隔壁房间休息，放蔡峰一人在实验室里忙活，这本身不就是一种信任嘛！我也很欣慰，至少在某种意义上我确实给了蔡峰一个展现自己能力的舞台，也许他再也不用待在急诊室里为人挖鸡眼了。

我躺下没多长时间，困意就袭了上来，迷迷糊糊中便进入了梦乡。

也不知道过了多久，我突然被一阵奇怪的声音惊醒了。起初我以为是自己疲劳过度产生的幻觉，可是等我睁开眼睛，望清楚头顶上的天花板时，那奇怪的声音还在不停地传进我的耳鼓。

咯吱咯吱……咯吱咯吱……好像有什么野兽在啃噬骨头，声音很清晰，好像就是从隔壁房间传过来的。

第六章

鬼上身

一

此时恰是正午时分，耀眼的日光从窗户里照射进来，晃得我眼睛发疼。

我轻轻从床上爬起身，悄悄地打开门向隔壁房间走去。隔壁的房门紧紧关着，我将耳朵贴在门上，那声音听得越发真切，咯吱咯吱……

没错，声音就是从这间屋子里传出来的。

睡觉之前曾听白小娟说过，隔壁是李教授的房间，只不过蔡峰这间休息室是在整个楼道的中间，左右都有屋子相连，所以我也不敢断定这房间是不是李教授的，更不知道里边藏了一个什么怪物。凭我的经验，如果不是狮子老虎，那肯定是藏獒之类的大型犬才能够发出这种声势的咀嚼声。难道有医生酷爱宠物，竟将这种大型怪兽养在医院里？

不过也难说，如果这个房间确实属于李教授，以他古怪的脾气，这种事绝对能够做得出来。

我知道藏獒是一种凶猛的犬类，攻击性很强，除了主人之外，不惧怕任何人，所谓“一獒抵三狼”正是对它凶猛的最形象比喻。如果这屋里真的藏着一只藏獒的话，我一开门，它就会猛扑过来，我还真不能不防。因此在开门的时候，我就加了十二分的小心。

可是等我缓缓将门推开一条小缝时，那声音却突然消失了。

如果它一直在忙着咀嚼自己的美餐，我还不是太害怕，这说明它的注意力没有转移到我这个贸然闯入者身上，可是一旦它不再发出那种让人听着脊背发毛的声音，我的心脏就开始怦怦地狂跳起来。

我悄悄地将一只眼睛凑到门口，向里边张望，右手却死死地抓紧门把手，时刻提防着它突然扑过来。

屋里静得很，甚至连呼吸的声音都没有。如果是那么大的猛兽，怎么可能一点声息都不发出来？

由于门开的非常小，我的视线被夹成一条小小的细缝，只能看到半张床铺和半开的窗户。窗帘被从窗子里透进来的微风轻轻一吹，就如同穿在女鬼身上的白衣，轻轻舞动，房间里空无一人。

我头皮开始发紧，略略愣了一会，心里盘算着是否应该将门再推开一点，好让自己能够将整个房间都看清楚。

正在我犹豫的当儿，那咯吱咯吱的啃噬声又突然再次出现。这次声音出奇的大，好像就在门后面。

我咬了咬牙，下定决心，无论屋里藏的是不是一只野兽，我都要看个究竟。

我深深吸了一口气，猛地将门打开，身子也随即向左边一闪，避免正面面对房门。假如那野兽突然冲出来，也不会被它一下扑个正着。

可是，事情大出我的预料。从屋里什么东西都没有冲出来，只不过我看到一个人的背影，那人好像并没有听到我猛然推开房门的巨大声响，而是继续低着头在啃咬什么东西。从后面能看到他整个头不停地左右晃动，双手捧着什么东西，正吃得津津有味。

从他半白的头发和身上的白大褂看，应该是李教授。

原来不是什么野兽，我暗自吁了一口气。也许李教授忙活了整整一夜，睡觉的时候也没有吃饭，现在醒来肯定肚子饿了，在偷吃猪蹄凤爪之类的东西，也难得像他这么大年龄还能有这么好的牙口。听着他津津有味的咀嚼声，我不禁也感到饥肠辘辘，不由得吞咽了几下口水。

我刚要出声打招呼，突然发现不太对头。我开门这么大的声音他怎么可能一点反应都没有？

我缓缓地向他前面绕去。刚转到他侧面，看到他在啃咬的东西时，我脑子里嗡的一声就懵住了。

他抱着啃咬的竟然是自己的手指头！

他左手的小指已经被咬得只剩下光秃秃的一节骨头，而此时他正在啃自己的无名指，手指的第一截已经被咬掉了，鲜血淋漓，连同前臂的半截衣袖也已经被染得血红一片。只见他一张嘴又咬在无名指的第二节上，咯吱一声，就咬下一半。看他脸上半点表情也没有，双目紧闭，嘴角微微上扬，露出一丝诡异的笑意，好像一点痛苦也没有。

看到这里，我终于明白刚才的咀嚼声到底是怎么一回事了。

到了这时，我怎么还能够冷眼旁观下去？于是大叫了几声李教授，可他却充耳不闻，仍然不紧不慢地咀嚼着半截鲜血淋漓的指头。我大惊失色，来不及多想，伸手就去拉他的胳膊，但他力气大得惊人，我用尽全身的力气仍然不能将他的手臂拉住。他又将手指凑到嘴边，张口又要咬下。

事情紧急，我也顾不上出手轻重，一只手死死拽住他的手臂，另一只手竖起掌刀，猛地击在他的后脑。就在手掌与他头颅接触的一刹那，一阵钻心的疼痛从我拉着他手臂的左手传了过来。

我知道自己这一下出手很重，以我的经验，现在的力道足以砍断两块叠放的砖头，李教授果然晃了两晃，向前一趴，栽倒在地。

我看了看自己的左手掌，掌缘被他咬开很大的一个口子，鲜血汩汩地涌出来。如果我出手稍微慢一点，恐怕就会被硬生生撕下一块肉来。

来不及理清混乱的思绪，我飞奔跑下楼，一边跑一边大声呼救，声嘶力竭。

等我和医院的医生急急忙忙跑回去的时候，只听到李教授疼得啊啊大叫，额头冷汗直冒，眼睛血红。

我跟着担架一直将李教授送到抢救室。昨天晚上他还在这里亲自主持抢救白枫的手术，可是谁能想到，不到一天，他却成了这间手术室的病人。

这事很快惊动了整个医院，许多医生护士看我的眼神都有一种恐惧厌恶的神色。也许在他们眼里，正是我带来了这场灾难，我自然也成了一个会给别人带来厄运的煞星。

二

我坐在走廊里的一张长椅上，脑子里一片混乱：这到底是怎么一回事？为什么这一桩桩可怕的事情会接踵而至，压得人喘不过气来？我一会儿想到自己那个可怕的梦，梦里的情景现在不是都一一应验了吗？无论是应在白枫身上，还是降临到李教授头上，结果不都是一样吗？一会儿又想到现在还躺在病床上言语怪异的白枫，她的突然遇袭和李教授的恐怖举动是否真的如同流传的那样：这是僵尸的冤魂在对惊动他安宁的人实施报复？如果事情果真如此，那下一个被报复的人会是谁？是我还是蔡峰？如果是我，我又会遇到怎样的情况？但愿下一个是我，这样也好让我能亲眼目睹一下这个冤魂到底长什么样，不像现在这样只能陷入猜测和担忧之中。

正当我胡思乱想的时候，陆华和蔡峰一前一后地走了过来。蔡峰用酒精帮我手上的伤口消毒，然后仔细地将伤口用纱布缠好，陆华则一脸忧虑地看着我："到底发生了什么事情？"

我也回答不了这个问题，只能摇摇头，将自己所看到的一五一十地说给他们听。

"看情况，有点像……鬼上身！"蔡峰迟疑道，"李教授的举动完全是无意识的，而且应该也感觉不到疼，难道真是……僵尸复仇？"

"不会！"陆华断然道，"如果真是这样，那我们三个人为什么会没有事？"他说完这几句话，眉头又皱了起来。我知道他一定在想，也许下一个就轮到了我们其中的一个了。

我平定了一下纷乱的思绪，说："现在事情越来越糟糕，我也不知道下面会发生什么。不过我认为这和僵尸复仇扯不上关系，但却一定和那具僵尸有某种联系。咱们一切要小心，一方面应该对白枫加强保护，另外一方面要抓紧破解开那脓包里的秘密。"

两人点点头。陆华说："我来对白枫进行 24 小时保护。现在李教授受了伤，研究僵尸的事，就要多麻烦蔡医生了。"

蔡峰说：“这是我应该做的，不过我觉得咱们还应该在白警官身上找找线索，也许昨天晚上她真的见到了什么东西。”

我突然想到一种方法或许可以让白枫将昨天晚上看到的情景说出来，于是对蔡峰说：“蔡峰，你们医院里有没有会催眠术的医生？”

蔡峰一听，也恍然大悟：“对，对，也许催眠可以让白警官说出她看到的一切。我们医院还真有一位老医生会催眠术，我马上去找他。”说完，他急忙站起身走了出去。

那个大夫大约有五十岁的样子，矮胖身材，长着一张娃娃脸，名叫唐梦成。在听到我们的请求之后，他立即沉下了脸：“小蔡，你搞错了吧？谁告诉你我会催眠术？没有的事，我只是一个外科大夫，这种精神方面的高超手法我怎么能够掌握？”

蔡峰一边赔着笑一边恭维道：“您太谦虚了，咱们医院谁不知道你是这方面的专家。这件事情很紧急，就算是为了院长，您也一定要帮忙。”

“对不起，我不会催眠术。”唐梦成冷冰冰地说。

我看出他是在有意推诿，也许是关于恶鬼复仇的传言使他心生畏惧，这才故意躲避，怕自己被搅进这件事情中来。如果不打消他这个念头，恐怕再劝说也没有用，我于是正色说道：“唐教授，你认为人死了之后有灵魂吗？”

蔡峰听我问出这句话，微感诧异地瞥了我一眼，因为这个问题，他曾经问过我。

唐梦成略微皱了一下眉头，嗫嚅道：“这个……这个，从医学上来讲，应该没有吧！”

我要的就是这个回答。“既然没有灵魂，那鬼魂复仇的传言又从何说起？”我看他眼神动了动，继续说，“您是医学专家，救死扶伤是医生的天职，所以大家都尊敬你们，如果因为一个丝毫没有凭据的传言就畏首畏尾，那又怎么当得起医生这个称呼？再者说，白警官和李院长都因为这件事受到了很大的伤害，如果我们不尽快查清事实真相，可能还会有更多的人受到同样的伤害。咱们再退一步讲，如果传言是事实，那么只要尸体在医院一天，危机便没有解除，早晚有一天，厄运恐怕会降临到医院里的每一个人身上。您认为您能逃脱得了吗？”

从第一眼见到唐梦成，我就看出他和李教授是截然不同的两种人，娃娃脸便暴露了他的性格弱点。他这种人意志容易动摇，缺乏主见，需要有人在旁边时刻提醒才行，不过，这也是他性格中的优点所在，那就是容易接受他人的意见。所以与其低声恳求，不如晓以利害更加管用。

当我说完最后一句话的时候，唐梦成身体猛地抖了一下，紧紧咬了咬嘴唇说：“好吧，我试试吧！”

三

催眠的时候最忌讳别人在旁边扰乱受催眠者的心神，所以我们三个都等在病房外面，只有唐梦成自己走了进去。

蔡峰已经告诉我，对白枫的第二次检查没有发现明显的病变，这也在我的意料之中，毕竟这属于精神方面的问题，再高明的检查仪器对于人的精神都无能为力。所谓心病还需心药医，但愿催眠术能够起作用。

我们通过病房门上的玻璃窗可以将房间内的情况看得清清楚楚，只不过隔了门听不到里面说话的声音。

唐梦成慢慢走到白枫床边，在一个凳子上坐下，眼神柔和，面容恬淡。他缓缓地张嘴说话，我知道说的肯定是诸如你现在感觉到很累，需要好好休息，现在你将闭上眼睛之类的心理暗示语言。

催眠术有着数千年的发展历史，中西方都有。因为其能够通过催眠控制人的精神，令受催眠者听从施术者的命令而被古人称为巫术、邪术，能够掌握这种技能的人也被视为异类，不是受人崇拜，就是遭人鄙视。其实，催眠术并不神秘，它只是通过语言或者眼神对人实施某种心理暗示，而这种心理暗示只有通过受施者自己心灵的感应才能发挥作用。反过来如果受施者对实施催眠的人所做的暗示没有回应，那么也就不可能受到控制。到了近代，催眠术经常被用于治疗心理方面的疾病，效果比较明显，所以很多心理学专家都不同程度地会使用这种方法。

应该说唐梦成的催眠术已经很高超了，即使隔着窗户听不到他宛如梦呓般的轻柔声音，单只看到他的柔和面容，没用多长时间，我就感到自己困意袭来，恹恹欲睡，连连打起了哈欠。

我刚想转过脸不去看他时，突然见到他张着的嘴凝立不动了，脸上柔和的表情渐渐转为诧异，我立时困意全消。

而此时我看到安安静静躺在病床上的白枫嘴唇不停地翕动起来，不知道在念叨着什么。

过了一会儿，唐梦成脸上的表情又再度转为柔和，缓缓闭起双目，嘴唇也不再动，如同木雕一样凝坐在凳子上，而白枫的嘴唇还在不停地翕动着。

又过了一会儿，唐梦成竟然打了一个哈欠，好像要睡觉一样。我知道事情不好，急忙推开了门，这才听到白枫嘴中发出了一种柔和的声音："我困了，现在就要睡着了……"

我轻轻走过去，拍了一下唐梦成的肩膀。白枫和他同时说："不对，我怎么睡着了?"唐梦成突然睁开了眼睛。

我急忙拉着他往外走，背后还听到白枫声音异样的话："太厉害了，我居然被她……"这时我们走出了病房，白枫的声音也戛然而止。

唐梦成冒了一头冷汗，不停地摇头："不行，不行，催眠术对她根本不起作用!"

蔡峰一直没有说话，只是皱着眉头陷入了沉思中，这时他突然恍然大悟地点点头："我明白了，她既然能够感应到别人的心理活动，那么你想做的心理暗示对她就根本不起作用。"

"我现在怀疑她是否具有听力!"唐梦成说。

"如果她现在没有听力，那么你所做的一切恐怕都是徒劳的。"我也意识到我们的方法可能从一开始就错了。

"也许……"陆华顿了一下说，"我们可以用别的方法对她进行催眠。"

唐梦成疑惑地看着陆华："我所知道的催眠方法就是通过语言和眼神，如果两种办法都没有用处，那我真的无能为力了。”

陆华摇摇头：“我的意思是说，既然不能进行直接催眠，那么我们是不是可以试试间接的办法？”

“你是说……”我好像听懂了陆华的意思。

陆华点点头，说道：“既然她能够感应到身边人的心理变化，假如我们对她身边的人进行催眠，那么……”

唐梦成也完全听懂了，不禁兴奋地使劲拍了一下陆华的肩膀，大声叫道：“行啊你，看你人模狗样的，还真有两下子，这方法准行！”

我和蔡峰没想到他居然会冒出这么一句无厘头的话来，不禁相视一笑，陆华也被他说得怔在那里。

也许是兴奋所致，唐梦成根本就没有意识到这句话有什么不对，依然兴奋地说：“就这么办，就这么办！你们谁接受催眠？”

我刚要自告奋勇地应承下来，身后突然有一个女人说：“唐教授，您看我行吗？”她的声音清脆悦耳。

我转头一看，不知道什么时候，白小娟已经站到了我们后面，也许是刚才大家都把心神集中到讨论这件事上，竟没有一个人听到她的脚步声。

白小娟见我们都转过头去看她，脸上微微一红，急忙说：“我只是……想帮帮你们的忙。”

唐梦成一边搓着手一边说：“你再合适不过了，就是你了，本来男女心理就不太一样。”

既然商量妥当，我们马上就依法施行。唐梦成去办公室拿了一个耳机一下扣到白小娟头上，跑出老远对着一个麦克风说话：“能听到吗？”

白小娟大声喊道：“能，听得可清楚了！”

临进病房的时候，蔡峰使劲握了一下白小娟的手，嘱咐她小心。白小娟点点头，推门走进房间，坐在病床边的凳子上。

由于是单纯用声音催眠，唐梦成害怕我们在旁边会受到波及，于是走进了对面一间无人的病房里，端端正正地坐在一张病床上。看他身子挺直，盘膝而坐，俨然一副老僧入定的架势。

我们转头去看房间里的白小娟，她端端正正地坐着，双目闪闪放光，两只手紧紧握在一起，表情既兴奋又紧张。而白枫如同在念叨咒语一样，嘴唇不停翕动，大约说的都是白小娟此时紧张的心里话。

过了一会儿，白小娟轻轻打了个哈欠，眼睫缓缓垂下，娇小的身躯也慢慢软瘫在椅子上；又过了一会儿，她身子向后斜倚，靠到了背后的墙上，双目疲累地睁了两下，又缓缓合上，头一歪，整个人都倚靠在墙上，应该是睡着了。

白枫的嘴唇也轻轻地掀动了两下就停住了。

成功了！

我心中扑扑跳得厉害，见唐梦成向我们做了个进去的手势，就蹑手蹑脚地推开房门，走到床边，生怕声音一大便会将两人惊醒。

事先我们已经交代好了要向白枫提的问题，就等着唐梦成依次提问了。

没过多大会儿，只见白小娟在睡梦中微微皱了皱眉头，梦呓般地喃喃说：“我……不……知……道……”而白枫好像睡得很沉，竟然微微发出如同小猫般的鼾声。

又隔了片刻，白小娟喃喃说：“我好好的，我什么也没有见到。”白枫还是毫无动静。

这当然不是我们想要的答案，也一定不是白枫所看到的情景。难道熟睡中的白枫，竟然失去了感知白小娟心理变化的能力？

就在这时，白枫突然轻轻咳了两声，手指动了动，竟然微微睁开了双眼，看着我辨认了好一会儿，才沙哑着嗓子张口叫道：“异先生？”声音明显带着疑问的语气，和适才平平的声调截然不同。而现在白小娟却正在熟睡。

又是大出意料之外，我和蔡峰、陆华面面相觑，满腹的疑惑都写在了脸上。

就在这时，白枫一下从床上跃起来，猛地扑到了我的怀里，双手死死攥着我的衣裳，身子抖得厉害。

我知道当着陆华的面，白枫的这个举动一定使他极为尴尬。但白枫大伤初醒，我又不可能将她粗暴地推开，只好轻声安慰道："没事的，没事的，陆队长不是到了吗？"

她身子突然猛地震了一下，伸出抖得如同筛糠的手指着陆华，声音颤抖着说："他不是陆华，他……他是鬼！"

第七章

白枫见到了什么

一

她嗓子本来微微沙哑，可是这句话却尖细无比，声音发颤。听到她突然的尖叫，我们都吓了一跳，不过更令大家心惊的是她说出的这句话。

他不是陆华，他是鬼！

我们三个人本来站在一起，听到这句话时，蔡峰本能地向一边挪了挪身子，离陆华远了几步。

我转过头看了陆华一眼，他也看看我，又看看白枫，略显尴尬的脸上满布疑惑，脸色渐渐发白。不过脸上还残留着一丝微笑，只是那微笑牵强无比，好像是被人戳破阴谋时故意挤出来的笑容，用以掩饰内心的紧张。

他在掩饰什么？

白枫的身子颤抖得厉害，精神变得极为狂躁，抓起床上的枕头疯狂地向陆华砸去。

陆华没有伸手遮挡，也没有侧身躲闪，任由枕头结结实实地砸在自己脸上，他甚至连眼睛也没有眨一下。

我看着白枫几近半疯的状态，只好示意陆华先出去，等白枫略微平静后再说。陆华微微苦笑了一声，转身往外走去。

此时阳光从窗户中照射进来，我瞥眼看了看陆华的影子，水泥的地面上只有淡淡的一片。我顿时倒吸了一口凉气，为什么他的影子会这样黯淡？

我不知道是自己的眼睛产生了幻觉，还是陆华确实只有一个黯淡的投影。揉揉眼睛想再看得更真切一点的时候，陆华已经到了门口，出了阳光照射的范围。陆华转过头冲我挤出一丝笑，开口道：“我就在门口，有什么事你就叫我。”

我突然觉得他的笑容非常古怪，不禁激灵灵打了个寒战。

我知道受了催眠的人就像昏过去一样，对外界的变化没有多少感知，需要好好睡上一觉才能苏醒过来。于是让蔡峰扶白小娟出去休息。

等蔡峰将白小娟抱出去以后，病房里就剩下了我和白枫两个人。我安抚了好一会儿，她才慢慢恢复了平静，不过眼中还有很强烈的惊恐之色，不停地左看右看，好像对这个房间的安全一点都不放心。

“白枫，你还记得我们第一次见面的时候，我穿了一件什么衣服吗？”白枫自从遭遇袭击之后一直言行古怪，我必须确定一下她神志是否清醒。

她好像没有反应过来，左右惊恐地看了好一会儿，才诧异地问：“你说什么？”

“我们第一次见面的时候，我穿的什么衣服？”

白枫听清了我的话，马上答道：“那天你穿了一件淡绿色的T恤，一条牛仔裤，脚上是一双白色的运动鞋，戴一副很大的太阳镜，提着一个黑色的背包。鞋是耐克牌的，牛仔裤长了几寸，挽了一道后还盖到了脚后跟。”

我不禁对她细致的观察力表示钦佩，可转念一想，她身为刑事警察，拥有这种细致入微的观察能力也属正常。她既然能够这么细致地描述出我当时的穿戴，看来她的精神还是正常的。

如果她精神正常，那她刚才的那句话就应该是真的了。

“你能够告诉我昨天晚上到底发生了什么事情吗？”虽然我心中非常急切地想知道白枫刚才那句话到底是什么意思，但又怕会对她刚刚平稳的情绪产生刺激，只好先从这里问起。

可是这个问题还是使她的情绪产生了很大的波动，身子又微微地抖动起来。我急忙伸手攥住了她缠满绷带的右手，希望这样能够给她一点安慰和勇气。

“是他！藏在陆华身体里的恶鬼！”白枫声音颤抖地说。

我知道白枫一再说鬼这个字眼，她一定是看见了不寻常的东西。于是继续问道："你到底看到了什么？"

二

白枫又沉默了好一会儿，也许她是在压抑心里的不安，等她身子慢慢停止了抖动后，才幽幽地继续说道："那天晚上，我回到家里，自己弄了些晚饭吃了，好好冲了个热水澡，就想躺下来睡觉。可是等躺到床上，却怎么也睡不着。这两天的遭遇让我心里害怕，一闭上眼睛，脑子里就浮现出那个死尸的样子。最后，我索性不睡了，将屋里所有的灯都打开，也许明亮的灯光可以冲散他在我心里留下的恐怖阴影。

"我看了一会电视，觉得无聊，于是又打开电脑上网，上了一会儿，又觉得没有意思！"

我知道当一个人刻意想忘掉一件事情的时候，反而会使这件事情在脑子里不断浮现，因为人的潜意识在不断提醒大脑忘掉它的同时，其实又在一次次加深对它的记忆。白枫当时就是处于这种状态之中：脑子里不断出现死尸的可怕身影，又怎么会有心情做其他的事情？

"正在我漫无目的地在各类网站上随意翻看的时候，突然一个名字跳入了我的眼睛——李莫然！"白枫顿了一下。

我心里也是一动："死者的名字！"我尽量不用僵尸这个字眼，害怕会引起她心底的恐慌。

白枫这时完全沉浸在对昨天晚上的回忆当中，没有留意我说的话，继续说道："我记得白天在墓碑上见到过这个名字，当时就想也许是重名，中国这么大，重名重姓的人多得很，但是心底还是感到好奇，于是就点开了关于这个名字的链接。

"这一下就连到了一家医院的网站上，上面关于这个名字是这样写的：李莫然，62岁，男，20××年，身患脑瘤，四处医治无效，于是抱着试试看的心情到我院就诊。这时他已处于脑瘤晚期，全身生有黑色斑点，呼吸困难，流涕不止，头肿如球，经全国各大医院确诊已无医治的必要。在我院经过手术切除囊肿，并连续服用我院特制药物 ××× 两星期，经检查各项生命体征正常，康复出院，数年来无转移迹象，生活正常！病人交流电话 ××××……

“不过我看那个电话前面的区号，却不是S市的。

“下面还附了两张照片，第一张上的人果然像上面描述的一样，身体瘦弱，手臂上有许多小的黑色斑点，头上的球状肿块很大，几乎有他半个脑袋一样大小。看他的面貌时，竟然就是我们见到的死者。”

我一听上面对病人的描述，直觉就告诉我这人和死者应该是同一个人。可是被白枫肯定后，我还是微微吃了一惊：“那家医院在哪里？”如果这项记载是正确的，那就表明李莫然在生前就得了一种怪病，也许正是这种怪病导致他头顶上生出了脓包，而不是死后所生。这一点很重要，至于这到底说明了什么，我却一时想不明白。

“就在S市，离这里不远，是一家民办的小医院。”

我打定主意，明天一定要去一趟，这种私立医院的宣传多半不能当真，实情到底怎样还很难说。

“后来我想再找一些关于李莫然的信息，网上却没有了。因为这个网站是这两天才加上去的，我们一直没有看到，我觉得这个情况很重要，就想将资料打出来给你和……看看，于是打开打印机就开始打印。

“可是等打印资料照片的时候却卡住了，我的打印机一直不是很好用，时常卡纸。我使劲将纸片拽出来，想重新打印一张。我刚想丢掉那张照片，可是却发现第二张照片没有打印出来的半个身子有别的影子。只是影子比较模糊，我看不大清楚。

“我打开台灯，对着灯光看时，竟发现那个模糊的阴影是我们晚上见到的那……尸体！”

我也吓了一跳，虽然两者是同一个人，可是活人和死去三年的尸体当然会有很大的区别。看白枫一脸的肯定，我想她一定仔细辨认了很久，如果没有看清楚她绝对不会这样说。

我不想刺激她本来就已经十分脆弱的神经，于是不再纠缠这个问题，继续问道：“那后来呢？”

“后来……后来，我吓了一跳，胡乱地将纸片卷作一团，丢进了垃圾桶，不过我还是不放心，又捡起来将它用碎纸机给切得粉碎。当时也不敢再重新打印了，就拔掉电源，跑到床上，用被子蒙上了头。

“蒙上头以后，我心里还是一阵阵的害怕。我常听人说，人用肉眼看不到的脏东西，用相机却能拍到，可是没想到就连死者生前的照片也会作怪。我又想，他既然能够深夜闯进自己家里，会不会也会找到我这里来？想到这里，我的心里更加害怕，好像……好像他已经摸到了我的床前，就要掀开被子，对我下手一样！”

我心里暗说：你要再这样想下去，恐怕不等僵尸造访就已经被自己活活吓死了。

“我心里就这样胡思乱想着，突然又想我的防盗门到底锁上了没有？他会不会突然推开门进来？于是我轻轻下了床，跑到厨房里拿了一把菜刀壮胆，蹑手蹑脚地走到门口，轻轻打开里门，伸手试了一下防盗门，还好，门是锁上的。

“我突然又想，他现在会不会就站在我的门外边，不禁又害怕起来，将耳朵贴到门上，就听到走廊里果真好像有踢踏踢踏的走路声。”

我心想，她那时已经开始产生幻觉了，也许她所见到的东西都是自己的幻觉。

“我虽然怕得要命，可还是将头凑到门镜里向外看，走廊里一片漆黑。我想感应灯是灭着的，如果真有脚步声，那它肯定会亮起来，心想自己肯定是产生了幻觉。

“就在这时，我突然隐约看到有一个黑影就站在靠近楼道窗户的位置。那黑影依稀有头颅和四肢，好像是一个人的影子，只不过他站在那里一动不动，好像是一具死尸。

“我怕自己这次看到的也是幻觉，于是揉了揉眼睛再去看，那人却突然动了。他一步一步地向我走过来，每一步好像都使了很大的力气，就算隔着防盗门还是能听到那踢踏踢踏的走路声，可是走廊里的感应灯还是没有亮。”

我知道她楼道内的灯并没有损坏，也许这次她听到的声音还是幻觉所致，可是又突然意识到不对，我遇到的那个东西也没有让感应灯亮起来。如果不是我拍手弄亮了灯，恐怕它就能无声无息地跑掉，也许这东西有什么特异功能，能够控制感应设备。这还真不好说。

“我看他越走越近，吓得不行，急忙将里门关得紧紧的，跑到卧室里就给你打了电话。”

怪不得在电话里她的声音那么惶急，原来是这个原因。

“我不敢再去看，打完电话就蜷缩在床上发抖，此时，我仿佛还能听到它走路的脚步声，踢踏踢踏，就好像在我心里走路一样。”

这次就真是幻觉了！

“也不知道过了多久，我觉得很漫长，好像等了一个世纪一样，可是也没见到你的身影。

“我刚想再给你打一个电话的时候，电话铃却响了！

“我也来不及看手机号码，一下就接通了：‘你到哪了？到哪了？’

“电话那头先是愣了一下，才低着声音说：‘我就在你门外，你来开门吧！’我听声音不像是你，就看了一下电话号码，竟然是……他的！”她说到他时，伸手向门外指了指，自然指的是陆华。

“我想，无论是你还是他都是我最信任的朋友，他来了我也算有了主心骨……”

没想到她居然能将我和陆华放在同等信任的位置上，这令我有点吃惊，自然也有些欣慰，心里说：嗯，你既然这样看得起我，那我昨晚拼命赶路就不算什么了！别说没有出事，就算真的出了车祸，我也没有怨言。

她继续说道：“于是我就快步跑过去开门。”

我心里一动，知道谜底马上就要揭晓了。

三

“等我跑到门口，刚要伸手扭开门锁的时候，突然感觉外边很安静，一股不祥的预感突然从心底里升起来——为什么会这么安静?

“如果我刚才没有看花眼，那么现在门外应该有两个人，一个是我见到的黑影，一个就是他。两个人遇到一起，怎么可能会相安无事，又怎么可能一点声音也没有?

“我又想，他所住的地方并不近，相对于中心医院，你应该更快赶到，为什么他在得到你的通知后会比你还快?”

我心里一边说我可没有给陆华打电话，一边佩服她在这种惊慌失措，六神无主的状态下，居然还能如此逻辑缜密地思考问题。只不过，她漏掉了一种可能性，那就是我因为别的事情脱不开身，所以给陆华打了电话，让他赶去救护。不过，转念又想，这种可能也不大，我还真没有在朋友遇到生命危险的时候不管不顾地去忙别的事情过。难道她居然能够看破我这种性格而根本就没有将这种可能性考虑在内?

“我不禁低下头通过门镜向外看了看。”她继续说道，“从门镜里看到外面的视线非常有限，只能隐隐约约看到门口站着一个人，看那身材穿戴是他无疑，只是他的头向下低着，看不清相貌，他周围根本就没有别的身影。

“我心里稍微安定了些，也许那黑影在陆华来到的时候就已经悄然离开了。于是我伸手就去扭门锁。”

这是白枫在整个叙述过程中第一次提到陆华的名字，也许她现在的心情比刚开始好了一些，不再忌讳提到这个名字。

“他在外边好像等得不耐烦了，我隔着门板隐隐约约听他喃喃地说道：‘这臭娘们怎么还不开门?老子等了这么长时间了，看我待会怎么收拾你!’

“也不知道是门板的隔音效果不好，还是他说话的声音太大了，这几句话都清清楚楚地钻进了我的耳朵里。”

我也发现这几句话有问题。虽然我和陆华刚刚认识，可是能够看得出来，他外表虽然粗犷，可却是一个精明强干、心细如发的人。就算是对同性下属，像这种粗鲁的话他也不可能说出来，何况是对一个自己心仪已久的异性下属，而且还是在这位下属的门外。

“我当时听到这几句话，心里吃了一惊，只是感觉这几句话说得非常突兀，根本就没有想过如果真是他怎么可能说出这样的话来！随即手上一松，咔——门锁就又锁上了。我这锁是新换的，声音很小，没想到就这小小的声音居然震得走廊里的感应灯刷的一声亮了！”

我也觉得奇怪，陆华大声的咒骂没有使它亮起来，这门锁的轻响为什么就可以震亮它，难道……

这时白枫的情绪又慢慢紧张起来，抓着我的手开始用力，我的手指居然被她捏得隐隐作痛。虽然她脸上满是惊恐，神情痛苦，可是我还是急忙催促道：“你看到了什么?”因为我知道，现在是最关键的时候，错过了这个机会，再想让她说出这件事，就势必要重新费一番力气。

“我看到……我看到他站在我的门口，头向下垂着，好像被折断了脖子一样。可是通过从上面射下来的灯光，我能看到他眼圈是红的，好像是唱戏的花脸专门勾出来的红眼圈一样，脸色却煞白得没有一点血色，嘴角微微上扬，露出阴冷的笑意。

“我吓了一跳，这绝对不是他，我从来没有见到过他露出这种让人浑身发冷的表情。这时候，灯突然灭了，他那张可怕的脸孔又隐没在黑暗里。可是就在灯灭的那一刹那，他突然抬起了头，我看到他两只瞳孔里发出两道如同鬼火的幽光，他的脸孔在幽幽的微光里更显得阴森可怖！

“接着他张了张嘴，我听到他冷冷地说了两个字：‘开门！’一条舌头突然从他嘴里嗖地一下伸了出来。”

白枫说到这里突然住了口，秀眉深锁，干呕了两声，却没有呕出什么东西来。她停了好一会儿，才又接着说：“那舌头伸出来有一尺多长，舌尖分叉，就像眼镜蛇吐出的信子一样。

“他的舌头很灵活，在面前转了个弯，突然一下子就飞到了门洞里。我吓得往后一躲，门洞上的凸视镜就碎了！

“看到这种情况，我的神经已经紧张到了极点，关上了门，吓得一下子瘫坐到了地上！

“我听到他在门外发出一阵阵的冷笑，门上发出咔咔的声响，过了好一会才突然想到：他要冲进来了。于是我浑浑沌沌地就站起来四处乱走，后来……后来就什么都不知道了……异先生，你一定要救我！”

她说完就紧紧地抓住我的手臂摇起来。我知道任何一个人看到这种情形都会精神崩溃，别说她只是误伤了自己，就算是稀里糊涂地自杀，也没有什么好奇怪的。我感到奇怪的是陆华的诡异行径，以及他所表现出来的非同寻常的本领。如果按白枫的描述，陆华很像是恶鬼附体，阴冷的表情、超出常理的“本领”，那绝对不是一个正常人能够做到的。那么，陆华真的被恶鬼附体了吗？他又为什么会找到白枫？白枫到底做了什么事情招惹了他？

绝对不是因为白枫曾经用枪射击过他，我说不出理由，但是直觉却让我否定了这种可能。可是除此以外，他还有什么理由对白枫实行报复呢？毕竟，我跟她一直待在一起，也许在我不在场的时候，白枫做过什么冲撞鬼魂的事情。是那张照片吗？不太像！

“白枫，你再想想，除了曾经试图打印死者照片之外，你还做过什么和死者有联系的事情？”

白枫说出了这件事后，好像心里的一块大石头落了地，神色也不像刚才那样难看。她皱着眉头想了好一会，才慢慢说：“没有，肯定没有！”

我突然想起来一件事，于是问她：“你猜我现在在想什么？”

白枫瞪着我看了好一会儿，一脸的疑惑道：“你这人真奇怪，我怎么知道你在想什么？”

“那你什么都不知道后，还能想起什么事情来吗？”

“什么意思？”白枫脸上的表情越来越疑惑，怔怔地看着我，不知道我这句话什么意思。

我也知道自己这个问题非常奇怪，可是又想不出更好的表达方式，于是说道："也就是在你什么都不知道以后，就什么记忆都没有了，一直到现在?"

"难道中间发生了什么事情吗?"她脸上又现出十分惊恐的表情。出于女性本能的反应，她把手伸进了被子里。

我知道她误会了我的意思，可是又不好意思当面告诉她你一切完好，只好扭过了头，不去看她。

也许是她发现自己确实一切完好，这才微微嘘了口气。但突然意识到在一个男子面前做这种动作实在太不雅观，声音也变得低了起来："异先生！你能告诉我到底发生了什么事吗?"

我转过脸，看到她微微绯红的脸颊，觉得自己脸上也有点发烧，于是赶紧说："没有，没有！我只是……看看还能不能掌握更多的信息。好了，你好好休息吧！不过，我敢肯定你昨天晚上见到的不是陆队长！而今天这个就是真的了，所以你……"我不想让她知道她在昏迷当中居然掌握了感知别人心理活动的特殊能力，如果她听到这个消息，一定不会高兴的。

她点点头说："我也只是害怕，没有别的意思!"

"那就好，那就好！你好好休息，这里很安全，剩下的事情交给我们了。"

我在走出病房门口的时候，向自己的身影瞥了一眼，水泥地上也只有淡淡的影子。我略舒了一口气，可是突然又想，也许我们这些冲撞了恶鬼的人都被它盯上了，所以每个人都被吸去了身上的阳气，影子才会这样淡!

等我走出去的时候，发现走廊里空荡荡的没有一个人。陆华不是说好在外边等的吗?他去哪里了?

第八章

三个相同的推论

一

我产生的第一个念头就是，陆华跑了！

虽然我安慰白枫说昨天晚上见到的不是陆华，可是我自己却不相信这句话。如果那不是陆华，白枫接到的陆华电话就没有办法解释。唯一的可能是陆华确实被恶鬼附体了，恶鬼利用陆华的身体想要杀死白枫，只是没有得逞。那么，现在陆华身体里是否还潜伏着这个邪恶的幽灵呢？如果陆华真的逃跑了，那答案应该是肯定的！可问题是，为什么恶鬼没有趁着昨夜的黑暗离开陆华的身体，而要继续留下来呢？它想要干什么？

正在我想这些问题的时候，陆华却出现在走廊的另一边。我看到他的身影，不禁哑然失笑。

陆华手里端着一只热气腾腾的碗，离得老远就可以闻到鸡汤的香气。是的，经过这一天一夜的惊吓和折腾，白枫应该早就饿了，她也确实需要好好补一补！

没想到像陆华这样一个粗壮的男人，竟然会如此细心。所谓“情之为物”，可能真的能令一个人发生彻头彻尾的改变。

鸡汤还有点烫，陆华不停地交换着双手。

“快接一下！”看到我木然地站在门口，他急急地说。

我伸手接过来，说：“陆队长，你真是新世纪的标准好男人。”

陆华不好意思地笑笑：“哪里，哪里！她昏迷了一天一夜，应该饿了，你快送过去吧，让她趁热喝，不然就腥了！”

我看着他，奇怪地问："你为什么不自己送去？"可这话一出口就觉得自己真是糊涂，在没有解开这个疑团之前，白枫对陆华还是心有恐惧的，他送来的汤，白枫也不见得会喝。

这时正巧一名护士走了过来，我便将碗递给她："麻烦你了，护士小姐！"

那名护士夸张地嗅了嗅，赞道："真香啊！"然后就走了进去，听到她在里边叫道："白警官，开饭了！这可是别人精心给你熬的鸡汤，我都馋得直流口水了！"

我突然想起白枫说的话，也许这个谜团只有那家医院能够解释。我等不及明天了，不知道今天晚上会不会又有人出事，这件事越早弄明白越好。于是拉着陆华就往外走。一方面他留在这里也是坐立不安，另一方面我不敢肯定他是否安全，如果他再向白枫发起袭击，悲剧恐怕就不可避免了。让他在我的视线范围内应该是明智的决定。

白花花的阳光照在陆华身上，我看他没有一点不舒服的表情。如果恶鬼真的还在他身体里，现在这种时候，它也应该不敢露头。

陆华一边走一边问我去哪里，我只是催他快上车，一会儿再告诉他。

陆华给我提供的专车昨晚已经撞坏了，现在只有开着他的车去。上了车他又问："去哪？"

我将从白枫口中得知的医院名称告诉他，陆华没多说什么，开着车就出发了。

陆华一直埋头开车，对白枫的事只字不提。我感到很奇怪，不禁问道："你难道不想知道白枫对我说了什么吗？"

"你肯说吗？"陆华扫了我一眼，笑了笑，"如果事情真的涉及我，那我还是不问最好！这点常识我还是知道的。"

刑警大队长确实比一般人觉悟要高，不该问的，绝对可以忍住。

"你感冒好些了吗？"我问道。

"还好，不过就是有点怕见风，一见风就头痛。"陆华说。

“晚上睡眠怎么样？”

“还可以，不过要吃两片安眠药。”他看了我一眼说。

我知道他看出了我问这几句话的意思。对经常和各种刑事犯打交道的刑警大队长来说，我的“诱供”方式并不高明。

“我知道你在怀疑我。虽然我不知道白枫说了什么，可是我能感觉到她对我的恐惧是真的！”陆华情绪有些低落。

我拍拍他的肩膀，安慰道：“别难过，事情总会水落石出的。”

陆华苦笑一声，低声说：“看到她躺在病床上，我心里真的很难受。”

我没想到陆华会跟我说这些。我一直以为他是一个深沉内敛的人，不会轻易表露自己的感情，也许是感冒使他身体的抵抗力下降，而身体的不适确实可以影响到一个人的心情，使一个人变得脆弱。

想起躺在病床上的白枫，我心里也有点懊恼。现在事情越来越复杂，不光是白枫、陆华，还有现在不知道情况怎么样的李教授。我想应该问一下他现在的状况，毕竟他是因为我才卷进来的。如果我没有选择中心医院，李教授大概也不会遭遇如此恐怖的伤害。

我拿出手机看了看，手机已经自动关机了。这两天来一直忙得不可开交，哪有工夫为这个小玩意充电。

“用我的吧。”陆华说着将手机递了过来。

我摸到他手机的时候突然想到白枫接到的那个电话，于是偷偷打开他的通话记录查看。

陆华确实很忙，电话通话记录几乎每天更新一次。现在储存的50条通话记录几乎都是今天的，隔天的都没有。还好，昨天晚上离现在还不算远，没有被覆盖掉，上面有一条凌晨一点半的通话记录，上面的名字赫然就是白枫！

也就是说，白枫昨天接到的电话是真的，那么同样的道理，昨天晚上白枫见到的陆华可能也是真的。

我向他偷偷瞥了一眼，他脸色如常，看不出一点异样来。

“你有没有存蔡峰的电话？”我故意问。

“第 201 条就是。”陆华目不转睛地盯着前方。

他记得很准确，难得这么短的时间，他能将一位新朋友电话号码的位置记得这么清楚。

电话响了两声就被接了起来，一个略显疲惫的声音传过来：“你好，陆队长，我是蔡峰，有什么事吗？”看来他还在实验室里忙活。

“是我，异度侠，李教授怎么样了？”我问。

“没什么大碍，只是流血过多，现在清醒了，正在休息。”

“情绪还好吧？”

“还算稳定，不过我们没有告诉他发生的事情。”

“对，暂时先瞒着他，他恐怕难以接受这个事实。你有什么新发现吗？”

“没有！”蔡峰颓然道。

我安慰了几句，让他好好睡一觉再说，他笑了一声后，我就挂了电话。

二

那是一家很小的医院，只有一座六层的小楼。医院里很冷清，看来生意并不怎么样。

门口站着一位面容靓丽的护士，见我们两个人走进去，马上迎出来笑着搭讪。我们不愿意和她多耽误工夫，陆华亮出证件，我们就直接奔到了院长办公室。

院长是一个四十多岁的中年人，头发梳得油光可鉴，西装革履。如果不是他自己说是院长，我们还真把他当成了一个满身铜臭的商人。

当我问起三年前有没有收治过一个叫李莫然的老人时，院长沉吟了一会儿，可能觉得警察登门肯定没有好事，所以就矢口否认了。

我笑着说：“那你们怎么拿他的照片做宣传？我是看了他的病情介绍才慕名而来的，没想到是假的！”我做出一副很失望的表情。

那院长应该是听我口音是外地人，而且网站上确实有关于死者的信息，想赖也赖不掉，何况又是当着警察的面，就马上变了一副面孔，使劲拍了一下脑门，做出一副恍然大悟的样子：“你看我这记性，时间太长了，收治过的病人又太多，我都忘了。对不起，对不起！是的，三年前，我们确实收治过一个名叫李莫然的脑瘤晚期患者。不过经过我们手术切除，加上后期的药物调理，他已经康复出院了，听说现在生活得很幸福！”

幸福？我真搞不明白他是通过什么来判断李莫然生活幸福的。不过，我不想纠缠这些无光紧要的细枝末节，于是开门见山地问：“他患的真是脑瘤吗？”

“那还有假？头上鼓起了这么大的一个肿块，我记得清清楚楚，还是我亲自做的手术呢！”他一边说一边做着手势比划着。

我知道如果这么问下去，恐怕扯上两天都套不出一句真话来，于是在下面捏了捏陆华的手。陆华会意，便板起了脸，一本正经地说：“看来得请这位院长先生到公安局才能讲清楚了。”

院长立即就慌了手脚，连忙说：“别急，别急，你们让我回忆一下，时间太长了！”他皱着眉头沉默了足有一分钟，才从头说了起来。

现在想来，我们无论如何都要感谢一下这位院长。如果不是他，我还理不出整个事件的头绪，也不会找到事情的突破点，那么后果可能比将来所要发生的一切严重得多。

三

这位院长说话总爱夸大其词，在这里我不想将他那套说辞原原本本地记录下来，所以下面我所叙述的内容已经是删节版了。这件事情已经过去了几年，对照后来的结果，我相信我没有忽略掉什么重要细节。

那是三年前的一个夏天，这家私立医院里来了一位就医咨询的小伙子——通过陆华的证实，这个人就是李莫然的儿子，以下简称小李。当时接待他的专家就是这位院长，他的名字叫王希才——至于他是不是这家医院唯一一位专家，我就不得而知了。

两人的对话内容基本上是这样的。

小李问："大夫，我想知道我父亲患的这种脑瘤能不能医治？"

王希才一边翻看病历一边说："这应该属于颅外脑瘤，这种脑瘤并不多见。如果是长在颅内，脑瘤压迫大脑皮层，恐怕他现在已经无药可救了。有没有去其他医院看过？"

小李说："医院倒是去过一些，结论也和您说的大体差不多。"

王希才说："为什么没有在其他医院治疗？"

小李沮丧地说："大部分医院都建议采用化疗和电烤方法，因为据他们对肿瘤细胞结构的分析，说这是属于恶性的，就算做了手术也多半会转移，而且虽然肿瘤生长在颅外，可是有很多血管和大脑相连，所以手术的危险性很大。我父亲听到要做化疗，就死活不同意治疗了。"

王希才说："其实只要采取局部手术，切除大部分脑瘤，不要去动血管周围，就不会破坏到血管，对大脑皮层也不会有太大伤害。至于后期的调理也不一定非得使用化疗方法，其他方法也可以（后面省略了关于后期调理方法的话，我认为这和整个事件没有多大关系）。病人的精神状态怎么样？"

"很不好！经常处于昏迷状态，刚开始还只是早晨爱睡懒觉，后来连白天也呼呼大睡，近期就更严重了，每天只有两三个小时的时间是清醒的。而且还老爱说梦话，说话的声音也和平时不太一样，听着像两个人。"

王希才说："这是因为脑供血不足引起的缺氧症状，肿瘤切除后，就可以恢复正常。"

对于王希才的分析，我不能说全无根据，但是他的判断在后来证明是站不住脚的。

这次谈话过去后不久，李莫然就被送到了这家医院进行治疗。我问李莫然当时的情况到底是什么样子，王希才沉吟了一下，然后说出了四个字："消瘦，憔悴！”这或许也是李莫然给他留下的第一印象。

住院一星期后，李莫然进行了一次手术，手术还是比较成功的，基本上切除了颅骨上的肿瘤。据王希才回忆说，肿块很大，是一个硬肉包块，里边三分之一的部分是黏稠的脓液。

听他叙述到这里，我突然问他：“你们有没有对脓液细胞进行过分析？有没有什么特别发现？”

王希才扬扬得意地说：“作为一名称职的医学工作者，我们当然要对肿瘤进行病理方面的检验。外面厚厚的一层皮肉确是具有恶性肿瘤的病理表现，可以肯定是具有转移特性的；而里边的脓液虽然细胞结构很特别，却不具备恶性癌变细胞的病理结构！”

“有什么特别的？”我问。

“脓液细胞的排列很多，好像是……”王希才好像不知道该用什么词来表达自己的想法，微微皱着眉头。

我先前听到过蔡峰的分析，于是说道：“你是不是想说这里好像一个人体的大脑！”

王希才点点头，突然又摇了摇头，继续说道：“从细胞分析来看确实有点相像，可是这样说也不准确。怎么说呢？如果非要用一个词来形容的话，我更愿意说这里像是一个‘残缺的电脑主机’，因为虽然具备了分析处理信息的能力，可完全是不能够运转的！”

我对他为这个脓包起的名字感到很新奇，于是问：“你既然用了‘残缺’两个字，那据你判断，这里缺少什么？”

“缺连接显示器的线路。它不可能发号施令，因为它根本接收不到信息，虽然有处理信息的能力，可是却不能实现这个功能。”

他的这些话，无疑也证明了蔡峰推测出的结论是正确的。

“除非……”王希才苦笑着摇摇头，好像对自己下面想说的话感到很好笑。

我盯着他的眼睛，通过他略带自嘲般的笑意我知道了他没有说出口的话："你的意思是说，除非这是一台无线电的遥控装置？"

陆华和王希才同时吃惊地看着我。陆华吃惊的是我这个近乎天方夜谭的推测，而王希才却是吃惊于我说出了他心里的猜测。

"不可能，不可能！"王希才马上又对这个判断表示了怀疑，"虽然我曾经产生过这种想法，可是我们通过对他大脑和脊柱神经中枢的检查，并没有发现能够实现无线传输的'接收器'！"

我不想将我们在李莫然脑核中发现的那颗眼睛一样的东西告诉他，因为这件事太诡异了。假如那确实是一个"传感设施"，脓瘤可以通过它对人体进行控制的话，那么这绝对是一个令所有人抓狂的结果！

接下来的谈话就基本上没有什么有用信息了。李莫然经过手术以后身体和精神状态都有所好转，一个月之后就出院回家了。

四

在我和陆华开车往回赶的路上，陆华突然问我："你刚才是随便说的还是有什么根据？"

我知道他问的是关于遥控神经的说法，于是我将今天早上手术的情况告诉了他。陆华听着我的话，脸色变得越来越难看。

我知道他在想什么，其实我又何尝不是这个想法呢？因为我本来就对恶鬼附体的话表示怀疑，那么最合理的解释也只能是我刚才的推测。但如果这个推测就是事实真相的话，那么陆华脑子里是不是也长着一只"眼睛"呢？

不过使我更加难以理解的是，为什么会在他脑子里长出这么一个东西？这时，我突然想到白枫，想到李教授。他们的怪异行为是不是也是这个原因？可是无论如何，这应该和我们掘开李莫然的坟墓有着某种必然的联系，要不然也不会单单在和尸体接触的这些人身上发生这种情况。为今之计，只有先验证这个假说是不是成立，才能够做下一步的打算。

我们赶到中心医院的时候已经是下午五点半，天色慢慢暗了下来，陆华让我独自一个人去瞧了瞧白枫。她的情绪已经恢复正常，看来没有什么大碍，只要再休息两天就能出院了。

接着我和陆华走进了李教授的病房，看到这古板的老头很安静地躺在病床上。我们都以为他已经睡着了，于是轻轻地走过去，却看到他正大睁着眼睛一动不动地躺着，一副呆若木鸡的样子。

我慢慢走到他床头。李教授略显无神的眼睛向我瞥了瞥，突然一把抓住我的手臂，大声说："你知道吗？是眼睛在作怪！"

我听到李教授这几句话时心里一惊，忙道："李教授，你说什么？"

李教授抓住我手臂的手加重了力量，语气也变得异常凝重："我敢肯定，是它控制了我！"

我听得有些莫名其妙，疑惑地看着他，不知道他说的话到底是什么意思。

李教授看见我疑惑的神色才深深吸了口气，平复着自己的情绪，然后张开嘴，嘴唇向两边翻着，示意我看看他的嘴巴，缓缓道："我的牙齿怎么样？"

李教授已经是年届六十的人，一般人到了五十岁以后，牙齿都不会太好。当然也有例外，有一些七八十岁的老人牙齿依然十分牢固，可是，李教授并不属于后者。他的牙齿已经磨损得很厉害，并且参差不齐，掉了的牙齿形成一个个的狭小空洞。他用舌头轻轻抵了抵仅剩的牙齿，大部分都已经开始活动了。他勉强挤出一丝笑意，一本正经地说："我已经连吃花生米都很费劲了。"

虽然只是寥寥数语，但无疑他已经知道了这次受伤是因自己啃噬所致。他向我展示自己快要掉光的牙齿的目的，自然是说像他这种牙口，如果要硬生生地将手指头咬掉嚼碎是完全不可能的。不过，我还猜不出他到底发现了什么，于是问："您有什么发现？"

他一字一句地说："我认为我们都被那具僵尸控制了，而且我的脑子里一定也生着一只眼睛。"

他的话让我有点吃惊，我还没有开口，不知道他是怎样得出这个结论的。

李教授继续说："在我自残的时候，我感到自己的精神已经飘出了躯体。我能够意识到自己所做的，而且每次我想要重新控制意志的时候，就会被一只眼睛顶出来。"

这次我不是吃惊，而是震惊了！我知道西方灵学界提出的关于灵魂脱离肉体而存在的学说，并且也知道当一个人死亡的时候，身体会有瞬间的减重，据说这个失掉的重量就是灵魂的重量。至于灵魂脱离肉体之后，可以看到自己周围情景这种说法也早已不是什么稀罕的新闻。我震惊的不是李教授的话证明了灵魂存在的论题，而是这些话是从他的口中说出，从这么一位正统的医学教授口中说出——如果不是他真正有所感知，他绝不可能这样说！

更令我感到震惊的是他所说的这只眼睛，它到底代表了什么呢？

我问道："您是说，您脑子里也长着这么一只眼睛，正是这只眼睛代替了你的大脑，控制了您的身体？"

李教授重重地点了点头："我一直在想这只眼睛的作用，它为什么会出现在僵尸的脑子里？它和脓包又有什么样的联系？虽然我怀疑过小蔡关于脓包拥有思考能力的论断，可是现在我相信了，这只眼睛是一个接收器，一个可以无线接收脓包指令的接收器。"这是他第二次使用僵尸这个字眼，这表明，现在他已经承认了僵尸这种东西的存在。这本来是一件令我感到高兴的事情，但是我却无论如何也高兴不起来。

对于他的观点，我只能表示沉默，因为同样的猜测我在那家私立医院也曾经大胆提出过。不过那时我只是脑子里灵光一闪，突然冒出了这个想法，就连我自己都不认为这就是事实。现在李教授的猜测（或者叫感知）竟然和我不谋而合，那么是否意味着这就是事情的真相？

"那么，您是说你脑子中也长着这么一只可以接收信号的眼睛，而接收的信号是由僵尸身上的脓包发出的？"我问道。

"是的，也许是我们得罪了他，他在进行报复，用我们自己的身体来报复我们自己，而且我相信他不但给我安装了一个接收器，还给了我某种超常的本领。”

我知道他所指的是什么——他在给我看他参差不齐的牙齿的时候我就能够想到了。“那么，现在我们应该怎么办？”其实答案很简单，可是现在我脑子里很乱，一会儿认为李教授的推断有许多疑点，一会儿又觉得他推断得很有道理。

“毁掉它，我不知道还有多少人会被他控制，不能再让更多的人受到伤害了。与其在恐惧中等待，不如当机立断毁掉它！”李教授斩钉截铁地说。

我有点犹豫，因为就整个事件来看，这个脓包是事件的关键环节。在没有搞清楚它的生发机制和作用原理的情况下，我们不应该这么草率地行动。但这个脓包太恐怖了，短短两天内，白枫和李教授就相继出事，陆华好像也被控制了，如果再让它留在世上，不知道还会有多少人被它所害。我点了点头，回道：“好，我马上去办！”

五

等我跑上楼去找蔡峰的时候，他还在实验室里忙活，蔡峰的敬业精神没得说。我看着他蓬乱的头发和布满血丝的眼睛，突然有点感动：“工作不是一天的事情，你现在应该好好睡上一觉。”

“我不困，就算躺下也不一定能够睡着。”蔡峰的声音有点低沉。

“有发现吗？”

蔡峰说：“我发现脑核中的东西有问题，它更像一个……”可能是他不知道用什么形容词好，说到这里略微顿了顿。

“无线电波接收器。”我接口说。

从他吃惊地张大了的嘴巴可以断定，他正在搜索的形容词就是我刚才说出的这几个字。这是从第三个人口中得出的第三个答案，和前面两个完全一样。如果说我的答案是信口说说，李教授的答案是模糊的感知，那么，蔡峰的答案应该是客观事实。因为，他首先是一个暂时没有受到伤害的旁观者；

其次，他是一个负责任的医生，如果没有足够的证据证实，他不会说出这个结论。

于是我将自己的推测还有李教授的感知通通讲给了蔡峰听。

他听完后点点头，然后说起了他的证据："我发现，每当我对脓包实行不同程度的刺激时，脑核里的东西都会有相应的反应。"他说着拿起一根极细小的银针轻轻地刺了一下脓包，远在三四米以外的一台检测机器的屏幕上的亮点开始了无节奏的跳动。这台机器和它旁边的僵尸相连，虽然僵尸盖着白布看不清楚，但是很明显，机器的检测线一定和僵尸脑中的眼睛相连。

蔡峰抽出银针，用手指轻轻按了一下脓包，显示屏上又开始了一阵跳动。

这就证实了我们的推断，那个眼睛确实是一个类似于无线电波接收器的东西。可是，关于李教授的另一个推论——我们脑中也被安装上了同样的接收装置，这又怎么才能证实呢？

第九章

意外之祸

一

这个事情就没有这么简单了。首先，李教授还有白枫、陆华都是在大脑处于休眠状态下被控制的，自己根本就没有意识。要想真正测验这个推论正确与否，唯一的办法就只有等到他们在深度睡眠的情况下才能进行试验。不过这有一定的危险性，因为李教授的表现是自残，白枫的表现是读心术，而陆华却拥有了一定的变异性，如鬼似魅。真不知道下一次会发生什么情况。

可如果按照李教授的意思立即将脓包毁掉，我们就丧失了探知事情真相的机会，我想蔡峰也不会轻易同意的。

“就是用声呐探测也不容易直达大脑内部，而且不是十分准确。”蔡峰有点犹疑不定。

当然最直接的办法就是对大脑进行解剖，可是这个危险性就更大了。我们不是纳粹分子，可以不去管实验者的死活。

“唯一的办法就是监控，对他们进行二十四小时监控！”蔡峰又说。

我知道在这里我只是一个客卿的身份，换句话说，我的话只是建议。至于调动警力，只有通过陆华，但不知道他会不会同意。

我咬咬牙说：“现在我们只能相信陆队长了。”

正在这时，身后传来一个沙哑的声音：“谢谢你，异先生，事到如今还能够信任我。”

不知道什么时候，陆华已经出现在了我的身后。他看着我们尴尬的表情又说：“对不起，我并非想偷听两位的谈话，只是有点事情想和你商量一下，碰巧赶上！”

我笑笑说："这没有什么，我们本来就想和你商量这件事，你来得正好。你说什么事要和我商量？"

"其实我想说的也是这件事情，我知道，你们开始怀疑我，虽然我不相信自己能做出这种事，但是为了打消大家的疑虑，我请求对我进行监控。而且我已经给局里打了报告，你可以暂时代替我的职务，局里也同意了这个请求！"

听到陆华的话我感到很意外，虽然他给我的印象一直挺好，但是我完全没有想到他竟然能够将个人情感和警察职责完全分开！尤其令我意外的是他对我的信任，这是我始料不及的。试想如果换我在他的位置，一定不会像他这样大度和公私分明。

他都这样说了，我还能怎么样？当下我摇了摇头，道："不，这个安排我不接受。"我顿了一下，看着满脸吃惊的陆华笑着说："如果按照李教授的说法，我们这些密切接触过尸体的人都不能排除具有危险的可能性，所以，我也在被监控的行列中！"

蔡峰耸耸肩，也说道："既然这样，我也只能接受监控了！"

"好！"陆华是个干脆的人，做事情绝不拖泥带水，"那么我们移师警局吧，至少那里的防卫条件比这里要好。"

他这个提议虽然好，却有一定的弊端。我建议道："还是就在后面那座小楼吧！毕竟白枫和李教授还需要继续医治。再说，这也只是一种猜测，可能并不是事实的真相。你只要布好警力，安装好监控设施就可以了。"

二

事情进展得很顺利，警力很快便被调动过来，安装摄像头不是特别繁琐的工作，而且房间也不需要很多。由于我们都是密切的接触者，都是理论上的危险人物，所以哪一个人在哪一个房间，都只限于警员内部知道，我们均不知情。当然，由于我和陆华、蔡峰也是对这件事情了解最多的人，除了两个伤者之外，我们三人房间里都安装了几个显示屏，可以在被监控的同时监控其他人。现在负责整个防卫工作的是另外一名姓方的中年警官，他本来不参与这件案子，是被陆华临时调过来的。

陆华想得非常周到，为了警员安全，他们都穿着防爆服，荷枪实弹（当然，子弹是麻醉弹）。另外配备了高压电棍，为近身肉搏做好准备。

我想，今天晚上要是贸然出去，说不定就会成为众矢之的，享受狮子老虎的待遇了。

临近傍晚时，我被警员带进了小楼二层一间靠西的小屋里，饭菜已经摆好，四菜一汤，还有几瓶啤酒。对于一个人来说，这算得上相当丰盛了。

摄像头安装得很隐蔽，我扫了一眼整个房间，并没有发现它的藏身之处。这也不错，毕竟被人监视的感觉不会太舒服，尤其是你明明知道摄像头在哪里，却不能拿它怎么样时就更加难受了。

桌子上放着一台 19 寸的液晶显示屏，被切分成平均的四个画面。白枫正坐在床上吃饭，一口一口吃得很认真；李教授还在输着点滴，皱着眉头不知道在想什么。

陆华和蔡峰的待遇和我一样，虽然听不到声音，我却能看到他们在房间里上下打量，也许和我一样想看看摄像头在哪里。我打开一瓶啤酒，对着显示屏举了举杯。

从画面所显示的拍摄角度来看，摄像头应该装在前面的某个地方，因为我可以看到他们脸上的笑容。蔡峰也举了一下杯作为回应，而陆华却只是举了一下手，并没有喝酒。

我也管不了这么多，而且此时就是想管也无能为力。这两天的事情一桩一桩接踵而来，难得有这么好的机会大吃一顿。我已经打算好了，自己吃完饭就蒙头大睡，至少要一觉到天明，其他的事情就让外面的警察同志们操心吧！

三瓶啤酒下肚，我已经有些醺醺醉意，吃了点饭，我便打算休息。此时，白枫已经安安静静地躺在了床上，李教授在床上翻来覆去地转着身子，看来他还要一段时间才能安稳下来。蔡峰可能是困极了，已经趴在桌子上呼呼大睡了。只有陆华还皱着眉头在房间里来回踱步，一支接一支地抽着烟。

我趁着陆华转过脸来的当儿，向他摆摆手，示意他不用担心，还是早点睡觉。他冲我笑了笑。

于是，我也不去关注别人，自己躺倒在床上，不一会儿就进入了梦乡。

还好，这次没有像前天晚上一样做噩梦，只是迷迷糊糊觉得好像又回到了童年，自己躺在摇篮里，听着妈妈哼着摇篮曲，心底甜丝丝的。好久没有做过这样的美梦了。

在我睡得正香的时候，突然听到啪啪两声枪响，我立即睁开眼睛，惊醒过来！

刚开始我以为是在做梦，也许这几天来自己的神经过于紧张，导致大脑中枢产生了幻觉。

我看了一下腕上的手表，凌晨 2 点 30 分，这本来应该是睡得正香的时候。

我翻了个身，支楞起耳朵又听了听，外面很安静。这就更使我相信这确实应该只是一个梦。

可是，就在我要再次闭上眼睛的时候，外面又是啪啪两声枪响。

我遽然而起，这次声音很真切，确实是在打枪。来不及穿好衣服，我就跳下了床往门外跑，一定是发生了什么事情。尽管枪膛里装的是麻醉弹，但不到万不得已，警察是不会随便扣动扳机的。

当打开门的一瞬间，我突然想起了一件事——对，目标，到底是谁出现了状况？

显示屏照样显示着四个不同的画面。可不同的是，三个画面里是没有人的，只有李教授睁着惊恐的眼睛半坐在床上，陆华、白枫、蔡峰的房间都是空着的！

来不及多想，我急忙一脚踢开门，飞身冲了出去。

我飞奔着跑到楼梯口，形势有点不妙，楼道门口已经聚集了许多警察，都端着枪惊恐地戒备着。地上躺着两个人，灯光恍惚间，好像还有鲜血在地面上缓缓流动。

我心里一惊，等不得一步步跑下楼，抓住扶梯，身子借着扶梯的滑劲，嗖的一声就溜了下去。

后来我才知道，自己这个动作虽然节省了时间，但却是无比愚蠢。因为在我落地的一刹那，慌乱的警察们手里的枪都一齐指向了我——啪、啪、啪！我只感觉身上一阵刺疼，然后全身一麻，咚的一下栽倒在地。

三

等我醒过来的时候，头痛欲裂，窗外已是彩霞满天。我感到嗓子发痒，张口咳嗽了一声。

门立即被推开了，走进来一个年轻的小伙子。看着他帽沿上亮晶晶的威严国徽，我突然觉得自己好像已经成了囚徒。

“这是怎么回事？”我有气无力地问。

小伙子没有回答，只是转身走了出去。我想要动动身子，这才发现自己被宽索紧紧地和床绑在了一起，我顿时愣住了。

不一会儿，门被推开，出现在我面前的是一个胖胖的老头，满脸和蔼。如果他不是穿着一身端正的警服，我甚至会误把他当成街口售报亭的老大爷。

“您好，异先生，我叫刘正！”他声音清亮，不太像是从一个老人嗓子里发出来的。

这个名字我当然知道，因为至少有两个人曾经向我提起过——一个人是白枫，另一个人就是陆华。

我对他们这种随便捆绑别人的粗暴行径很反感，这使我很不高兴：“刘局长，我能不能问一下，这是干什么？我犯罪了？”

刘正正色道：“异先生，请您原谅我们的冒昧行为，这也是出于安全考虑。现在我问您几个问题，如果您被排除嫌疑，我会给您一个交代的。”

我听得更加糊涂，听他说话的意思，我好像被卷入了一宗刑事案件。既然连这位局长大人都被惊动了，看来这不是什么小事。可是，我实在想不起来自己做过什么事情，难道……我不敢再去想，眼前浮现出的是白枫那让人惊奇不已的读心术和李教授那恐怖的自残画面。或许在不久前，我也做过什么怪异的行径，而那是我自己不知道的？（我现在已经不能判断时间了，因为我不知道这次到底昏迷了多久）

刘正从一名干警手中接过一个纸夹，开始向我提问题。问题很简单，都是关于我的。说得更明白一点，这些问题都是关于我以前经历的，其中包括我的出身、父母情况，还有我曾经破译过的一些奇异事件的始末。他们对我的了解好像远比我自己知道的还要多。因为有很多事情，就连我自己也需要好好想想才能记起来。

随着他问题的深入，我已经基本上可以判断他的意图了。是的，如果我没有猜错的话，他是在检验我是不是还是我。说得更确切一点，就是被五花大绑地绑在床上的这个人是不是异度侠！这个问题有点奇怪，但是，如果你是一直从前面看到这里的话，就不会觉得有什么怪异的地方了，这也更使我确信了自己的预感——那个被监控的晚上确实发生了一些不寻常的事情。我对自己的特殊“待遇”也不再感到忿闷，反而认为这样做还远远不够，他们应该将我像狮子老虎一样锁进铁笼子里才比较安全。

在提出了一连串的问题之后（因为这些问题和这个故事没有什么联系，所以也就没有必要在此赘述了），他终于确定了我的身份就是以前的异度侠。所以很快刘正亲自为我松了绑，站起来恭恭敬敬地给我敬了个礼，并对我解释道：“我对我们的行为向异先生表示万分的歉意，请您理解！”看他神态之恭敬，好像我已经是一张挂在灵堂里的照片了。

我当然没有怪罪他的意思，只是我很想知道这里到底发生了什么事情。但是我并不打算马上就问，我知道他一定会向我说明的。

果然，刘正缓缓坐了下来，开口道：“我想异先生是不是一定感到很奇怪，为什么我们会向你开枪，并且这样粗暴地对待你——这不是待客之道！”

我笑了笑，说道：“我想刘局会给我一个解释的！”

“当然！”刘正道，“我们自然要给你一个合理的解释，至少我不想让异先生误会我们是一群没有礼貌的人。”

他顿了顿，掏出烟来递给我一支，先帮我点上，然后将自己的也点燃了。

“这件事情我一直是十分关注的。当陆华昨天向我报告的时候，我简直吓了一大跳，我没想到事情会发展成这个样子。说实话，这是我从警三十多年来从来没有遇到过的事情。陆华是我的得力干将，我一直很器重他，他的办案能力绝对不在我之下，而且公私分明、精明干练。他既然肯定了异先生的推测，我自然完全相信，所以，虽然调动武装警力需要上面的批准，但事急从权，我还是马上批准了他的方案。”

他的眼神有点落寞，好像在回忆很久以前发生的事情一样。从他的话中，我知道枪击事件是在昨天晚上发生的，时间过去了整整一天。

“我没有想到会发生这样的事情，真的！我做梦都没有想到！”刘正说得痛心疾首，好像万分后悔自己的这个决定，“要是知道会发生这种事情，我说什么也会亲自坐镇！”

我脑子里首先出现的便是躺在地上的那两个人，还有那摊血迹。这无疑就是他痛心疾首的原因。我看着他，静静地等待着他的答案。

刘正狠狠地吸着烟，大口大口地往外吐着，好像他的呼吸系统是靠吸收烟雾中的养分来维持工作，而不是靠空气中的氧气的。

“其实昨天晚上我一直很担心，毕竟这件事情非同一般，不能按照正常思维进行推测，所以我虽然吃过晚饭之后就躺在了床上，但却怎么也睡不着。其间我也与方明（那位姓方的中年警官）通过一次电话，他说一切正常，并没有发生特别的事情。”

我能理解刘正那时的心境，面对这种诡异的事情，不管是谁都不可能安之若素。

“可是到了十一点多，方明却给我打了个电话，十分为难地跟我说，陆队长要五片安眠药。你也知道，一般像你们这种三十多岁的年轻人，通常很容易入睡，而且睡得也香，不需要靠安眠药来辅助睡眠。而且五片的剂量不算少，他害怕出问题，自己不敢贸然做主，所以给我打了电话。我当时不知道陆华为什么要安眠药，于是我又给陆华打了个电话。

“从电话里我听出他声音有点沮丧，我问他是不是有什么担忧。他说只是睡不着觉，自从他患了感冒之后，睡眠一直不好，晚上通常要靠安眠药来辅助睡眠。谁也不知道会发生这样的事，安眠药自然不会带在身上……”

我感到很吃惊，没想到陆华这些天竟然都是靠安眠药来强迫自己入睡。可是从他白天黑黑的眼圈可以看出，即便是有安眠药的帮助，他的睡眠质量也不是太好。我隐隐觉得这件事情有点不合常理，虽然有许多罹患抑郁症的患者也会无法睡眠，但陆华绝对不在此列。

“我实在担心这么大的剂量会对他的身体造成损害，毕竟是药三分毒，何况是可以使人沉睡不醒的安眠药呢！要是在平时，一两晚睡不着也就算了，可是咱们调动了这么大的警力，为的就是尽快将事情弄个水落石出，不能因为我们自己的人而使整个事情半途而废。于是我征求他的意见，是不是可以用催眠的方法帮助他睡眠。我听说了那位唐教授用催眠的方法唤醒白枫的事，觉得这是一个好办法，至少不会对陆华的身体造成伤害。他同意了。”

我暗暗地叹了口气，心想，如果在安眠药和催眠之间做一个选择的话，我宁愿选择前者。因为按照我们的推测，僵尸是依靠遥控的方法控制别人，那么这种控制必然是在受控者熟睡之后，也就是自己的大脑完全放松了对神经的掌控之后乘隙而入的。它还没有强大到能够驱除受控者活跃的大脑意识的地步。而安眠药虽然可以使人熟睡，但还不至于完全麻痹大脑——当然，前提是剂量适当。但催眠却能够使大脑完全瘫痪，这种情况下，僵尸指令侵入的难度就更小了。不过，我也只能心里这样想，因为事情已经发生，说什么都没有用了。另外，刘正爱惜部下的苦心合情合理，换作是任何一个体恤部下的人恐怕都会这样做。再说，就算是服用了安眠药，事情真的就会向好的方向发展吗？

听到这里，我已经可以猜到结果，一定是陆华出了事。于是问道：“陆队长现在还好吗？”

刘正看了我一眼，说道：“你知道结果了？”

我苦笑着点了点头：“也就是说我们的推论是正确的！”

刘正点点头，继续说：“是的，我们对陆华进行了催眠，那位唐教授的催眠术很成功，五分钟以后，他就睡着了。可是过了大约一个半小时，陆华的情形就不大对了。”说着他将身边一名警员手里的笔记本电脑接过来，放在我面前，“这是那天晚上的监控录像，也许，你能发现更多的东西！”

时间被倒回凌晨2点钟，屏幕里先出现的情景没有任何特别，陆华合身躺在床上，连鞋也没有脱。我想唐教授应该是用声音进行的催眠，因为陆华手里攥着的手机指示灯还在一闪一闪地亮着七彩光。过了一会儿，陆华直挺挺地坐了起来！

这绝对不是他突然醒了。如果打一个比方的话，他的举动倒是和梦游有几分相似。他的动作非常迟缓，好像是被人用线提着的木偶。

正在我目不转睛地盯着屏幕的时候，突然看到屏幕上有什么东西晃了一下，一个煞白的脸孔占满了整个屏幕。随后，不等我看清楚那张脸上的表情，屏幕又是一晃，只剩下了一片黑暗。

我看了刘正一眼，只见他脸上挂着一丝苦笑。

说实话，我没有看清楚屏幕上到底发生了什么事情，只觉得眼前一花，就什么也没有了。

我把播放的速度调到最慢，又重新播放了一遍。

刚开始和原先看到的一样，陆华缓缓地坐起了身子，然后速度开始加快。他打量了一下整个房间——这个动作在正常的情况下我并没有发现——然后速度极快地跑到了摄像机前面。

看到他行走的速度我不禁吓了一跳，因为他的速度几乎相当于我们正常一百米冲刺的速度，而这是在放慢五倍的情况下看到的。

看着他那张煞白诡异的脸孔，我不由自主地向后仰了仰头，因为那张脸已经不是我所熟悉的。不是面貌上的差异，而是神色——那种冷冰冰的感觉让人骨头发冷。他嘴角上那一抹诡异的笑容看得我有点灵魂出窍的感觉，额头上的冷汗都冒了出来！慢镜头下他对着镜头大约有一秒钟的时间——其实是1/5秒的时间，然后张开嘴，伸出一条鲜红分叉的舌头，猛地裹了过来。

整个屏幕都被那条舌头裹住了，一片黑暗，然后屏幕晃了晃，就真的陷入了完全的黑暗中。

我脑子里开始浮现出白枫惊恐的表情，是的，白枫没有看错，她说的恐怖遭遇也并非她神经错乱的结果。我甚至想到了在白枫楼道走廊里遇见的那个怪异黑影，还有那几乎不可能达到的速度。看到眼前的这些，我心里原先的疑惑都打消了，是的，当时我绝对不是眼花。

我平复了一下自己的情绪，向刘正道："刘局，我想见见陆队长。"

刘正一呆，面上露出了为难的神色，说："对不起，异先生，我们现在不知道陆华去了哪里。"

我大吃一惊，在我的意识里，虽然陆华出现了诡异的变化，但是他应该已经恢复了过来。因为这已经不是他第一次出现这种变化（白枫的遭遇现在也可以被肯定为事实了），我没想到的是事情竟然会这么糟——其实事情远比我想象的还要糟糕得多！

"昨天晚上，我们的两名警员不幸牺牲了，其中有一位就是刚刚调过来的方明，陆华也不知去向。"刘正无限惋惜地说。这种惋惜之情恐怕不只包括对刚刚牺牲的两名警员，其中也一定包含对陆华——自己手下这名爱将的。

"他们是怎么死的？"

"当时我们有一名站在远处的警员看到陆华控制住了一个人，她在大声喊叫。两名警员就开了枪，但是没有打中，他们还被陆华一下子就扭断了脖子！"

以陆华的速度，就算两名警员的速度再快，恐怕也打不中他，这在我的预料之中。我感到惊心的是陆华竟然杀了人，而且还是杀了和自己共事多年的同事。就算他是被僵尸控制，恐怕自己的警察生涯也要结束了。不过，我感到惊心还有他擒住的那个人，我虽然可以隐约猜到这人是谁，但心里却在告诉自己事情没有那么糟糕，最终还是忍不住问了一句："他擒住了谁？"

"白枫！"

刘正说的声音不大，可是我还是感到震耳欲聋，脑子里一阵轰鸣。事情从来都不会因为你不想看到而不发生，这次也没有例外。

“有没有派人去查查陆华的家里？”我问出这句话时就感到自己很好笑。发生了这样的事，刘正怎么会不派人去查？别说陆华家，恐怕现在已经是满城查找，只不过没有线索罢了！

刘正看了看我，苦笑着摇摇头说：“情况不容乐观，我们警局全员出动，可是至今什么线索都没有，陆华好像人间蒸发了一样！异先生，你说我们现在应该怎么办？”

事情发展的结果已经远远超出了我的预料，我一时间也难以想出别的办法，于是问道：“其他人有没有特别的变化？”

“李院长和蔡医生都很正常！”

我心头一转，知道在不受自己控制的陆华手里，白枫面临着生命危险，现在首先应该想办法找到陆华，无论如何都要尽快找到他！既然是僵尸的脓包控制了陆华的身体，现在只有一种办法可以使陆华恢复理智。想到这里我有点后悔，如果昨天我没有犹豫，而是立即将脓包毁掉，事情可能不会变得如此糟糕。想到这里，我急忙说：“蔡峰在哪？我得赶快见到他！”

“就在隔壁，为了安全起见，我们也对他进行了麻醉，我马上去叫！”

我等不及他去叫，自己挣扎着下了床，向隔壁房间走去。一进门就看到蔡峰坐在病床上，眉头深锁，白小娟正端着碗喂他吃饭。可是他一副失魂落魄的样子，对举到嘴边的汤勺置若罔闻。

我一进门就大声喊道：“蔡峰，我们必须马上将脓包毁掉！”

四

实验室里，我和蔡峰看着那被放在玻璃器皿中的脓包。也就两天没见，它的体积好像又增大了许多。

“它还在生长？”我问。

“细胞分裂得很快，我不知道是什么给它提供了充足的养料。”蔡峰一边说着话，一边从旁边拿起一瓶药剂，“真要毁掉吗？”

我坚定地说：“我已经很后悔昨天没有将它毁掉了！但是不要用药剂，我们用火！”

对付邪恶的东西，火远比其他任何化学药剂来得更加简单和彻底。这是自古流传下来方法。火不但使人类脱离了茹毛饮血的野蛮时代，而且还能驱散野兽毒虫、消灭细菌、毁灭僵尸恶鬼，它才是人类最值得信赖的“朋友”！

我们很快架起了火盆，倒上酒精，将这个不知道是什么东西的脓包丢了进去。火焰带着一股焦臭味轰的一声窜起两米多高，几乎要烧到房顶了！

看着脓包在火焰中滋滋地冒着阵阵青烟，慢慢变得焦黄，化为灰烬，我心里觉得一块大石头终于落了地。

无论你来自哪里，无论你将要干什么，统统见鬼去吧，我心里暗暗地咒骂道！

“现在我们怎么办？”蔡峰说。

“等吧！除了耐心等待，我们没有更好的办法！”

第十章

折　痕

一

走在医院的走廊上，我和蔡峰都默然不语，刘正站在走廊尽头一脸焦急地等待着。看到我们走过来，他急忙问道："毁掉了吗？"

我点点头，于是三人一起下了楼。

前面已经说过，实验室在门诊楼上，一楼就是门诊室。今天大厅的人非常多，座椅上已经坐满了等待就诊的市民，大厅里还有许多排不上号的市民在来回走动。中心医院是整个S市的顶级医院，自然是病人寻医问诊的首选。

走出急诊大楼，呼吸着外面的新鲜空气，我觉得自己的心情也好了许多。刘正问道："我们就这么等着吗？"

"等等看吧！陆华受控制后的变异情况你也看到了，我们就算找到了他也控制不住他。何况，我们也不可能找到他，也许他恢复正常以后会自己回来的。"

刘正欲言又止地看了我一眼，说道："有句话我不知道该怎么说才好！"

我带着半开玩笑的口吻道："刘局，您有什么话就直说，藏着掖着可不是人民警察的优良传统啊！"

我本来想使压抑的气氛得到一点缓和，可是并没有达到效果。刘正十分勉强地笑了笑，毕竟昨晚的惨案依然横亘在他心里，不是一两句玩笑话就能使他释怀的。他想了一下，好像在梳理自己紊乱的思绪，然后才说："我觉得你们的推断不一定成立！"

"为什么？"我问。

"我也没有什么确凿的证据，只是觉得那个脓包不应该具有这么大的魔力。而且既然是控制，可为什么每个人的表现又完全不一样呢？如果白枫和陆华的表现可以勉强算作一类的话，那李院长却表现出惊人的自残行为。这不是很怪异么？对了，说到这儿我突然想起来了，从录像上看，陆华绝对不是无意识的……这个词不对……应该说感觉……陆华是有感觉的，他不但能够迅速找到摄像头的位置，将它毁掉，而且还能非常敏捷地躲避麻醉弹，这都说明他是有感觉的。而李教授的行为明显是没有感觉的，同样是受控制，为什么差别会如此之大？”

我听着他的话，心里也隐隐觉得他分析的有道理，而且关键一点是白枫。自从听到白枫被扶持的消息后，不管我承不承认，我确实是慌了，至少比听到两名警员的牺牲要痛心得多。我的第一反应是解救她，不惜一切代价解救她，这让我失去了平静看待整个事件的一贯心态。经刘正这一提醒，我突然想起来，于是便说：“刘局，你说得没错，陆华不仅仅是有感觉，他应该是有意识的，不然他为什么单单会将白枫带走？僵尸不会对一个美丽少女感兴趣！”

刘正的脸色变得煞白，道：“你是说陆华的这种行为是出于主观意识？”

我也知道这个推论对陆华是多么的不利，因为主动杀人和被动防卫完全是两个概念！如果陆华的行为是有意识的，这足以使他锒铛入狱，甚至会被判处死刑。

而我更关心的是白枫的安全，如果事情果真如此，可能她所面对的就不仅仅是生命安全问题了。

正在我们激烈讨论的时候，身后有两名护士推着一辆担架车走了过来，上面盖着一块白布，将车上的人整个都蒙了起来，只有两只光光的大脚板露在外面，左脚踝已经折到了一边，露出白森森的骨茬。

护士推着车往医院后面的小楼走去，那里是太平间，这个人显然已经死了。

就在与我们擦肩而过的时候，小推车正好碾在水泥路面上一处破碎的地方，那具盖着白布的死尸身子左右晃了晃，一条手臂从推车上耷拉下来。

不经意间，我瞥了一眼死尸僵硬的手臂，突然心里一动，因为在垂下来的手背上我看到了一块如同硬币大小的伤疤，结成一块薄薄的肉痂。我于是伸手拦住了她们：“请等一下！”

虽然我到医院才几天的时间，但我的名字恐怕已经被传的人尽皆知了。是啊，一个将僵尸带到医院解剖的人，一个给李院长带来灾难的人，无论如何都不会默默无闻。

两名护士停下脚步看着我。

“他怎么了？”

一名护士冷冰冰地说了两个字：“车祸！”

听到车祸两个字，我心里又是一动，手指已经不由自主地揭开了那盖在死者脸上的白布。

二

我掀开白布的时候已经做好了看到各种恐怖表情的心理准备。毕竟是车祸，一个人在突然遭遇极度的痛苦骤然身亡的时候，表情绝对不会好到哪里去。但是当我揭开白布的一刹那，还是被死者的容貌吓了一大跳。

如果说一个人在死亡的时候，脸上会因为痛苦而扭曲变形甚至变得面目狰狞，这没有什么奇怪的；即便是死者因为恐惧而瞳孔放大，满脸怨恨，也不会令人感到吃惊。但是，如果这人脸上带着一丝笑容就不一样了。如果这种笑还是冷笑，而且是让人一见就冷到骨头里的笑，那就足以使人心里发虚，脊背生寒了！

我说这些不是想吊大家的胃口，只是想说明我那时的感觉。如果你亲眼见到过被撞的血肉模糊，脸孔变形的死尸脸上居然带着一股冷冷的笑意，也许你就会体会到我当时的这种感觉了。

更可怕的是他不止是在冷笑，而且在那冷笑中还带着一丝——诡异！就好像是一个布阵高手，看着自己的猎物在阵中昏头昏脑地乱撞而露出的那种蔑视中夹杂嘲讽，冰冷中带着得意的笑容。我不知道该用什么词来形容这种笑，只能说诡异！

这种诡异的笑并不陌生，至少在我掘出僵尸以后，这种笑不时地会出现在我的面前。僵尸脸上是这种笑容，他吓死了自己的儿孙；白枫脸上带着这种笑容，她神奇地拥有了读心术；李教授也曾经出现过这种笑容，他将自己的手指头当成了食物吃进了肚子里；陆华也这样笑过，他杀了自己同生共死的“战友”，劫持了自己心爱的女人（在白枫叙述那天晚上的经历时，曾经提到过他这种诡异的笑容）。而这笑容现在却出现在了一名遭遇车祸的死者脸上！

还有一点使我大为震惊的是，这名死者虽然面孔扭曲，但大体的面貌还可以依稀辨认得出来。

我想，我认识他！

我疯狂驾车前往白枫住所的那个晚上，就是他突然从黑影里毫无征兆地冲了出来，差一点使我车毁人亡！这是刚刚发生不久的事，我的记忆力再差也不会将这张脸孔忘掉，何况，我的记忆力一直很好。

当我见到那人手背上结成的圆痂时还只是觉得奇怪，根本没有想到会是他，但看到他面容的那一刻，我才知道自己的好奇并不是毫无来由的。

我一直觉得李教授和白枫的诡异笑容似曾相识，却忘了是在哪里见过（其实不是忘了，只是那时候我不可能将这个毫不相关的陌生人和这起事件联系在一起而已），现在我终于找到了源头！

刘正看我愣愣地看着尸体发呆，感到很诧异，轻轻拍了拍我的肩膀，叫道：“异先生，异先生！你怎么了？”

我回过神来，看见刘正和两名护士正诧异地看着我，于是笑笑，将白布重新盖上，向两名护士微微点点头，表示了谢意。

等两人走远了，我郑重地对刘正说：“刘局，我觉得你说得对，也许从一开始，我们的判断就是错误的。”

“为什么这么说？”刘正不解地看着我。

我想了想，说道：“这具尸体有问题！”

刘正还是不太明白我的话，问道：“你看出什么来了？”

他没有见过白枫和李教授出现怪异行为时候的表情，所以给他解释起来也要费一番口舌。但是现在时间是最宝贵的，因为假如真的如我所料，那么白枫不但依然处在危险之中，而陆华恢复正常的希望也已经变得极为渺茫！因此，我不想再耽误时间，以后解释的机会有的是，现在我必须赶紧去做一件事。

我一路小跑着向门诊楼奔去，直接上了楼梯。我要赶快找到蔡峰，让他做一件关系重大的事情。

三

“什么，你叫我马上解剖车祸死者的尸体？”蔡峰瞪大了眼睛看着我，不知道我的这个要求到底是什么意思。

我又重复了一遍自己的话：“对，要像解剖僵尸一样对他的大脑进行解剖。”

“为什么？”蔡峰感到很诧异。

“因为我发现这个尸体和僵尸有几分相似的地方，我怀疑他脑子里也有一只眼睛。”

刘正一直听着我们的对话，这时问道：“异先生，你根据什么这么说？”

这个问题也许正是蔡峰要问的，所以他的嘴张了张却没有说话。

我不想说这个人临死时候的笑容和僵尸非常相像，因为这个理由连我自己都觉得非常牵强。可是除了这个相似点以外，其他的我也没有什么依据，于是我只好撒了个谎，说：“你还记得我的感应吗？我能够在这个死者身上感应到僵尸身上所具有的那种气息。”

因为前期我们曾有过合作，蔡峰对我的感应能力十分相信。我想这个理由比上面那个真实的理由更有说服力。

蔡峰皱了皱眉头，为难道：“我当然相信你的感应，可是未经死者家属同意擅自解剖尸体，这不太好吧？这和那具僵尸不一样，僵尸已经没有了亲人，而这个不同，如果家属不同意的话，咱们就很难交待了！”

他说的是实情，未经家属同意就擅自解剖尸体何止无法向人家交待，如果家属追究起来，恐怕我们还要负法律责任，我总不能逼着蔡峰去犯法。

“好吧，那我马上去见见家属。正好还有一些事要仔细问问。”

“如果家属死活不同意怎么办？”蔡峰担心地问。

其实，我也没有办法。如果不是当着刘正的面，我一定会说先斩后奏，只要已经解剖了，家属不同意再另说，有很多种办法可以让家属不再继续追究下去。可是此刻刘正在，我不能当着他的面触犯法律。

刘正看我一脸着急的样子，问道：“蔡大夫，现在家属来医院了吗？”

蔡峰也不知道，所以只好给急诊科打了个电话，挂了电话说：“还没有，刚刚通知了家属。大约还得一个多小时才能到达。”

刘正看了看我，又看了看蔡峰，说道：“死者是经医院抢救无效死亡的吧？”

蔡峰回答道：“确实，死者身体遭受重创，大脑淤血严重，失血过多……”

刘正打断了蔡峰的话，又问道：“你解剖尸体大概需要多长时间？”

蔡峰有点诧异地看着刘正，回道：“至少四十多分钟吧！”

刘正自言自语地说道：“遭受车祸，脑部淤血，紧急抢救……”

不等刘正再说下去，我和蔡峰已经明白了他的意思。虽然他说得很晦涩，却给我们指出了一条变通的办法。虽然这样做并非万全之策，一旦家属发现可疑，照样会有麻烦，可是谁也不敢保证家属会同意解剖方案。事急从权，也只能以抢救的名义来实施解剖！

蔡峰会意地点点头，他绝非一个怕事的人，刚才的犹豫多半还是因为公安局长在场的原因。既然刘正默许，那就没有什么可犹豫的了，他急忙向后面的小楼跑去。

我看着刘正，没想到他年纪虽然大了，却并不死板。这一点令我十分佩服，不由得向他伸出了大拇指。

刘正笑笑，说道：“死者已经没有了知觉，可是活着的人却在遭受危险。如果这位先生在天有灵，应该也能理解我们的苦衷吧！”

于是我们两个商量先去门诊楼，见见死者家属，一方面了解一下死者生前的情况，另一方面也可以为蔡峰赢得宽裕的时间。

四

与我们预计的时间不同，家属来得很快，不到半个小时就赶到了。家属是一位中年妇女，应该是死者的爱人。

我本来以为她在听到丈夫出车祸以后一定会失魂落魄、悲痛欲绝，可是她却显得很镇定。除了悲伤之外，并没有像听到晴天霹雳之后六神无主的极度慌乱。

当刘正以一名普通警察的身份向她询问死者的情况时，我们都没想到她说出的第一句话竟然是这样的。

“我早就知道，这一天迟早会来的。”

我和刘正都感到十分惊讶，互相看了一眼。我还好点儿，因为我曾经经历过一场和她丈夫惊心动魄的“遭遇战”。于是我问她：“您爱人是不是精神上有点问题？”

中年妇女一脸迷茫，双目无光地看着自己的手，喃喃道：“他精神一直很好，很正常！虽然儿子在外地读书，但我们两人生活得很和睦。他很勤劳，而且很顾家。可是不知道为什么，在两个月前，他突然变得精神不正常起来，一到晚上就好像变了一个人。

“刚开始的时候，他只是常常从睡梦中惊醒过来，木木呆呆地坐在床上，眼神很奇怪，老是直勾勾地盯着前方。我叫他他也不理我，好像根本听不到我对他说话，就这样一坐就是小半个钟头，然后才重新躺下睡觉。到了白天我问他的时候，他却好像什么也不知道……”

我不想打断她的话，但是为了搞清楚细节，我也只能在她的叙述中插上一嘴：“你能不能说得具体一点，他的眼神到底是什么样子的？”

妇女脸上显出一阵迷茫，断断续续地说：“很难形容……非常古怪，就是无声的发笑，笑容很奇怪……非常奇怪！我不知道用什么词来形容！”

我曾见过李教授和白枫的笑容，当然也见过她丈夫的那种笑容，三个人的表情虽然有细微的差别，但属于同一种。于是我又说："您看着我，是不是这种笑容?"我努力模仿那种诡异的笑容。

妇女抬起头看了我一眼，身体微微颤抖了一下，木然地点点头，脸上挂着骇异："你怎么也会这么笑……不过，好像没有那种叫人一见就……害怕的感觉!"

我微微苦笑了一下，如果我真的发出和他们一模一样的笑来，恐怕现在我已经不能在这里坐着了。我点点头，示意她继续说下去。

"后来……后来他开始梦游。以前他睡眠很好，虽然年纪大了，可是一直睡得很香，一觉到天明，别说梦游，就是连说梦话都没有。你不知道他梦游起来也跟别人不一样，听人说梦游的人是闭着眼睛的，而他每次都是睁着眼睛，而且脸上一直挂着我刚才说的那种……奇怪的笑！最先开始他只是在房间里走来走去，到最后就开始跑到外面去了。而且……而且我跟他说话，他也能听到，还能跟我说话，可是一到第二天白天就全忘了。就因为这大半夜的梦游，他的感冒一连好几个月都没有好。"

刘正听到这里，突然惊奇地问道："你是说他在梦里可以跟你说话?"

妇女喃喃地说："是的，他能够听到，也能够回答。有一次我被他吵醒，看着他在房间里来回绕圈子，嘴里一直在不停地念叨着怎么办，怎么办！好像有什么为难的事困扰着他一样。我就问他什么怎么办。他冷冰冰地说：'你说，人如果想死，怎么样才会最痛苦?'我被他的话吓了一跳，大声地向他叫喊，问他到底怎么了?到底想要干什么?他就不说话了，只是嘿嘿的笑。"

"疯了!"刘正看了我一眼，嘴里轻轻地嘟囔了一句。

"我怀疑他精神上出了问题，或者得了抑郁症。听说得了抑郁症的人常常睡不着觉，还总想着自杀!"妇女脸上的疑惑越来越重，也许直到现在，她也想不明白为什么丈夫会突然变得精神不正常起来。

"那有没有去看过心理医生?"我问。

"我跟他说了好多次，可是每当我提出来，他就骂我是神经病，说我想害他。最后一次，我实在忍受不了，就偷偷约了心理医生，把他骗过去。可是没聊几句，他就觉察出了对方的身份，然后愤怒地走了。”

“那医生怎么说？”我紧接着问，心里却盼着医生能够确定他精神上确实有问题。这样虽然对这位妇女不会有什么帮助，但是对我来说意义却大不一样了。

她摇摇头说：“那位医生说，我丈夫可能是更年期的原因，因为他们虽然只交谈了几句，他还是能够观察出个大概。他说我丈夫思路很清晰，和精神不正常的人完全不一样！”

更年期？我心里暗暗摇头，不知道这跟更年期能扯上什么关系。

“那天回去之后，他和我大吵了一架，而且他还动了手。我一气之下，就住到了单位里。这一住就是两个月，我也没有再回家住过。”说着她不自觉地摸了摸自己的左肩，我想她丈夫出手应该不轻，要不然也不会事隔两个月，她还对自己肩头上的伤痛记忆深刻。

“这两个月你们没有再见过面？”我又问。

“有时候我回家拿衣服也会碰到，但是他一直对我冷冰冰的。我是一个很要强的人，我觉得我做的没有错，他不跟我道歉，我是不会回家的。何况，这是他第一次动手。我们结婚三十多年来，他脾气一直很好，我实在想不到他居然会动手！而且我们还有一个正在读大学的儿子，每年的学费也是一笔不小的开支，我们是普通家庭，没有多少积蓄，我必须得工作。他这么半夜三更地瞎折腾，弄得我白天根本就没有精神上班。”说到这里，她的眼角已经湿润了，满脸的委屈。其实站在她的角度去想，不回家也不是她的错，毕竟在女人眼里，儿女永远是最重要的。

停了一会儿，她继续说：“虽然我没在家，可是我心里一直很恐惧，因为我知道他这个样子迟早会出问题！我本来想着等儿子回来劝劝他，他或许会听，能去医院好好检查检查，没想到……”说到这里，她蓦然住口，虽然没有哭出声来，但脸上的表情已经将心里的痛苦表露无遗了。

虽然在她丈夫遇祸身亡前的这段日子，他们没有在一起，可是事情的大体脉络已经清楚了。再结合我和她丈夫偶然相遇时的情形来判断，已经可以大体得出一个结论：她丈夫也在被某种力量控制着（我现在已经不能肯定这种力量就是僵尸的）。剩下的事情就是等待蔡峰的解剖结果了！

这时妇女突然抬起头来，很坚定地说：“我要求医院解剖尸体。我不能就这么让他不明不白地死去，我要弄个水落石出。不然，我也没有办法向儿子交代！”

我心里松了一口气，但还是有些不解，于是问道：“你怀疑什么？你也知道如果真是精神方面的问题，解剖也不会有什么结果！”

妇女坚定地说：“我现在觉得他不应该是精神出了问题。我也了解过，就算是间歇性精神病也不可能每一次都准时到晚上发作。而且，每一次他发作的时候都像是换了一个人，一个我根本就不认识的人！”

“那您怀疑什么？”也许和死者生活了三十多年的妻子会比我看得更清楚一些。

妇女摇摇头：“我也不知道，不知道！但是我觉得好像他脑子出了问题，也许是长了肿瘤，谁知道？我还想请求你们警察能帮我搞清楚这件事情，我不能让他死得不明不白！”

这是她第二次说到“不明不白”这四个字，其实我们这些人在这里紧张忙碌又何尝不是这个心愿？不能让人不明不白地死去，更不能让整个事情不明不白地过去。我们的努力不也是为了将事情搞明白吗？

刘正正色道：“这件事非常……特别，我们警方从一开始就介入了。恕我们冒昧，您爱人的遗体正在解剖。我们和您是一样的心情，想将事情尽快搞清楚，因为这已经不仅关系到他一个人的生命了。我对我们未经您的允许就擅自做主进行尸体解剖表示歉意，请您谅解！”

妇女很吃惊，道：“你是说，不光我丈夫一个人遇到了这种情况？”

刘正瞥了我一眼，点点头。

我突然想到还有一个重要的问题没有搞清楚，于是问道：“请问，您认识李莫然吗？”

五

“李莫然？”妇女念叨了一声，然后摇摇头，“我从来没有听说过这个名字。他是什么人？”

李莫然逝世已经有三年了，如果死者和他认识，那么作为家属的她应该也知道一些。

“一个很……慈祥的老者！那么，您家住在哪里？有没有去过清明镇？”慈祥这个词也许只能用来形容僵尸生前的样子，如果有人看到他死后的样子，是绝不会将两者联系在一起的。

妇女脸上的表情更加疑惑了，喃喃道：“清明镇在哪里？也在S市吗？你到底想问什么？”

清明镇虽然在S市的周边，路程也不算远，但是那里既没有什么名胜古迹，也不是什么物产丰富的地方，对于一个整天家庭、单位两点一线的中年妇女来说，不知道也没有什么奇怪的。

我不想让她知道自己丈夫的死或许和一具僵尸扯上关系，这样的话，心底的恐慌可能会更加让她难以承受。所以只好随口扯了个谎，结束了这场对话。

虽然她不认识李莫然，甚至不知道清明镇这个地方，但这也并不代表死者和僵尸就没有关系，毕竟她和自己的丈夫是两个人，就是夫妻之间也不会什么事情都知道得一清二楚。至于死者和李莫然是否生前相识或者曾经偶然相遇，抑或干脆接触过僵尸，这些也只有死者自己知道。

我现在要确定的是死者脑子里有没有长着和僵尸一样的眼睛，毕竟我们的推断只是推断，要想证明或者推翻这个判断，希望就寄托在尸体解剖之后的结果上。

出了门诊楼，我就飞快地向小楼跑去。刘正跟在我后面，将近六十的年龄对于一般人来说已经步入老年，可是对于这位警察局长来说，却不能这样定义。我自认为身体还算强壮，可是一路小跑，等我上楼梯的时候已经有点微微气喘，可是他一直紧紧地跟在我身后，丝毫没有落下，竟然还能保持呼吸平稳。这种体力，我自叹不如!

刘正一边紧紧地跟着我，一边缓声问道："异先生，你是不是有什么新的发现?"

我呼出一口气，回答道："我不能确定，一切只能等到蔡峰的结果出来才能下结论。"

刘正没有再继续追问，只是默默地跟在我后面。

蔡峰解剖尸体的手术室就在原先放置僵尸的房间，我们已经将僵尸五花大绑地推进了太平间里的冷藏柜里。这听起来很奇怪，可是我完全相信如果我们不采取这种措施，他很有可能顶着耷拉到两边的脑核突然站到我们面前。

当我们赶到手术室的时候，蔡峰正在清理现场，做着善后工作。没有了李教授的帮助，蔡峰只能独自面对这个有可能突然坐起来的恐怖死尸。可是他的速度并不算慢，和他预料的时间相差无几，只是多用去了五六分钟而已。

我一进门就紧张地问他结果如何。虽然我知道他很辛苦，但是相比于前者，我觉得无关痛痒的慰问显得十分做作，毕竟弄清楚真相后我们就都轻松了。

蔡峰眉头紧锁，说话的声音也很沉重："正如你所料，他的脑子里确实长着一只和僵尸一样的眼睛。"

听到这句话，我心中一沉，忙走到盖着白布的尸体旁边，毫不犹豫地将它揭开来。

没错，虽然那只类似于眼睛的东西要远远小于僵尸身上的，但是我却一眼就认了出来，因为在白色的脑浆里发现一个黑点并不困难。

"眼睛生在他脑皮层的沟壑里，这个区域应该是管理人体情绪的。"蔡峰指着那枚墨点大小的黑点说。

"这表明什么?"刘正问。

"这表明如果它发挥作用，可能会控制一个人的情绪。这个人的情绪有可能发生异常，可能变得急躁易怒或者会发生其他更糟糕的事情。"蔡峰解释说。

“更糟糕的事情？”刘正喃喃地重复了一句。

“自杀的念头。”我说。

刘正沉默下来，陷入了沉思。

蔡峰看着我说：“这还不是最糟糕的，事情远没有这么简单。”说着他从一旁拿过来一个玻璃器皿，这个器皿类似于化学实验里的烧杯。他拿着器皿对我，说：“你看看这是什么？”

玻璃器皿不大，圆形的杯子底部有一层薄薄的黄色黏液。

“这是什么？脓液？”刘正看着烧杯问。

我知道自己的推论是成立的，或者说我的怀疑是正确的。但这却并不是一件令人高兴的事情，我宁愿自己的怀疑是错的，也不愿意接受这个结果。

“对，是脓液……”蔡峰回答道。

我打断蔡峰的话，说：“也是智能！”

刘正看看我，又看看蔡峰，好像想起了什么，声音已经变了：“僵尸头上的脓包里也是这种东西？”

我和蔡峰都点点头。

“这说明……”刘正沉吟道。

我接过他的话头：“这说明根本就不是僵尸在控制陆华，而是这种东西在控制他。我们将僵尸的脓包毁掉，并不能阻止陆华接下来的任何行动。”

刘正应该也想到了这一点，但是听了我的话，他还是吓了一跳，重复道：“任何行动！”也许直到这时候，他才意识到这个“任何行动”所包含的意思。他的声音里已经有了一丝惶急，问道：“那么……下一步我们应该怎么办？”陆华轻易就能够杀死全副武装的警察，这说明他的破坏能力是无法用正常的逻辑思维来推测的。

说完这句话，他只是顿了一下，继续说道：“我马上命令警员全部行动，无论如何要尽快找到他！”

事情发展到现在这一步，也只能这样。如果这样还找不到陆华的踪迹，那就只能寄希望于他可以突然清醒过来，摆脱这种不知名物质的控制了。现在的白枫只能祈求上天的保佑！

刘正已经急匆匆地跑下楼去了。他是去发布命令，通知所有的下属，全城搜捕陆华——这个自己曾经最得力的干将！房间里只剩下我和蔡峰面面相觑。

四周变得异常寂静，只有两 个人短促的呼吸声此起彼伏。过了好一会儿，蔡峰说：“其实，你也不必太担心，我想陆……队长不会对白警官怎么样的。毕竟他们是……很好的同事。”

我笑了笑，我想这个笑容一定很勉强，或许我的脸色很难看，要不然蔡峰不会这么安慰我：“白枫的事还只是一条人命的事，我更担心的是事情会变得难以控制。”

蔡峰问：“你担心什么？”

我看着他紧锁的眉头，知道他大约也猜出了我的担心，也许这也正是他自己的担心。我说：“我刚才问过死者家属，她说死者和李莫然并不认识。”

“也许，他们是偶然相遇，彼此不认识也有可能。”蔡峰犹豫道。

“就算他们曾经偶然相遇，那么这个东西怎么会传染到他的身上？不管他们认识不认识，我们已经证明了这种东西能够传染，现在李教授和白枫、陆华已经成了受害者，我害怕的是还会有更多的人被传染！”

蔡峰听了我的话，喉头咕的一声动了一下，咽了一口唾沫。像是自我安慰般说道：“或许没有你想的这么糟，我们俩不是还好好的嘛？”

他最后这句话声音慢慢低了下来，其实他和我的心情一样——我们是真的没有被传染还是只是暂时没有发作，谁也不敢确定。

其实，我的担心还远远不止于此：“假如，死者跟李莫然根本就不认识怎么办？”

蔡峰瞪着我说：“你的意思……”

“我的意思是，如果死者和李莫然根本就不认识，那么李莫然就不是传染源，或者他也只是一个受害者！你也知道，李莫然生前就已经生出了这个脓包，那么，是谁传染给他的呢？”

蔡峰听了我的话，脸色慢慢变得很难看，因为这不是没有可能的问题，而是很有可能！

“也许，我们从一开始就搞错了方向，就好像……”我知道单纯用语言难以说明白自己所要表达的意思，于是从桌子上拿起一张白纸，从一边折到了另一边，然后在折痕的中间撕开一个口子，继续说道，“如果这个破口代表李莫然，然后我们顺着这个破口向后面看，我们以为破口就是导致折痕的原因，其实不是。折痕不是在这里开始，而是在另一边！是折痕导致了破口，而不是破口导致了折痕！”

虽然我这个比喻很牵强，但是蔡峰听明白了。

是的，其实事情可能远没有我们想的这么简单。我们是因为李莫然形成的僵尸而介入了这个案子，紧接着事情一件件发生，而且一切迹象都表明整个事件都是僵尸作祟的结果，所以我们的全部精力都用在了研究僵尸身上。其实很可能僵尸只是一个破口，一个折痕的破口，隐藏在后面的折痕才是罪魁祸首。

“那么现在我们该怎么办？”蔡峰焦急地问。

是啊，怎么办？我心里也在问这个问题。如果我以上的担忧不是猜测，而是事实真相的话，那么更大的危机已经在向我们慢慢靠近。李莫然是第一个，遇车祸身亡的死者是第二个，陆华、白枫、李教授是幸运的第三、第四、第五个（之所以说他们幸运，只是说他们还没有因此丢掉性命），那么第六个会是谁？他还能侥幸不死吗？如果我的推断成立，那么这个危险蔓延的面积已经无限扩大，甚至包括了整个S市几十万乃至上百万的人，我们能怎么办？

“现在，我们唯一能做的就是摧毁这个脓包。既然我们不能遏制事情的蔓延，就只能从中间掐断它，能补救多少是多少！”蔡峰说。

“现在也只能这样了。我们分头行事，你最好能用医学手段尽快想出一个安全摧毁脓包的办法，我马上对传染源进行调查。”说到这里，我微微苦笑，“没有医学知识，我都不知道该从何下手？”

是的，安全是第一位的，不管是已经发病的陆华他们还是将来有可能发病的任何一个人，安全是第一位的。谁都不想看到摧毁这个具有控制能力的脓包的同时，也结束了另一个鲜活的生命。

“我觉得做这件事李院长更为合适。”蔡峰说。

经他这一提醒，我倒真是眼前一亮，对于这个工作，恐怕没有人比李教授更合适的了。

其实两项工作是紧密联系在一起的。想安全地摧毁脓包，先弄清楚脓液的组成元素会更加得心应手；而如果弄清楚了脓液的组成元素也就等于找到了“折痕”的源头。不过两相比较，摧毁脓包显得更为重要，也更为直接。就算没有搞明白它的组成，也可以摧毁它，只不过要多试几次，多花点力气！我想集思广益并不排除分头行动，各有侧重，这样可能会更好一点。

第十一章

荒山密道

一

李教授的敬业精神没得说，如果要用一个词来形容我的感受，那就只有敬仰两个字了。尽管他手还包着绷带，尽管他的精神还没从这次自残事件中完全恢复过来，尽管他还需要打点滴帮助伤口消炎愈合，但是在我和蔡峰将我们的发现与推测跟他说了之后，他连眼睛都没有眨一下就接受了我们的请求，并且马上走下病床，进入了实验室。

虽然我觉得这对一个受伤的老人来说有点残忍，可是事情的发展已经超出了我们的控制范围，我们不能等到事情变得更糟糕的时候再去想对策。而且，无论从个人经验还是医学水平来看，他都是不二人选。

蔡峰将从死者脑子里提取的脓液分成若干份，供他们研究试验之用。李教授主要负责研究安全破坏脓液细胞结构的药物，蔡峰把大部分精力用在研究脓液细胞结构和生发原因上。

也许你会认为，既然脓包是长在一个人头骨之上，头皮下面，那用手术切除不是更加直接有效吗？其实事情没有那么简单。我在前文已经叙述过李莫然生前就医的事情，在这里就不再浪费笔墨赘述了。这件事证明手术切除并不能从根本上消除脓包，因为它会复发，就好像恶性肿瘤，手术切除只是权宜之计，从长远考虑，能够研究出安全有效的克制药物才是根本。

虽然我提出过要做蔡峰的工作——查找“折痕”的源头，但是僵尸一家人都已经丧生，最新的死者家属那里又没有什么更多可供追查的线索，实际上，如果蔡峰这里不能有一个结果出来，我等于是大海捞针，毫无头绪。

与其坐着干着急，还不如去办点正事——和警方一起寻找陆华。因为白枫的安危也一直是我所担心的。

话虽这么说，但我的加入也并没有给刘正他们的搜索工作提供多少帮助，因为S市有上百万人口，再加上周边的居住人群，人数可能不下两百万。在这茫茫人海中想要找到两个人，想想都知道，这是多么耗时耗力的一件事。而且，如果陆华在被控制之后，脑子中正常的思维并没有完全丧失，那么外表是完全看不出有什么特别之处的。除非他做出什么过激的事情，否则更是难上加难——从他劫走白枫推测，陆华大脑并没有失去思维的能力，就好像那个因车祸身亡的死者，虽然他在被控制之后产生了自杀的念头，但是他身体的其他功能包括思维都还在（我和他的遭遇可以证明这一点）。

所以刘正他们采取了最为老土的办法——排查和张贴告示。但是我觉得这或许是最有效的办法。

他们最可能去的地方是陆华的家或者是白枫的家，但是很不幸，自从出了变故，刘正就已经派人对这两个地方实行24小时蹲点监控，直到现在都没有任何有价值的线索。

他们两个好像从这个城市凭空消失了一样，一连三天音讯全无。尽管刘正已经派出了所有能调动的警力，并且在S市所有电台、报纸上公布了悬赏告示，还在S市和周边他们可能到达的所有地方张贴了告示，但是我们仍然一无所获。

专门为这件事特设的两部专线几乎被打爆了，却没有一条信息是有价值的。我甚至怀疑他们两个人可能都已经不存在了——很难一个人可以这么彻底地消失掉，就好像从来没有存在过一样。

几乎每小时我都会拨打陆华的手机，电话里传出来的声音是永远不变的已关机提示！

时间就在令人心焦的等待中慢慢过去，我最后已经不再对白枫生还抱有任何希望，脑子里想的最多的画面就是不久后的某个时间突然接到一个电话，在某个大家都想不到的地方，突然发现一具或者两具已经开始腐烂的尸体，很不幸，其中一具尸体上就带着白枫的某些特征！这是我最不想看到的结果，但也是我想到的最多的结果。

这些天我自然不会忘了往中心医院跑，医院里照样人满为患。本来伤风感冒只是常见病，而且也最容易治疗，只需要一袋感冒冲剂就能解决，可是现在却变得十分棘手，不仅需要打针输液，甚至要住院治疗。真不知道是现代人对感冒药有了抗体，还是感冒病毒对药物有了抗体，或者是医学水平随着现代仪器的普及正在走下坡路。

虽然医院的医生和护士忙得不可开交，但是李教授已经顾不上这些，他和蔡峰将自己关在实验室里没黑没白地进行研究试验已经整整三天了。平时没有人敢去打扰，到了吃饭的时候，白小娟就打好饭给两人送过去。不过，他们两个很少准时吃饭，每次感到肚子饿的时候，饭菜都已经冰凉了。

直到此时我才意识到这一老一少其实有很多共同点——他们有着同样的自信与高傲，有着同样的执拗性格，甚至连工作起来不要命的劲头都一模一样！

他们废寝忘食的工作没有白费，李教授那里已经试验出脓液对弱酸性药物比较敏感，他在进一步研究具体药物和使用剂量。但蔡峰对脓包起因的研究却一直没有什么大的进展，这不是说蔡峰水平不济，而是后者本来就比较困难。毕竟这是一种新生的“疾病”，研究它的属性和寻找原因在难度上就不是能够画等号的事情。想想我们日常遇到的疾病吧，有多少种是能够具体说出它的生发原因的？

在上述两件事情中我几乎成了一个可有可无的旁观者，我甚至怀疑起自己的存在价值来，但是很快我就打消了这个念头，因为我接到了一个电话。

二

那是陆华消失的第四天中午，我正在医院里默默地看着李教授他们做试验，电话铃响了。

号码很陌生，我肯定这不会是认识的人打来的。我悄悄退到走廊里，将电话接通。

“喂，你好，我是……”

“你是异度侠?”声音带有很浓的S市乡土口音，我一时居然没有反应过来。

我微微怔了一下，赶紧说：“对，我是！你是……”

不等我说完，那人又用土腔土调嘟囔了一句：“还真行哩！俺寻思是闹着玩呢!”

我打断他的话，问道：“你找我有什么事吗?”

“您那里有叫北风哩不?”

我诧异了一会儿，终于明白了这个“北风”到底指的是谁，心里不由紧张了起来，赶紧问：“你知道白枫在哪?”

“俺知不道!”那人语气肯定地说。

我顿时有点哭笑不得，这摆明就是一个有意作弄我的恶作剧。也许他看到了街上贴的告示，或者看到了电视上的悬赏启示，故意打电话来消遣我，现在这些都不是什么稀罕事。不过，这个念头刚刚冒出来，我就马上打消了，因为告示上的联系电话是警局的，而我的名字也从来没有出现在任何一张告示上过。于是我耐着性子慢慢问：“你找白枫吗?”

“俺也不找北风，俺有事说……咋说呢?”电话那头的人听起来比我还着急。我是想尽快搞清楚怎么回事，而他是想马上将知道的事情告诉我，但是一时又不知道怎样措辞。

于是我只好劝他：“你别着急，从头慢慢说。”

“是这么个事儿，俺今天清起来（早上）下地，在俺地里拾了个褂子，方格哩，跟电视上那个啥穿的差不多！上面写了几个字，红色哩，俺闻着还有股子腥味，八成是血。俺觉得这事有点怪，就打个电话问问!”

“写的什么字?”我赶紧问。

“是两个名，上面的是异度侠，下面的是北风，中间就是这个电话号！俺媳妇说八成是电视上说的那个北风，是不是杀人了？俺觉得该报案，俺媳妇说最好别掺和，俺想了想，觉得还是打个电话好……”

我不想再听他絮叨下去，急忙打断他的话："我马上过去，你在哪？"

"清明镇药山村！"

三

这个人名叫王小二，是清明镇药山村的一个普通农民，已经五十多岁了。我一见到他所说的那个格子褂子就认出了那是中心医院的病号服。白枫被劫走的那天穿的也确实是病号服。

那行鲜红的血字写得虽然不甚工整，可是很明显字迹隽秀，应该是出自女人之手。

我让王小二带我去了他捡到衣服的地方，那里南面依山，山不高，有一段悬崖，我想衣服是从悬崖上落下来的。

虽然发现了这个重要线索，但是我不敢确定白枫是否还活着，因为衣服很有可能三天前就丢在了山上，只是山风将它吹了下来，可能两人现在已经不在这里了。但是无论如何，这件写着血字的衣服都提供了一条重要线索，那就是他们曾经来过这里，而且白枫在这里的时候一定还活着，至少她还有能力试图通知我。

不管怎么样，我都要上山去看看！就算找不到人，山上也一定会留下一些蛛丝马迹。

可是令我想不明白的是，为什么陆华会将白枫带到这里来。他来这荒郊野岭干什么？难道只是为了躲避警察的追查？

清明镇！多么熟悉的名字，谜团的开始之地，僵尸就是从这里被运到S市的，难道这里还隐藏着别的秘密吗？

我知道陆华的身手，我一个人肯定不是他的对手，可是这时天已经接近傍晚，手机信号在这里消失得无影无踪。如果跑回村子打电话，再等到刘正他们过来，天就完全黑下来了。我打算自己先上去探个究竟，毕竟救人如救火。要是在我等待的这段时间里，白枫遭遇了意外，那我肯定会埋怨自己一辈子。

幸好王小二怕回去晚了走夜路，来的时候就带着手电筒。我给了他一百块钱，算是将他的手电筒买了过来，并且给他写了刘正的手机号，拜托他回去后立即打电话通知他们赶过来。但事后证明，这用处不大！

王小二是一个标准的朴实农民，淳朴得让人不忍欺骗。他执意不要我的钱，我也就没有勉强。向他问了山上的一些大概情况，我便单枪匹马地向上爬去！

四

山并不高，只有三四百米，我绕到山的另一边，那是一个缓坡，爬起来并不费力。

这座山和其他高达万仞的名山峻岭比起来只能算是一个小土丘。以北方地貌特征来看，像这种在平原上突起的小山，百分之九十都是石头山。而这座小山丘却很明显是土山，在山体表面很难见到裸露在外的石块，只有在山下那个悬崖上能见到裸露出来的坚硬岩石。

虽然是土山，但这里又有一些不同。这里的土质不是黄色或者黑色，而是淡绿色的，望过去绿油油的令人心胸舒畅。这自然不是因为地表覆盖着许多矮小植被的原因，而是土质的本来颜色。上面也没有许多高大的树木，这样说不大准确，应该说根本就没有树木，只有齐腰深的植物，或者叫野草——无论从植株高低还是枝叶形状来看，都绝对不会是树木。只是这里的草长得比较高大，我对植物向来没什么研究，自然也不认识它们叫什么名字了。

也许是土质的原因，这里虽然没有树木遮挡，草长得却也并不稠密，两株之间的距离都不少于十几米。更为奇特的是这些草并不是绿色的，而是微微发红，如果远看的话，碧绿的地表中点缀着一些淡红，也算得上是美景。

虽然感到奇怪，但我也无心研究这里奇特的地貌特征，爬到山腰就斜着向悬崖的方向行去，或许能在那里寻找到一些白枫曾经留下过的痕迹。

走了大约半个小时，在夕阳西下的时候，我终于爬到了悬崖边上——当然这里也几乎接近山顶，再往上爬个七八十米，也就到了山顶。

悬崖横宽约有一二百米的样子，我从左到右顺着悬崖边一点一点地查看过去，不敢有丝毫放松。也许一个很重要的脚印、一枚纽扣都有可能在我不经意间被忽略掉。

我一步一步向右查看，走了有五六十米，就发现了一些特殊痕迹。

这不是我细心的结果，而是那痕迹太明显了，即便我不低头地一路向前走也绝对不会错过。

与其说那是一串人走过留下的痕迹，不如说是有人故意踩上去的。驳杂的脚印一个接一个地深深印在绿色地土壤中，向上面延伸，一直延伸到七八十米高的山顶。

我站在悬崖边脚印的位置上，可以清楚地看到山下被切分成许多块的土地阡陌。没错，刚才我就是站在山下与这里相对应的位置，王小二说，他就是在那里捡到的写着字的血衣。

我吐出一口气，向前方那行脚印看了看——爬上去，这是唯一的选择。

我顺着脚印一步步上到山顶，顿时有一股凉风迎面吹来。山顶方圆约有一两里，如同一块平整的田地，我怎么也想不到山顶上竟是这样一马平川。山顶不是绿色的，而是一整块裸露在外的平整岩石，斑驳丑陋的石面像是刚刚被炸弹炸过一样。其实不用费心寻找，也能一眼望到边，上面除了岩石之外，什么都没有！

我感到很失望，本来以为山顶上一定有许多高低起伏的小土包，或者是怪石嶙峋，杂草满地，我要在上面小心翼翼地寻找好久，最后或者功德圆满，或者失望而回，更或者和陆华展开一场生死较量。但是，我绝没想到会是这么一个结果。

我向着山下俯视，左边隐约有许多馒头状的小土堆，土堆前面竖着一块块的小石碑，那里是一片墓地。我突然想到，几天前，我们不正是从这片墓地里将李莫然的尸体挖出来的吗？没想到转来转去，又回到了这里！

我打算下山。既然没有什么发现，我留在这里一点用处也没有。

正在我要举步下山的当儿，脑子里突然闪过一个念头：这山顶真的是一块完整的石头吗？

这种想法是不是很奇怪？我刚刚冒出这个念头的时候也感觉很奇怪，奇怪自己为什么会冒出这种念头，可是等我将这个念头在脑子里又品味了一遍之后，我突然发现这个念头也丝毫不奇怪！

是啊，方圆一两里的山顶是完整的吗？如果不是又怎么样呢？

也许从一边看过去山顶是完整一块，但有可能是分出许多块，那么块与块之间是不是存在着缝隙？这些缝隙有没有可能大到可以使人藏身其间而看不出来呢？

有可能，完全有可能！如果陆华和白枫就隐藏在某一块岩石缝隙里，我只是站在边上瞄了一眼就这样草草下山是不是有点草率？

想到这里，我急忙转过身来，向山顶中间行去。

这个寻找也不是太费力气，因为毕竟山顶并不是太宽广，而且能够容下两人藏身的缝隙也不难发现。

这个过程大约用了二十多分钟，到这时候，天已经完全黑了下来。

我的这次灵光乍现并非空穴来风，因为整个山顶虽然看起来是 平整一块，但确实被分成了许多部分，每个部分相接的地方都有一道道的缝隙，当然大部分是很小的，也有一些宽大的凹处，只是很浅。那不是岩石之间的缝隙，而是一块岩石表面的凹点而已。

这二十多分钟的寻找刚开始还是一无所获，直到发现了一个尺许宽的裂缝。

我之所以会对这个裂缝产生特别兴趣，是因为它符合了藏身的两点要求。第一它很深，我用手电筒向下照了照，虽然能够照射到十几米以下的洞底，但是那里好像很宽敞，手电筒的光芒根本照不全所有的地方，这为人藏身提供了空间；第二，一尺的宽度绝对容得下一个成年人藏身。

面对着黑黢黢的洞口，我犹豫了一下。毕竟这是在荒山野岭，而且我孤身一人，下到这幽暗的石洞里，万一有什么不测，恐怕连收尸的人都没有！可是，我又不能眼巴巴地坐在这里干等。难道陆华、白枫会突然从里面冒出来不成？

思前想后，我还是决定下去一探究竟，虽然危险，但这并不是最重要的。自从对离奇事件产生了无穷的好奇心，哪一次不是从危险中过来的？如果我真的该命绝于此，躲是躲不过的。

想到这里，我将那件写着字的衣服放在洞口，好使刘正他们赶到时能一眼看到，然后将手电筒插在腰带上，一伸手，身子便钻了进去！

五

洞口虽然狭小，洞里却极为宽敞，大致有二十多平方米大小。幸好整个山洞成一个球形瓶的形状，我扳住入口的石沿，能够跳到一侧的中部，滑行而下。要不然从十几米的地方跳下去，恐怕腿要摔断了。

我下到洞底，环视一圈，洞壁均是石质的，很滑，上面长着许多青苔，地上却生长着很密的苔藓类植物。只不过和四壁不同的是，这些苔藓植物约有一尺高。许多石块都隐藏在里面。除此之外，就别无他物了。

因为没有什么东西遮挡，整个石洞虽然黑暗，但手电筒的光照过去，也能一览无余。

看了一遍，我心里又慢慢凉了，这里应该没有人来过，因为茂密的苔藓上没有发现半点脚踏过的痕迹。

看来，这次我又是白忙活一场！正在我打算攀岩上去的时候，不经意间随着手电筒的亮光晃过，我被左边墙角处一团微微发亮的东西晃了一下眼睛，于是急忙跑过去。

那是一个塑料袋，沾染着不少湿气，在上面凝成了许多露珠，刚才被手电筒的光一照，反射出亮晶晶的光芒。我捡起来看了看，这应该是一个面包袋，因为上面还残存着一些面包屑。上面有保质期，所以不用我判断它的大概年限，借着手电筒的光芒，我看清楚了上面的一行字。

2008-9-8——2008-10-8

后面还有一行日期，我想应该是生产日期。

2008-9-8

看到这个日期的时候，我心里猛然一顿。

在这里我有必要说一下现在的时间——也就是当时我站在洞里的时间，是2008年9月13日。而陆华劫走白枫的日期是四天前，也就是9月9日；这个塑料袋丢在这里的时间只能是9月8日之后，因为在这之前，这块面包还没有被生产出来。

这当然也不能说明它就是陆华或者白枫丢下的，也许在陆华失踪的四天里，还有其他人来过这个地方。但是联想到那件写着血字的衣服，我觉得白枫将其丢下来留做记号的可能性很大。那么为什么洞里连一丝有人来过的痕迹都没有留下呢？难道他们是飞进来的不成？就算他们曾经来过这里，那意图又是什么？陆华又何时知道有这么一个石洞？他们现在又去了哪里……

这一连串的问题在我看到这个塑料袋的时候都一股脑地冒了出来！

凭空猜测是没有用的，只有找到他们才有可能解答这些问题，我现在要做的是看能不能找出陆华的去向。

塑料袋周围和其他地方没有什么两样，我索性将苔藓和石块清理干净，露出了底下一寸厚的绿色土层，再往下就是坚硬的岩石。我甚至使劲用脚跺了几下，试图看看这岩石下面是不是空的，然而，事实再一次证明我的猜测是错误的。

这时我突然想到，如果这下面真的有什么洞口的话，他们要想进到洞里，必须要跳进来走过去，那么地上不可能连一点脚印都不留下，除非……

想到除非，我猛地抬起头，手电筒的光线随即向上面照去。许多倒挂在墙壁上的蝙蝠被亮光所扰，吱吱叫着飞了起来，黑暗中仿佛惊起了无数的冤魂恶鬼，整个石洞里一片嘈杂。

我刚才已经说过，这个洞就像是一个球形瓶，洞口自然就是“瓶口”，进入瓶口便马上开阔起来，所以在顶上洞口周围还有着很长的洞顶。这些蝙蝠就倒挂在上面，黑压压的一层，眼睛发着幽幽亮光，看着阴森可怖。

虽然我是被吓大的（这不是一句玩笑话），但是看到这些也不禁心惊不已。幸好它们没有和我这个贸然闯入者一般见识，只是在石洞里飞了几匝就一只只地飞出了洞口，没有攻击我，要不然这些“变异的老鼠”也不是那么好应付的。

等这些主人纷纷离家出走之后，我终于可以安心地在石壁上寻找了。其实也不用寻找，那个黑黢黢的洞口就在离我进来的洞口不远的位置。

这次我总算猜中了，可是我却高兴不起来，因为那个洞口很小，别说直立行走，恐怕连爬着进去都十分困难。如果他们果然在里面，那么就太匪夷所思了！

疑心归疑心，我总不能不去看，现在就算是龙潭虎穴，我也得闯一闯了。

咬咬牙，紧紧腰带，我退后了几步，然后快速地跑起来。借着这股冲力，我在石壁上跑了五六步，猛地一跳，双手已经紧紧扒住了洞口。

虽然石壁并不是垂直九十度，但是要想在长满青苔的石面上往上爬也绝非易事。还是那句话，艺多不压身，这么多年对身体的磨炼是我能一举成功的基础。

我慢慢爬到了洞里，将插在背后腰带上的手电筒拿出来，向里面照了照。窄洞斜着向下，坡度倒是不大，但是很长，手电筒照到最后已经扩展成了一抹淡淡的光环，根本就看不到头。我自然也不知道这个窄洞通向哪里。

说是窄洞一点也不为过，要想爬进去只能将双臂向前伸直，膝盖打弯的程度稍大一点就会被卡在中间。如果找相似场所的话，我觉得在李莫然墓穴里的那条用手指挖掘的尸道和这倒有几分相像！

我犹豫了一会，不是心生退意，而是不知道应该用怎样一种姿势下去才好。当然最好的办法是身子向前，用双臂和双脚的力量向前挪动，可是这样最不保险，如果这个窄洞一直以这样的宽度通到头，那么我在里面连翻转身子的可能都没有。加之窄洞是斜着向下的，我下去之后就是一条死路，恐怕我也就出不来了，因为谁都知道在这样的窄洞里，前进远比后退容易得多。

如果我倒着进去也不是很安全，因为我看不到前方，就算前面有毒蛇蝎子、刀山火海我也难以发现，一定会毫无知觉地撞上去。但这也有一个好处，就是在前面没有危险的情况下我能全身而退。

面对危险人总是会选择安全系数大的方法，我自然也不例外，毕竟遇到蝎子毒蛇的几率要远远小于进去了出不来的几率，无论如何，性命是最重要的。

我打定主意，轻轻一溜便钻进了窄洞。比我想象的要好，虽然向下的坡度不是很大，但却着实省了不少力气。我一边向下退着一边想：陆华如果选择这个地方藏身确实万无一失，无论是张贴悬赏告示还是挨户排查，就算是将整个S市和清明镇掘地三尺也不可能发现他的踪迹。但陆华仅仅是想躲藏起来吗？如果只是出于这个目的，可去的地方有很多，不一定要选择这个鸟不拉屎的荒山密道。我想这个毫不起眼的荒山一定藏着一个天大的秘密，也许这里就是整个事件的关键所在——山上的绿色土壤，山下李莫然的坟墓，这两者是偶然吗？还有陆华，我不相信他事先知道这里有个密道，而他却在受控以后第一个选择了这里。对了，我差点忽略了一件事情，在我们开启李莫然坟墓的时候，他不是躺在墓穴里的，而是挖掘了长长的尸道躺在了里面。我当时没有注意，一直等到我站在山顶上远眺时，才觉得想起了什么。现在我明白了，那个尸道的方位——对，就是指向了这座荒山！

我前进得很辛苦也很漫长，据我的估计，应该用去了一个多小时，我一刻不停地向下倒退，直到脚下一松，身子砰的一声掉进一个更大的空间里才算结束！

第十二章
绿　蛋

一

洞底既昏暗又很闷，我慢慢地站起身来，按亮了手电筒。

这是一间石室，比刚才洞底的空间略小一些，却很干燥，四壁没有苔藓，地上也没有长什么植物。不过，这些都算不上最大的区别，两者最不同的地方在于，这间石室的中间放着一块巨大的石头，足有五六米大小。石头呈圆形，像是一只动物下的巨型蛋。我首先想到的是恐龙蛋，因为我所知道的巨大卵生动物就是恐龙，可就算是恐龙蛋，这枚也显得太大了点，五六米的直径，若是包裹胚胎的蛋都这么大，那么这种动物长成之后该是何等的庞然巨兽！我不敢去想。

但是，这显然不是一枚动物蛋，因为很快我就发现了怪异之处。这枚石蛋是透明的，像是玻璃又像水晶，但绝对不是蛋白质之类的东西。说实话，我看不出它的质地。更为奇特的地方在于这枚透明石蛋的里面还包裹着一个小型的绿色圆蛋，像是鸡蛋中的蛋黄——这也是我一开始判断它是一枚动物蛋的原因。

我伸手抚摸了一下这枚不知名的奇怪石蛋，温暖却并不烫手，像是一个暖水袋，摸上去很舒服。

我不知道这股暖意是如何产生的，这也不是我最关心的问题，我现在最想知道的是——这里有没有我所要寻找的人。

我移动手电筒向四周的黑暗里照了照，突然一个熟悉的声音从我头顶传来："你在找我吗？"

声音清脆而温柔！我顺着声音的来处照去，就看到一张煞白但却熟悉的面孔——白枫！

她此时就趴在离我五六米高的石蛋上，睁着一双明亮的眼睛看着我。

我心里大喜，脱口叫道："你果真在这里！"

白枫一脸笑意地看着我，声音柔和无比："你找我干吗？"

我不知道她为什么会问这句话，不禁道："你不是被陆华带走了吗？我很担心你的安危！"

"我这不是很好吗？"白枫说着就缩回了头。

她所表现出来的平静使我很诧异，一个被劫持的人还能保持这样平静的心态，不是她有病，就是我有病——能够产生幻觉的精神病！

"陆华呢？"我一边问一边小心提防着向四周照了照。

"不知道！"白枫的声音变得慵懒起来，好像一个刚刚睡醒的而不愿意多说话的人一样。

"那就再好不过了，我们赶快走！"我很害怕陆华会突然出现在我面前，以他现在的能力，我绝对不是他的对手。

"去哪儿？"过了一会儿，白枫才问出这几个字，但声音已经低了很多，我想她已经有点厌倦和我说话了。

"当然是回家了。你不知道因为你们的失踪，警局里都乱成了一锅粥……"

"我不去！这里就是我的家！"白枫打断我的话说。

我以为自己的耳朵出了问题，张了半天嘴才说出话来："你……说什么？"

"这里就是我的家，请你别打搅我的安静好吗？"她的声音开始透出一丝愠怒来。

我确定，白枫确实出了问题——她的精神已经不正常了。

"你才不正常呢！请你马上离开这里，不然别怪我对你不客气！"

听到这句话，我知道了原因，她现在也已经不是原来的白枫，而是拥有了读心术的白枫，或者说，被别的东西控制了的白枫。

"你知道我是谁吗？"

“异度侠！”白枫毫不犹豫地回答。

“那我们认识吗？”我尽量不去想这个问题，而是考虑别的事情，例如一加一等于几。我想知道白枫的神志是否还清醒。

“当然，不光认识，我们还是好朋友，一块捉过僵尸，你还救过我的命，要不是因为这些，我才懒得理你！”

这些事情我自然没有去想，可是她却说得一点没错。我可以确定，虽然同样是掌握了读心术的白枫，这个时候的她已经和躺在病床上的时候截然不同了。

“既然你不欢迎我来，为什么要写字叫我来救你？”

“莫名其妙！”白枫声音低沉地说，“我什么时候给你写字了？我在这里好好的，干什么要叫你来救我？”

“不是你写的？”我大声问，如果不是她写的，那么很可能……

“当然不是她写的，那是我写的！”背后一个沙哑的声音传过来。

我缓缓回头，就看到了另外一个失踪的人——陆华！

二

他此时正站在我背后，神色诡异地看着我，手里还拿着那件写着血字的格子病号服。

我大吃一惊，不是因为又见到了他，而是因为他手里的衣服。不！也不是他手里的衣服，而是他进来的时候我为什么一点声音都没有听到！

很显然，他是在我之后进来的，因为这件衣服我下来之前就放在了山顶洞口，用来向刘正指明我的位置。而我一直都没有上去过，守在第二个洞口处，或者是在往下滑行的路上，如果他是在这中间拿到了衣服并溜了下来，我应该可以看到。但我随即又不敢确定了，以他现在的速度和身手，进出之际不发出声音也并非没有可能。这些都不重要，重要的是他为什么要将我引到这里来。

“你好，陆队长！”我微笑了一下，像以前一样和他打着招呼。

“你好，异先生！”陆华的声音照样很沙哑，带着很重的鼻音。

“能告诉我这是为什么吗？”

“很简单，我想杀了你！”陆华说得很干脆，好像我只是他手里的宠物，他要杀我，我绝对不会还手一样。

“为什么？”

“当然是为了她！”陆华笑着说，虽然他没有说她是谁，但是我心知肚明。除了白枫，还能有谁？

“我不知道这是为什么。我想我的到来并没有破坏你们的关系！”

“是的，确实没有！”陆华笑着说，“可是，我知道你心里是喜欢她的，虽然你没有说过，但是我知道。”

我感到很诧异：“难道因为我心里喜欢她，你就要杀了我？”

“当然，白枫是我的，而且只能是我的，任何人喜欢她都不行！我以前虽然心里喜欢她，却不好意思说，只是在工作中尽量照顾她。我以为我的生活中只有工作是最重要的，爱情要让位于工作。可是，现在我已经不这么认为了。只有她才是最重要的，比任何东西都重要！为此，我可以做任何事。而且白枫对你也有好感，这个我就更不能容忍了。”陆华郑重地说。

而此时白枫居然咯咯地笑了起来，仿佛梦呓般地轻轻呢喃了两声，不知道在说些什么。我想她现在已经沉醉于自己的快乐当中，完全没有将我们的对话放在心上。或者即使听到了她也不想参与，好像陆华口中的白枫不是她，而是另外一个陌生人。

“好！”我点点头，“我明白了，可是，我想知道你知道自己有什么变化吗？”

“变化？”陆华愣了一下，说道，“我有什么变化？我没有变化，我不还是我吗？”

“那么，你能告诉我，你为什么要来到这里？”我知道陆华要杀我易如反掌，但我还是想知道陆华甚至白枫的变化到底和这里有什么联系。

陆华听了我的话，微微呆了呆，自言自语说：“我为什么来到这……是啊，我为什么来到这儿？我从来都不知道有这么一座荒山，也从来不知道这里还有这么一个奇特安全的石洞。可是，我为什么来到这儿？”他抬起头，满脸疑惑地看着我，好像我知道答案似的。

我被他问得莫名其妙，但是为了拖延时间，也为了能够进一步搞清楚事情的来龙去脉，我尽量保持着镇定，淡淡地笑了一下：“这个你不知道，但是我知道！”

陆华脸上露出一种期盼的神情，他突然伸出手，一把抓住我的手臂，急切地问：“异先生，这是为什么？”

我已经说过，我曾经练过武艺，也进行过内功修炼，所以面对突发事件时我身体的反应速度比一般人要快。可是，这次我的手臂竟然连动都没有动，就被他一把抓住。这下我已经完全相信那天在白枫寓所的楼道里，像一阵风一样跑下楼的人到底是谁了。

我的手臂在陆华的手掌中咯咯作响，疼痛使我一阵阵地冒着冷汗，就连说话的声音都有些变了：“你得先告诉我，你是怎么来到这里的。我才能告诉你原因。”

陆华又是一呆，抓住我的手略微松了一下，我趁机一翻手腕，摆脱了他的掌握。但陆华一点反应都没有，手指还是摆着抓捏的动作，眼中满是迷茫，好像在回忆很久以前的事情。

过了好一会儿，他才好像想起了什么，声音缓慢地说：“那天晚上，我突然醒来，心里有一种马上要见到她的渴望，这种渴望强烈到令我一刻也不能等了。于是我坐起来，感到有一只眼睛在旁边不怀好意地盯着我。我看了一眼，就发现了它的藏身之处，就在我电脑桌上摆着的一盆花里，在一朵开得很讨厌的玫瑰花瓣中。那眼睛真小，就好像一只蚊子，在第五层花瓣中间。于是我走过去，用舌头一下子就将它捉了出来。我讨厌有人盯着我。”

我脸上虽然没有露出半点异样表情，心里却是连连咋舌。我看过陆华所叙述的这段情节的录像，他说的是走，可是在我看来，那简直是在飞——用光速在飞。他的这段话也表明，陆华现在不止速度快到了令人难以置信的程度，而且他的视力也变得锐利无比。小到如同蚊子的摄像头藏身在花瓣中，别说离远了看，恐怕就是趴到上面，我也不一定能够找到。

“我打开房门走了出去。”陆华继续说，“我脑子里全是她，我一定要找到她，带她到一个最安全的地方，到一个任何人都找不到我们的地方。就我和她，就我们两个！于是我挨个房间找，不停地找，飞快地找，直到找到她为止！”

如果对照陆华以前说话的样子，你会发现这个陆华和那个精明强干、含蓄内敛的刑警大队长判若两人。他已经从一个理性的警长变成了一个感性的“孩子”。

“她当时在睡觉，睡得真香，样子真好看！”说到这里，陆华略微停了停，向白枫所在的地方深情地望了一眼。但是白枫好像并没有听到他的话，又发出了一阵吃吃的笑声。陆华转过脸，诡异的脸上漾起甜蜜：“我于是将她轻轻地抱起来，可是，她一下子就醒了，看到是我好像很害怕，不停地拍打我。”

我心里暗暗苦笑，你这“轻轻地”恐怕也和“走”差不多！别说只是熟睡的白枫，恐怕就连被下了诅咒的睡美人也会被你这一下“轻轻地”抱醒的。

“我知道她打我不是因为讨厌我，而是她不知道我要带她去哪里，如果知道的话，她一定不会打我。可是我不想对她明说，我要给她一个惊喜，而且，我也不知道我到底要去哪儿。她的吵闹终于惊动了警察。这帮混蛋居然敢对我大叫大嚷，叫我将人放下来。我偏不听，我于是跑起来，他们就追不上我了。”

我在心里摇摇头，不知道对他的“荒唐举动”该说什么。

“可是等我跑到门口的时候，突然看到两个警察，他们手里的枪口都颤抖地指着我，一个是老方，一个是小周。我有点害怕，不知道他们会不会向我开枪。他们叫我放下她，我当然不能听他们的。我就快速地向门口冲，他们看到我跑过去，吓得脸色都变了！”

无论谁看到你跑动的速度恐怕都会脸色突变。

“小周看我不听，竟然向我开了枪，我知道他一向枪法不错，可是这次却没了准头，子弹没有打中我。我冲到他们面前，用手轻轻托了一下他们两个的下巴，将他们打晕过去，然后就出了门。后面又一声枪响，我心里很害怕，跑得就更快了！”

我叹了口气，又是轻轻的，就他这轻轻的一托，已经足以让两个全副武装的警察横尸当地。

“我也不知道要去哪里，只是想一直往东跑，因为我感觉那里是最安全的。刚开始白枫还大叫大嚷，喊你的名字，想让你来救她，到后来喊得没力气了，就不再反抗。”

也许正是白枫的喊叫为我惹来了杀身之祸，不过我并不觉得委屈，能够让一个女人在遇到危险的时候第一个想到自己，我感到很满足。

“我跑了整整一个晚上，终于来到这里……可是，我为什么来这里？”讲完这些，陆华又一脸迷茫地看着我，回到了这个问题。

通过陆华的叙述，我可以肯定这座山上一定有着某种和两人的变化息息相关的东西，正是这个东西的存在，才使得陆华长途跋涉地来到这里。

我不禁看向了那枚透明的石头，一字一句地说：“陆队长，你不觉得这个石头有点奇怪吗？”说着我再一次伸出手，要去触摸这个温暖而奇怪的石头。

陆华陡然暴怒起来，大声叫道：“别碰它！”他的声音很大，几乎是歇斯底里的叫喊。我被他这声喊叫吓到了，手指凝在半空中。而这时，陆华已经像一头暴怒的狮子，大声吼叫着向我扑来。

三

我没想到陆华的反应会这样强烈，等我回过神来的时候，陆华已经将我伸出去的左臂攥在手中。我心里大惊，左臂急忙顺着他的手劲向内翻转，消了他这下重重的扭力，右手倏然伸出，扭在他的手肘上，想借着这股扭力使他前臂瞬间麻痹，在这空档里摆脱他的掌握。

虽然我出手很快，但还是晚了一步，右手还没有托到他的肘关节上，就感受到他手上传过来一股很大的力量，将我的整个身子拽了起来。几个踉跄，我向前噔噔噔跑出四五步才算稳住了身子！

回头看时，陆华已经站在圆石前面，怒不可遏地看着我。

我暗自庆幸他出手只是想将我拉开，并不是想伤害我，要不然，我这条手臂怕是已经断了。

我勉强挤出一丝微笑，说道："陆队长，你别误会，我只是想解开你心里的疑团，没有别的意思！"

"那样最好！"陆华阴恻恻地说，"这里的东西你都不能碰，尤其是这块石头。"

"为什么？"

陆华脸上又闪过一丝茫然，回答道："不为什么，你就是不能碰！"

我苦笑了一声，道："你不让我碰，怎么让我帮你解开这个谜团？"

"这有关系吗？"陆华冷冷地问。

"有关系，当然有关系。你不是想知道你为什么来这里吗，现在我告诉你，不是因为别的，就是因为这块古怪的石头！"我斩钉截铁地说。

其实，从一开始进入这个石洞里，我就感觉这块石头很特殊，不光是因为不知道它是什么材质，也不是因为那透明石蛋中隐藏的如同眼珠一样的绿色圆球，而是白枫对它的亲近——亲近到可以完全不关心身边的任何事情！现在又加上了一条，陆华对这块石头的紧张。

这绝不是偶然，绝不是！

我知道陆华没有撒谎，只是他深陷其中，连自己也不知道原因，但是我却知道。

"因为这块石头可以发出一种特殊的能量，正是这种能量给了你安全感，你甚至都不知道它的存在，但是你却绝对能够感知到它存在的这股能量！"我一字一顿地说。我在说的同时，将自己的思绪做了一番整理，以使自己的话更有说服力。

陆华听了我说的话，先是怔了一下，然后好像明白了似的点点头："也许你说得对，我在这里确实感到很安全、很安心，我可以什么都不干就在这里守着它，永远守着它！”

我继续说道：“陆队长，你有没有想过你现在已经被它控制了？你已经没有了自我，你已经不再是陆华了！你还能记起以前的你是什么样子吗？你想想，你——陆华——S市的刑警大队长，缉凶查案，造福一方，是一个受人尊敬的好警察。可是现在的你呢？为了自己的欲望，把你以前所看重的一切都踩在了脚底下。”

陆华听着我的话，脸上阴晴不定，我知道他的心神也在慢慢变得模糊，过去和现在在他脑子里交织在了一起。

“你觉得这就是你吗？你不觉得事情正在发生着很可怕的变化吗？还记得方明吗，那个和你共事多年的警察。”

陆华愣了一下，好像在回忆这个名字，过了好一会儿，他才说：“我当然知道，他怎么了？”

“他死了！”我一字一顿道。

陆华吃了一惊，瞪大眼睛看着我：“不可能，怎么会？他……怎么死的？”

我一步步地向他逼近，以便给他更多的压力。此时，我心脏狂跳，紧张无比。因为我知道，如果我不能用语言使他明白自己确实变成了另外一个人，那么结果会是多么的恐怖。也许接下来我就会很快变成一具死尸——一具永远都不会有人知道的死尸。

“是你杀了他！”我盯着他的眼睛说。

“我？”陆华怪叫一声，开始咆哮起来，“怎么会是我？那不可能，不可能！我……我怎么会杀他？”

“你难道不记得了吗？那天晚上，有两个人拿枪指着你，那是谁？”我步步紧逼，一刻也不敢放松，一旦我有稍有松懈，前面的努力可能就都白费了。

“那是……老方和小周。”陆华的声音低了下来，瓮声瓮气，好像堵着嘴在说话。

“然后呢？然后你怎么做的？你还记得吗？”我将脸凑近他的脸孔，看着他布满血丝的眼睛。我自己的两只手都已经攥成了拳头，手心开始往外冒汗。

“然后……然后，我轻轻地……”陆华的声音更低了，他突然恶狠狠地看着我，大声喊道，“不，你在骗我！你在骗我！”

我吃了一惊，刚想往后退，肩头就被两股巨大的力量推了一把，身子往后直直飞去。

是的，我确定，我不是在写武侠小说，更没有夸大其词着意渲染的意图。我确实感觉自己的身子是往后“飞出去”的。那一刻，我的双脚离开了地面。

然后，“嘭”的一声，我整个身子都撞到了石壁上，脑袋也轰鸣一声，眼冒金星。

而就在这时，陆华的身影在我眼前晃了一下，便没有了踪迹！

四

我感觉到脑子嗡嗡响，头疼欲裂，身子不由自主地慢慢瘫坐到地上——挨着石壁瘫坐在地上！

过了好一会儿，我才摆脱脑子里那个嗡嗡的声音，注意到身体以外其他的东西。

四周很静，出奇的静，静得能够听到白枫微微的呢喃声。她好像在唱一首歌曲，对，是的，她确实在唱歌，唱的是一首儿歌：

摇啊摇，摇到外婆桥，外婆叫我好宝宝。

糖一包，果一包，外婆买条鱼来烧。

头勿熟，尾巴焦，盛在碗里吱吱叫，吃拉肚里豁虎跳。

跳啊跳，一跳跳到卖鱼桥，宝宝乐得哈哈笑……

那声音真好听，清脆悦耳，既像是梦呓又像是低吟，更好像儿时妈妈唱的摇篮曲。

但是我没有时间倾听这美妙的曲调，虽然陆华被我用几句话逼走了，但我不知道他什么时候会再次像鬼魅一样出现在自己面前。这次我成功了，利用他还未曾失去的记忆和良知，可是下一次我还会这么幸运吗？

想到这里我不由自主地打了个冷战。

我挣扎着站起来，喊了两声白枫，而她好像睡熟了，一点回应都没有。我等不及了，必须马上带她离开这里。

我绕着圆滚滚的石头转了一圈，终于在石蛋的另一边找到了一个可以上去的石阶，是用许多块石头靠着透明石球叠上去的。我一步窜了上去，看到白枫正悠闲地躺在圆球上。

那圆球很大，而且上面也不像侧面那样圆滑，略呈平缓的椭圆形，正是一个绝好的休息场所。白枫躺在上面，微微曲起膝盖，光光的脚丫在圆球上不停地摩挲着，面容安详而甜蜜，瞪着美丽的眼睛看着洞顶。我又叫了一声她的名字，她好像还没有听到，一点反应也没有。

我咬咬牙，挥拳将她打晕过去，伸臂把她抱了下来。她上身只穿了一件贴身内衣，身体的曲线充满着诱人的魔力。但是，我无暇欣赏这种美艳的图画，急忙扯下自己的外套，帮她穿好，幸好鞋子还在，于是我又帮她穿好鞋子，解下自己的腰带，将她的两只手拢到袖子里，隔着衣服绑好。

我先跳进入口的洞穴里，幸好，入口到了这里开口已经比上面大了许多，我能够翻转身子。我轻轻地将她放在洞口，拉了进来！

于是，一前一后，我缓缓地将她拖进洞里。

我想，你能够想象出在一个狭窄的洞里拖动一个毫无知觉的人前进是多么困难！我一边要顾着自己向上爬，一边还要十分留心，生怕把她娇嫩的脸颊搓在石壁上，而且还要时刻注意着前面，生怕陆华从前面冒出来，迎面和他撞在一起！

这番辛苦持续了一个多小时，等我艰难地爬出石缝、爬到山顶时，已经到了精疲力竭的边缘。如果这石缝再长出一米，我就只能望洋兴叹，无计可施了。

我不敢多做停留，只是略微喘了几口气，便抱起白枫深一脚浅一脚地向山下奔去。

就在我抱着白枫下山的时候，我终于遇到了救兵，刘正带着十几名警察正好赶到。

他向我问明了情况，命令两名警察护送我们回S市，就带着其他人冲向了山顶。

接下来我们坐上了汽车，我像烂泥一样软软地瘫倒在后座上，看着还洋溢着甜甜微笑的白枫，心里想：如果她明天醒过来时还能这样微笑——我当然是指发自内心的，而非外力的作用——那该有多好！

第十三章
蔓　延

一

等回到中心医院，已经到了午夜，我安顿好白枫，便径直去实验室找李教授他们。因为我无法确定这座荒山到底与这件事情有什么联系，我想让他们俩帮我分析一下。

我火急火燎地赶到实验室门口，却看到那里聚集了许多人，其中还有几个身态雍容、气质不凡的人物。从穿戴上可以断定这几个人应该都是S市政界的关键人物。他们都在门口踱来踱去，神态焦急。

我走上前去看时，才明白了这些人在这里徘徊的原因，因为门口挂着一张白纸，纸上写着四个大字“不许打扰！”口气中带着一种不容违抗的威严，不用说这一定出自李教授的手笔，因为以蔡峰的地位和处事风格，他绝对不会说出这样的话。

这群人中有几个警察，其中一名正是和刘正一起“审问”我的年轻人。他见我走过去，急忙迎上来：“异先生，您回来了。”

我点点头，问他出了什么事。

那名警察说：“待会儿再说，我先给您介绍几位领导！”

通过他的介绍，我终于知道了面前这几位形貌不凡的中年人到底是谁。一位是本市的卫生局王局长，另外一位是防疫站风站长，他们都属于医疗卫生行业的头面人物，现在出现在这里并没有什么奇怪的。但后面的两位却着实令我吃了一惊——一位是S市市长任元生，另一位却是党政一把手市委书记林清。在他俩旁边的是分管各行各业的几位副市长。

说实话，这件事情居然惊动了市里的核心领导，这是我始料未及的。

林清四十多岁，戴着一副眼镜，透出一股儒雅之气，他笑着紧紧握住我的手，说道："异度侠，久仰大名啊！今天终于见到真人了，真是高兴，我代表市委市政府，代表S市的市民感谢异先生的大力帮助！"

我向来不愿意和官场上的人打交道，不是因为我讨厌谁，而是因为我这人说话很直，往往会得罪人。所以很快我便摆脱了他的热情握手，冷淡地说："没想到这件事竟然惊动了各位领导，这是我意料之外的。"

林清并未对我的冷淡表示不满，依然很诚挚地说："我们在这件事上只是普通市民，一切都听异先生和李院长的安排！"

不等我说几句受宠若惊的感谢话，那位姓王的卫生局长就冲上来，大着嗓子问："不知道异先生对这次瘟疫有什么具体的办法没有？"

我不知道他这句话是什么意思，刚想发问，那位年轻警察却悄声向这位王局长说了两句话。那位王局长轻蔑地打量了我一眼，嘟囔道："活人的事还没有解决，还有工夫研究死人！"

我向来不会因为什么头衔而迁就任何人，这也是我只能在第一线拼杀而不可能退居幕后运筹帷幄的原因。听到他这句满是讥讽的话，我立即针锋相对地冷冷回应道："之所以要研究死人，那是因为有些死人比活人要讨人喜欢得多！"

王局长双眉一竖，看来是要发发官威，但偷偷瞧了一眼林清，还是将怒火压住了。任市长急忙过来打圆场说："死人也罢，活人也罢，都是为人民服务，都很重要！异先生是高人，能够大驾光临咱们市，为咱们的事情费力劳神，咱们真是感谢不尽！"

正在这时，实验室的门呼的一声被推开了，李教授睁着一双布满血丝的眼睛打量着门口这些人，怒气冲冲地嚷道："你们吵什么？不知道这里不能喧哗吗？请马上离开这里！"

那位王局长埋怨道："老李，你的架子可真大啊！把林书记和任市长，还有几位市里的领导撂在门外不闻不问，全市也只有你有这么大的面子了！"

李教授却仍然含着怒气说："我请你们来的？我是个医生，我需要安静！"

如果说李教授第一次说话时还没有看到市里领导，那第二次说话就表明他并没有被这位顶头上司的话吓住。反过来说，无论是市里领导还是平头百姓，对于他来说是没有什么分别的。这一点使我对这位执拗的老头更佩服了几分，作为一个受制于各级领导的医院院长来说，能够不媚上已经难能可贵，更别说一视同仁了！

李教授看到我，突然道："异先生，我有一个新的发现，我想你一定会很吃惊的！"

我当然对他的发现很感兴趣，但现在不是询问的时候，毕竟将市里的领导尴尬地晾在一边确实不大妥当。于是我笑着说："李教授，我不着急，您先和几位领导谈正事要紧！"

可能是没有想到我说的是这几句话，他微微一愣，才转头问道："好吧。你们有什么事？"

林清脸上竟然显出恭敬的神色，回道："李教授，真不好意思打扰您的工作，但我们也是没有办法，这件事恐怕只有你能够解决了。还希望您能不辞辛劳，悬壶济世，像当年一样，为全市的人民解除病痛。"

李教授很诧异："我不明白你的话！"

任元生干咳了一声，接过来说："是这样的，李教授，今天早晨，市政府接到王局长的报告，说S市内流感正在大范围爆发，有向全市蔓延的迹象！我们刚才在中心医院也看到许多感冒市民已经挤满了医院的各个诊室。市政府第一个便想到了您，这才连夜过来请您这位在世华佗！"

"是吗？有这么严重？"李教授睁着血红的眼睛说，"这两天我光在实验室里忙活了，倒还真没留意！"

"行了，老李！"王局长不耐烦地说，"你先把死人放放，先关心关心活人行吗？"说着向我横了一眼。

"什么症状？"李教授问道。

一名中心医院的医生接口答道："低烧，多痰，嗜睡，多梦！很奇怪，有流感的一些症状，但是服用普通药物得不到任何缓解。"

“低烧，多痰……”李教授缓缓念叨着，这时我突然发觉他说话的声音有点沙哑，而且喉头好像黏着一块——痰！

看到他这种样子，我突然想起陆华，他好像也是一直哑着嗓子在说话。想到这里，一股不祥的预感从心里弥漫全身，让我浑身发冷。

“和上次流行感冒的症状有几分相似，不过也有不同之处，例如嗜睡和多梦……”那名医生继续说道。

“他们都做什么样的梦？”我突然问道。

所有人都将目光看向了我，对我这句没头没脑的话都露出疑惑不解的神情，有的人已经有几分厌恶了，这其中当然包括那位牛气冲天的王局长。

那位医生皱了皱眉，不过还是回答了我的问题：“都不一样，应该说各式各样的都有，但是有一点相同，就是当事人都不记得他们所做的梦……”

那位王局长又沉不住气了，阴阳怪气地说：“既然记不住，怎么知道做的什么梦？真是稀奇古怪！”

林清目光严厉地向他扫了一眼，可能是嫌他话太多了，他也很知趣，声音戛然而止。

“这很简单，他们在梦中都会说很多梦话！所以他们虽然不记得，但他身边的人却能够记起来！”李教授说道。

听到这里，我心里猛地一沉。

李教授深深地看了我一眼，大约已经捕捉到我脸上的细微变化，于是说道：“异先生，你认为呢？”

我苦笑道：“我想，事情不仅仅是感冒这么简单！如果我没有猜错的话，教授您也有相同的症状吧？”

大家听了我的话都大吃一惊，纷纷将目光投向了李教授，想知道李教授会给出一个怎样的答案。

只听李教授平静地说：“也许！因为前面的症状都符合，至于做不做梦我就不知道了。”

林清皱了一下眉头，道：“异先生，你知道是什么原因吗？”

我还是不敢肯定，但是理智告诉我，我的答案可能是正确的。事情如果真如我所料的话，那就到了十万火急的地步：“我们不要贸然下结论，现在应该找一名患者，做一下脑部的详细检查。”

“好，我马上去！”说着那名医生便往楼下跑，我知道他是想去找一名患者。

但是林清却用一句话阻止了他的行动，他说：“不必了，这个检查我来做吧！”

他的这句话不但使其他几位领导感到吃惊，连我这个一向对政府官员并不感冒的人也变了脸色。

林清微微笑了笑：“怎么？我又不是神仙，吃的也是五谷杂粮，疾病会绕着我走吗？”

我对他的坦然感到惊讶，但是转念一想，作为一位叱咤政坛的成功人士，能够较好地控制个人情绪好像也并不是什么困难的事情。

“我感冒许多天了，低烧、咳痰是有的。至于做梦吗，好像也有，我老婆确实说我深更半夜地净说胡话。我刚开始是认为可能因为自己工作压力大，可现在听到异先生的高见，想来是有点问题！”

“那好，你跟我来吧！”李教授还是语气平淡，声调丝毫没有变化。也许，在他看来，林清确实和一般市民没有什么两样。

二

检查的过程我就不多说了，因为我和其他几个人都被“请”进了休息室。

几位领导不停地在房间里来回踱步，满脸的愁容，表情不像装出来的。我猜测林清的人缘不错，属于那种很有号召力的官员。

大约十几分钟以后，林清也回到了休息室。看他表情轻松，连脸色也没有丝毫变化，我不禁对这位S市的一把手有点另眼相看了。

林清坐在那里，并没有询问我的推断到底是什么，而是问了我一些关于这个案子的情况。当听我说到荒山怪石的事情时，他打断我的话，说道：“那个山叫翠山，因为远远看上去层峦叠嶂的一片翠绿，所以周围的人就给它取了这个名字。至于你说的那块奇怪的石头，我却是从来没有听说过！异先生认为陆队长的变化和怪石有关系？"

我笑了笑说："是的，如果没有关系，陆华不可能跑到这么偏僻的地方去！这不是太违常理吗？"

"那你认为两者之间有什么关系？"

我答道："我推测，怪石可能能够发出一种类似于特种电波的信号，而这种信号和陆华的脑电波有着某种共同特性，致使他不自觉地走到那里；而且我觉得翠山上的土壤之所以呈现出翠绿的特殊颜色，和这种信号或者叫辐射也是有关联的！"

"也就是说，怪石的辐射导致了土壤颜色的变化！"任元生道，"那么，陆队长又因为什么可以产生这种和怪石辐射相近的电波呢？"

我无奈地摇了摇头，因为自己也实在想不出这其中到底是什么缘故。

王局长笑着打趣道："也许是像好莱坞大片《哥斯拉》讲述的那样，辐射造成了陆队长的变异！"他边说边笑着扫了大家一眼，就好像在讲一个天大笑话。

正在这时，李教授推门走了进来，手里拿着一张CT胶片，脸色凝重。

我看到他的脸色，心里不禁一沉。

李教授对林清说："林书记，您应该回避一下！"

林清却笑了笑："看样子我好像得了不治之症！"他顿了一下，继续说，"没关系，您就直说吧！"

李教授看了我一眼，指着CT片上的颅骨说："不出你所料，他的头骨和皮肉相连的地方也有一层很薄的异常物质，我推断是脓液！"

林清接口道："哦？这就是说……"

"这说明您和陆队长一样，也生出了另外一个智能层。如果照这样发展下去，您的大脑也会失去对身体的控制能力，而被另外一种力量左右。"我盯着林清的眼睛说道。

听到这个消息的时候，林清表情严肃地抿了抿嘴巴，而这时，那位王局长突然拍了一下桌子，大声嚷道："疯了，疯了！老李，我看你也被这位异先生传染了疯狂的毛病，这种无稽怪谈也相信？"

我不想和这位到处摆着官威的局长大人逞口舌之勇，对他的话只好当作没有听见。

林清却在愣了一会之后问道："那么其他人呢？其他和我一样症状的市民是否也是这样？"

这是问题的关键，也是问题的严重所在，如果其他人也是这样，后果简直无法想象。

"我们在为你做检查的同时，也抽检了几位到医院就诊的市民，情况确实如你所料，得出的结果是一样的！"

整个休息室立即变得鸦雀无声，大家同时沉默了下来，因为这意味着一场从未有过的大危机即将爆发。这场危机不仅仅是一场史无前例的瘟疫，而且可能导致整个S市的混乱甚至瘫痪。试想如果每个人都变成像陆华一样拥有超凡能力和不能自控的偏执狂热，或者像撞车身亡的那位死者一样产生自杀念头，或者和李教授一样自残，或者如同白枫一样拥有读心术，这都绝对是一场难以想象的灾难。更坏的情况是你根本想象不到接下来的人会出现什么恐怖诡异的变化。未知永远是最令人恐慌的事情。

这种寂静足足延续了两三分钟，最终还是林清打破了沉寂："异先生，你是不是有办法控制住局面的恶化？"

我摇摇头，回道："我无能为力，但是李教授可能会有办法！"

所有的目光都同时聚焦到了李教授脸上，当然，所有的希望也同时集中到了这位满眼血丝的老者身上。

李教授神色依然很平静，他说："能够克制脓液滋生的药物我们已经找到，这要归功于蔡峰。是他想到解铃还需系铃人的道理，既然这种疾病是因为李莫然的尸体而起，那么，解除的方法也应该在他身上！"

我虽然知道他所说的疾病因尸体而起的话有失公允，但并不想做纠正，只是关心这个解铃药物到底是什么。

李教授继续说道：“虽然我试了很多药物，其中有一些也确实能够达到或多或少的效果，但是都无法彻底摧毁脓液，直到蔡峰无意间想到了从墓穴里取出的雨水！”

我恍然大悟，其实解药一直都摆在我们面前，自从我们掘开李莫然坟墓的那一刻，答案就已经存在，只是我们都没有注意。或者说，我们都没有动脑筋去想这个问题。

是的，僵尸为什么会挖掘出四个深浅不同的尸道？如果只是为了使自己能够离荒山更近，那绝对没有必要挖出四个尸道来。我前面已经说过，那天晚上我们见到的僵尸是浑身干燥的，那也可以这样反诘上去，答案就会自然地浮出水面。

为什么僵尸会是干燥的？

因为僵尸不是躺在墓穴里。

为什么僵尸不躺在墓穴里？

因为墓穴里积了许多雨水，准确地说，是变了质的雨水。

僵尸怕雨水吗？

一切证据都表明僵尸全身没有知觉，更加不会对雨水敏感。

那么，为什么这是个例外呢？

这说明僵尸惧怕那一摊黄浊黏稠的液体。普通的僵尸是没有知觉的，而李莫然却不一样，至少他在某个时刻是有感觉的（其实严格地说，李莫然并非一般意义上的僵尸，而是被另外一个智能力量控制的行尸走肉），而这种知觉使得他要尽量躲避。那么，他为什么要躲避呢？答案就摆在眼前，如果这摊混合了雨水和其他不知名物质的黏液不会对他产生伤害，那么他又为什么要躲避？

“我们分析了这摊雨水的成分，可以说很复杂！其中包含了不下几十种特殊成分，昨天我们用了三只小白鼠做实验，为它们注入了不同剂量的雨水。结果一只当场死亡；一只全身瘫痪，气温稍有变化，它就变得呼吸急促；还有一只变成了行尸走肉，没有了任何知觉！”

“这是为什么？”王局长睁大了眼睛问。

李教授道：“很简单，雨水中含有很多毒素，不同的剂量会产生不同的危害。最坏的结果是当场毙命，其次可能毁坏全身的免疫系统，使身体变成一个容易破碎的瓷瓶，一碰就碎！”

“那么第三只白鼠呢？那是什么症状？”林清也问道。

我接过话头，皱着眉头说：“那是真正的僵尸。之所以会这样是因为雨水在墓穴里沾染上了尸毒。尽管李莫然的尸体并不算严格意义上的僵尸，但他的身上是有尸毒的。正是尸毒使小白鼠变成了一具典型的僵尸！”

“所以剂量很重要，雨水带有剧毒，虽然能够破坏脓液细胞，但也会伤害身体，等于饮鸩止渴！”

“那么为什么不仔细分析雨水的成分？将起作用的成分提取出来？”王局长大声质问道。

李教授也被问得厌烦起来，大声回道：“这需要时间。我说过这雨水成分很复杂，要将每一种提取出来，逐个分析，是一件耗时很长的复杂工程。我不是卫生局长，没有这个本事！”

王局长被他说得脸上一红，刚要发作，一瞥眼见到林清冷冰冰地看向他的眼神，一句话又咽回了肚里。

三

林清的脸色变得很凝重，抿着嘴唇好一会儿才又说：“这么说三只白鼠都死了？”

“第一只当然已经死了，第三只也在发病后的三个小时后死亡，全身瘫痪的那一只在四小时后感染了空气中的细菌而死掉了！”

“也就是说，虽然墓穴里的雨水能够摧毁脓液，但它同时也会摧毁生命，说到底还是不能使用！”

“这也未必！”一直沉默的防疫站风站长这时突然接口道，“如果说第三只小白鼠是因为接触周围细菌而死掉的，那么如果将它置于完全洁净的环境里，也许它就能够继续存活。”

大家听到他的话，本来一片死灰的脸上又重新燃起了希望，纷纷把目光集中到了李教授身上，等待这位医学权威的表态。

李教授苦笑了一下：“理论上可行。只要切断了细菌传播的途径，应该是可以保证小白鼠继续存活的！”

这是自从大家进门以来听到的最好的一个消息，我看到大伙都松了一口气，尤其是那位王局长，本来坐得笔挺的身子很放松地躺倒在了椅背上。可是我却并没有这么乐观，因为李教授开头那句话说的是“理论上可行”，所以我知道他还有后话，而那绝对不是一个令人振奋的消息！

“可是！”果然，李教授继续着他的后话，“我们要病人在恒温的无菌室里待多长时间？如果病人一直保持脆弱的状态，那么要让他们待一辈子吗？另外，S 市现在有多少市民被感染了？而 S 市有多少医院？有多少无菌室？”

他每问出一个问题，大伙的脸上便难看几分。是的，虽然理论上可行，但实际上这却是一个不可能实施的方案。

“况且，我们不知道这种脓包是通过什么途径传播的，所以向周边市区求援也存在着极大的危险。如果蔓延到其他地方，那么这场灾难将是毁灭性的！”

这绝非危言耸听，因为从现在的传播速度来看，简直到了难以想象的程度。短短数天，它就已经使许多市民遭到感染。可是，这到底是怎么回事？我不相信这是李莫然的尸体引起的，因为虽然其他人都是在尸体被挖出以后才表现出了症状，但是，要说僵尸是传染源头就有点本末倒置了。如果他是源头，那么他的疾病又是谁传播的？难道是原发？如果要追究源头，我觉得怪石的嫌疑最大，因为白枫和陆华的怪异举动都表明和它有着莫大的关系。

“还有，就算是以上的问题全部得到了解决，我们从坟墓里取回的黏液数量也远远不够。对于这么庞大的发病群体来说，这些只是杯水车薪！”李教授不停地分析着现实情况，他的每一句话都给大家冰凉的心里浇上一盆凉水！

我知道，重新破坟取水是不可能了，因为墓穴里的空隙已经被重新填死，黏液现在早已渗透到土壤中，提取是办不到了。

“那么，我们现在该怎么办？总不能坐在这里等死吧？”任元生问。

“我们应该分头行事！”林清扫了一眼大家，声音平静地说，“第一，集合S市所有的医学专家，尽快组成一个研究小组，破解这个医疗难题。我看还是由李长龙教授作为组长，您是专家，也是被感染者，对这种脓包的了解是无人可比的。”

李教授没有谦虚，更没有推辞，而是点点头表示接受。虽然他身上还有伤痛未愈，几天的辛苦研究也使他看起来更加消瘦，但是他依然精神矍铄，对于这个任务他当仁不让。

“李副市长，你就负责通知各医院专家集合并且协助李教授工作！注意，是协助而不是干预，因为在这件事情上，我们没有指挥的权力！”林清表情严肃地说道。

坐在他旁边一位略胖的中年人连连点头。

“第二，统计S市市区和周边被传染的市民数量，同时登记造册，一个也不要漏下。这件事，我和吴局长、风站长共同负责！”林清继续安排道。

被他点到名字的人纷纷点头答应。

林清看了我一眼，微微一笑：“异先生，如果不介意的话，你和我们来共同领导这件事，毕竟我们对这种疾病知之甚少，还得靠你来把关！”

我笑着说：“林书记客气了，就算我加入，也不见得会有什么帮助，而且我还有更重要的事情做！当然，这件事也需要林书记的支持。”

林清疑惑道：“什么事？你尽管说。”

“我需要几位地质工作者，或者说几位专门研究石头的专家。翠山中的怪石，我想有必要搞清楚它的成分和来历！”我说话时瞥眼间见到李教授微微皱了皱眉头。可能他对于我突然提出研究一块石头感到非常不解。

“好！”林清爽快地回答，“我看，如果异先生不介意的话，便由任市长协助你工作吧！地质院的专家都是一群性情古怪的高人，也许，任市长可以帮到你!”

我明白他的意思，对于一个无职无权的外来者，想要让一群性情古怪的政府工作者服从，绝对不是一件容易的事情。

林清郑重说道:“大家要明白，这可能是一次比五年前那次更加严重的瘟疫，我们作为S市的父母官，人民的公仆，一定要拿出百分之百的努力，克服重重困难，战胜它!记住，一定要注意市民的情绪，避免造成恐慌。秩序稳定、保证市民安全，是我们在工作中要坚持的最高原则。好了，事不宜迟，我们马上分头行动!”

大家都站了起来，各自为接下来的工作做着相应的准备。也许是出于职业习惯，林清刚说完话，王局长便坐直了身子，双手相击，啪啪啪鼓了几下掌，但却没有人响应他。他只拍了几下，便停了手，好像不是在鼓掌而像是在拍倒掌取笑一般。

接下来除了林清、王局长以及风站长等人留下来继续商讨如何进行统计外，另外两拨人都撤出了屋子。

我走到走廊上，任市长追了过来:“异先生，我们是不是现在就通知地质专家过来?”

“不必过来了，让他们直接去翠山吧!我想我们也最好马上赶过去。”

第十四章

聚　集

一

我出门后去病房看了一下白枫，她仍然在昏迷中，也许是我出手有点重，这下她恐怕要安安静静地躺上一晚上了。不过，这也不是什么坏事，至少可以让她好好休息，这三天来她肯定也没有这么安静地休息过。我唯一的希望就是她醒过来以后能够把这三天的记忆全部忘掉！

出了病房门已经是半夜，月光如水，秋夜微凉，我不禁打了一个寒战。朦胧月光中，一辆泛着亮光的深黑色轿车就停在门口，任市长摇下车窗，叫了我一声。

在我的印象里，像任元生这种市级官员一般都是配有私人司机的，不管你会不会开车，都必须要有司机。这不光是为了方便，更是为了彰显一个人的身份。但任市长是个例外，车上只有他一个人，而他坐在驾驶座上。

车子很平稳地驶出了医院。任元生驾车的技术很熟练，车子开得不但平稳而且速度很快。

我们彼此沉默了良久，气氛有点压抑和沉闷。我干咳了一声，想要打破这种沉闷的局面："任市长，您开车的技术真不错，应该有很多年驾龄了吧？"

任元生微微一笑："异先生过奖了！我是前年才考的驾照，技术算不上好，不过倒没有出过什么意外，连最小的擦车事故也没有，这是我很自豪的一件事！要是论驾驶技术的话，林书记是市委最好的。而且我告诉你个小秘密，林书记爱开快车，是市里某个赛车队的顾问。"

我感到有点好奇，不禁说道："看不出来，林书记这么平和的人居然也是飙车一族。"

“以前市里养着一队司机，但是林书记上任之后，第一件事就是让各级领导考取驾照，然后将车队解散，凡是够得上配车的领导都是自己驾车，这个举动一年也给政府省下来不小的开支。”任元生一边看着前面，一边缓缓地说。

“是吗？真看不出来。林书记是什么时候上任的？”

“六年前，他本来是临近市的一位副市长，因为工作成绩优异，被省里破格提拔上来的！”

“那么王局长呢？”我对这位官威大、脾气急躁的领导很感兴趣，不知道他的政治生涯是从何处开始的。

任元生笑了笑，说道：“王局长是从省里直接调过来的。”说着看了我一眼。

我明白他的意思，这说明王局长是一个很有背景的人，难怪他可以在领导面前也照样大声说话，少有顾忌。对于政治我一直没有什么兴趣，更加不想去评论一个官员的官威和他的背景到底存在着什么关系，于是岔开话题：“您对翠山了解多少？”

“不多，只知道那是一座很特别的小山。之所以说它特别是因为它的土壤，不光是颜色很绿，而且这种土壤别的植物都不能生长，只有一种植物例外！”

我一直想知道那些稀疏的红色大株植物到底是什么，听他说到这里不禁问道：“哦，那是什么植物？”

“很普通，那是柴胡！”说着他笑了笑，继续道，“是不是很特别？普通的柴胡都是绿色的，唯独这里的柴胡是红色的。听许多植物专家说，这种柴胡是异种，除了这里，世界上还没有发现同样的品种，更别说长得这样高了，也算是这里的特产！”

我虽然不知道普通的柴胡长什么样子，但也知道这种植物是一种药材，而且是治疗感冒的上佳药材。于是问道：“这种柴胡可以入药吗？”

“当然，不但可以入药，而且药力比普通的要高上好几倍！只不过，数量不多形成不了规模，所以也不可能发展成一种产业。”

在我们的闲聊中，车子飞快地驶出了S市，一溜烟地向清明镇进发。

过了一会儿，任元生又问：“异先生，你认为发现的那块石头到底是什么东西？”

“我说不好，要说是水晶又不像，因为我从来没见过里面还包着一枚类似蛋黄的东西的水晶！”我说。

“那么，你真的觉得它和这场疾病有关系？”任元生又问。

“一定有关系！”我十分肯定地说，“不然陆华陆队长不会莫名其妙地将白枫带到这里。”

“那么，两者之间到底存在着什么关系？”

这个答案不但是他想知道的，也是我想知道的。但是，很可惜，我不知道怎么回答。

二

汽车行驶了大约一个小时，我们终于赶到了翠山脚下。山脚下已经有好几辆车等在那里。既有开着警报器的警车，也有几辆黑色的轿车。

刘正和几个人正在紧张地交谈。见我们来了，他们都迎了上来。

我见到刘正问的第一句话就是：“有没有见到过陆队长？”

刘正摇摇头，说：“我们在山上各处都寻找过，没有发现一点陆华的踪影。”

我有些失望，不过也有些安心，这至少说明我们暂时是安全的。

那几个人先和任元生握了握手，刘正把我和他们做了引荐。由于他们在整个事件中并没有很多出场的机会，为了大家阅读时不至于因为名字太多感到杂乱，恕我在这里只能根据他们的外貌和姓氏做一下简单的记述。

一共有五个人，都是市里地质学院的工程师，我们可以分别叫他们张老头、李胖子、刘眼睛、黄白脸、胡瘦子。

大家寒暄了几句，就由我带路，一行八人向山上行去。

我先前就说过，山并不高，借助朦胧的月光和八只矿灯，我们很快就赶到了山顶。

虽然刘正他们对整个翠山都进行了搜索，但是正如我所料，他们并没有发现我进去过的洞穴。并非我比他们强多少，而是因为那个地方很难找，也没有什么明显标记。

就算进去过一次，我也是在山上寻找了好久，才找到那个缝隙。我当先跳了下去，然后是胡瘦子，不过他在上面抬头看了半天星空才跳了下来，不是他心有疑忌，而是就在他往下跳的时候，一颗流星拖着长长的尾巴划过夜空。胡瘦子年龄不大，也许还相信流星划过时许愿最灵的老话，忙着在衣角打结许愿吧！

看着那颗流星在头顶巴掌大的天空中一闪而逝，我心里突然一动，冒出了一个很大胆的想法，但是却又不清晰。

洞口依然狭窄，这就限制了我们能够进入其中的人员数量，刘正、任元生和李胖子由于体形略胖，就算完全展开身子也下不去，所以只好由他们守在洞口，我和其他四人进去。

由于我先前下去过一次，了解里面的结构，所以这次下去不用再采取那种倒退的缓慢方式，而是趴着向前滑行，并且我们还把一根长绳绑在最后一个人的腰里上带了进去。毕竟我们带着一些小的仪器，出来时，外边的人能够拉一下就更为快捷了。

等我将他们一一接到洞里，那四位地质工程师见到那枚滑溜溜的石蛋不禁惊叫出声。听到他们的惊呼，我确定不光我对这枚石蛋感到好奇，他们恐怕也从来没有见过！

三

他们先围着这枚光滑的石蛋转了好几圈，啧啧称赞了一番，然后才拿出各种设备对石蛋进行检测。

我对于这项细致的科学检验工作一窍不通，所以就成了五人中唯一的闲人。趁着他们忙活的时候，我开始仔细搜索这间不是很大的石室，看看能不能发现其他更有价值的东西。

我细细搜索了一番，除了石头之外，就是一些面包的包装袋和矿泉水瓶，扔得到处都是。这说明陆华和白枫确实在这间石室里待了好几天。

但是这里的石头有点古怪，不像外面石室中的岩石那样凸凹不平，而好像是被人用砂纸细细打磨过。整个石室就像是一个蛋壳内壁，异常平滑，而且表面发乌，仿佛用高温均匀熨烫过。

我向走过我身边的张老头问道："你看，这石岩为什么是这种颜色？"

张老头贴近墙壁用舌头舔了舔，然后用手里的电钻打了一个小洞，将从里面挖出的石屑放在掌心，仔细看了半天，又用鼻子嗅了嗅，极为肯定地回答道："这里肯定被高温烧炙过，石头融化以后重新凝结了！"

这时，那个刘眼睛正拿着一个仪表围着石蛋不停地转着圈子，像是在推磨，手中的仪表发出不规则的吱吱呀呀的响声。

刘眼睛一边看着仪表，一边在笔记本上记着什么。

黄白脸在用电钻不停地在石蛋上钻着孔。可以看得出石蛋的石质很坚硬，因为电钻钻上一会，便啪的一声断了钻头，他又要蹲下来换上新的。一直换了四个钻头，才终于在石蛋上打出了小拇指大小的一个孔洞，将石样取出来装进了一个密封袋里。

另一位地质工程师胡瘦子在用一个闪光照相机不停咔嚓咔嚓地给石蛋拍照，弄着整个石室像是在不停地打着闪电，一明一暗闪烁着荧光。

我围着石室转了好几圈，实在没有发现别的什么痕迹，便蹲在一旁看其他人忙活。

四个人一直折腾了一个多小时才算告一段落。张老头道："有没有得出初步的检测结果？"

黄白脸说："石质坚硬异常，可以初步断定是经过锻造后得到的石晶，要等到回去检测以后才能断定形成年代和石质成分！"

"从仪表检测出来的辐射数值看，这枚石蛋有很强的辐射波，初步估计这种辐射波不亚于核弹爆炸后所带的辐射量，但是对人体是否有害，还不好说，只能进一步分析。”刘眼睛一边看着笔记本一边慢吞吞地说。

胡瘦子道：“我这边只是将石蛋形状做一个图片记录，没有什么结论。”

张老头沉吟道：“石壁是经过高温烤炙的。我怀疑这枚石蛋曾经释放过剧烈的高温，迫使整个石壁表面都在高温下融化，然后又重新冷却凝结。现在我认为我们的主要研究方向应该是石晶里包裹着的绿色石卵。我怀疑可能所有的辐射和高温都是它所发出的，但是我们所携带的工具不足以刨开石晶取样。我的意见是回去取工具，再回来取样！”

说完话张老头和其他三人都看向我，想听听我的看法。

其实听着他们的分析，我的心里已经有了一个大致的图像，也许这个想法自从我看到胡瘦子仰头望天的时候就已经隐约产生，但是那时还没有形成一个清晰的图像。现在听到他们的分析，我的这个想法突然变得清晰起来。我刚想将自己的想法告诉大家，突然看到伸进洞里的绳索被轻轻拉动了几下——这是我们进洞前约定的暗号，只要拉动绳索，就表示外面发生了意外情况，我们必须马上上去。

我心里一紧，不知道外面发生了什么事情。

胡瘦子见绳子动了两下，急忙伸手去抓。我一把抓住他的手腕，向他摇了摇头，然后轻声说道：“你们先在这里等一下，我上去看看！”

四位工程师是客人，现在本来应该在家里搂着老婆孩子睡觉，我不能让他们冒险。况且，虽然破解石头疑团他们是内行，但是论到应变反应、近身肉搏，他们加在一起都不是我的对手。

于是我轻手轻脚地攀上石洞，尽量用手脚撑起身子，避免碰触到绳子而引起上面人的警觉。

我不是谨小慎微，更不是故弄玄虚，而是我想到的第一个可能、又或者最大的可能是——陆华来了！

虽然前面我用话将他激得思维紊乱而逃离了，但是这种紊乱不可能持续很长时间。也许他现在已经重新恢复了过来，或者情况更糟——他的个大脑有可能已经完全混乱，完全被脓包控制住，连一点正常的记忆都没有。要真是这样，刘正他们就更危险了。

上面的几位除了刘正是经过正规格斗训练的警察之外，其他的人不是养尊处优的政府官员就是治学研究的文化人，都不可能是陆华的对手。但就算是刘正，他也板上钉钉地毫无胜算，因为他已经上了年纪。说实话，就算是此时我在上面，赢面也几乎完全没有。

我蹑手蹑脚地向上迅速爬着，尽量不使自己的动作发出声音，就连呼吸声也尽量压低。

离洞口越来越近，外面没有声音，我不知道是我猜错了还是他们已经遭遇了不幸。但愿是前者，我心里暗自祈祷着。

我一边向前爬，一边从腰里拿出之前准备好的电棍，轻轻扭动开关。也许瞬间释放出的高压电流可以打陆华一个措手不及（这里要说明一下，我在来之前，刚刚从一名警察同志手里借了这根警棍。虽然我不是警察，但这名同志显然对我并没有防备，很信任地将其借给了我，在这里表示一下感谢）。

当我在离洞口还有五六米的地方屏息前行的时候，身下的绳子又轻轻动了两下。看到这种情况，我高度紧张的精神终于略微松了松——能够这样从容不迫地扯动绳索至少表明了一点，他们并没有发生意外。

这里离洞口已经很近，能够隐隐约约听到几人对话的声音。

"怎么还没有动静？咱们是不是该下去看看？"说这话的是任元生。

"再等一会吧，这石洞很滑，不是那么容易爬的！"刘正答道。

"是不是他们忙起来没有注意咱们扯动绳子？要不咱们叫两声吧？"这个声音很陌生，我想是李胖子的声音。

一阵静默之后，就听到他的声音响了起来，比刚才确实大了许多，应该是贴着洞口叫的："你们快出来！上面有情况……"

不等他这喊叫停住，我已经一个翻身爬上了石缝，这倒把他吓了一跳，立即啊的一声惊呼出来。

看着他惊慌失措的神色，我知道自己无声无息的出现，尤其是在黑夜里，显得如鬼似魅。对于一个常年和石头、书卷打交道的人来说，确实要吓一大跳。

任元生和刘正也吃惊地看着我，这是因为我没有借助绳索而自行攀上来的缘故。

我不想多做解释，一边伸手关上电棍的开关一边问：“到底怎么了？”

四

刘正扬了扬手里的对讲机，说：“山下发生了状况，附近的许多村民将我们的车辆围了起来，好像要闹事！”

我吃了一惊：“怎么会这样？”

刘正摇摇头：“刚才山下的警员刚讲了两句话，信号就断了，我们又不敢贸然离开而把你们留在这里，所以就扯动了绳子，想先把你们叫上来再说！他们呢？”

“还在下面！”

李胖子现在已经从惊恐中反应过来，接着又伸手扯动了几下绳子。但是他连续扯动了数下，绳子都没有反应。

真是百密一疏，我们下去的时候真应该配上一部对讲机，至少联络时不至于靠模糊的“绳语”交流。这个也怪我，只知道让地质院的工程师来研究石头，忘了告诉他们这里的实际情况。

但是还好，就在李胖子连续不断地扯动绳子足有十余次之后，底下的那一端终于有了回应，应该是里面的人明白了上面的意思，也扯了一下以示收到。

停了片刻，绳子又被扯动了一下，我和李胖子开始合力向上扯拽，绳子上传来的重量约有百十斤的样子，那是一个人的重量。

胖子自然有几分力气，虽然我也在旁边帮忙，但主要的力量都出自他身上，不过看来他并不吃力。

没过多大会儿，黄白脸就被拖了上来，他一上来就搓了搓眼睛，直着嗓子问："怎么了？"

胖子一边向他解释一边又扯动了一下绳子，里面开始有一股力量向下拉着，拉了一会就停了下来——绳子很长，大约是这个窄洞长度的三倍，留在下面的是一大段。所以就算是拉上来一个人，还会有很长的一段留在下面的石室里。

任元生脸上露出几分焦急，提议说："小李，你们两位赶快将下面的同志拉上来，我和刘局、异先生先下去看看情况。你们待儿聚齐后就下去找我们！"

李胖子和黄白脸同时嗯了一声，我便和刘正、任元生急忙向山下跑去。

这座山不高，如果从山顶上喊一声，下面就可以很清楚地听到。可是，我们都走到半山腰了，还是没有听到下面本应该一片嘈杂的声音，寂静得近乎是真空地带。

这使我们越发感到焦急，不知道现在下面到底是什么情况。

从山腰向下看去一片漆黑，我记得上来之前，车灯都是亮着的，但这时下面却好像一个人都没有了。刘正不停地用对讲机呼叫，但是没有一点回应。车辆和警员像是已经离开了，或者说，他们已经消失了。

手电筒照下去，强烈的光束被田野里升起的薄雾稀释成一圈很大的光晕，根本看不清楚下面的情况。

我越往下走越觉得事情蹊跷。三更半夜本来是人们睡意正酣的时候，附近的村民为什么会赶到这里滋扰生事？就算是他们对市政府或者公安局有什么不满，那么，我们深夜来此的消息又是谁走漏出去的？王小二？不可能，他只知道我独自上山，况且我和他无冤无仇，他怎么可能煽动周围的居民无理取闹？或者是一直亮着的车灯惊扰了附近的居民，大家才会集体过来？可是，这又是为什么呢？

我们又往下走了一会，估摸已经快到山下了，可是下面还是寂静无声，我突然觉得这种寂静绝不是什么好的征兆。

刘正手里的电筒一直亮着，我连忙示意他赶紧按灭。

刘正顺从地将电筒熄掉，轻声问："怎么了？"

我伸出食指做了个悄声的手势，轻声道："事情不太对劲，你们跟我来。"说完，不等他们两人有什么反应，我先轻手轻脚地向左边斜穿过去。

可以看出他们很疑惑，站在原地愣了一会，这才轻轻跟了过来。

我在前面带路，不是向下走，而是斜斜地向左边穿去，一直走了有两百多米，才又折而向下行去。

我们又走了二三百米的距离，脚下陡然变成平地，终于下了山。

从山顶下来这一路折腾了足有半个小时，夜晚都已经接近尾声了。因为在山顶时，月亮还能够朦朦胧胧射出光亮来，现在四下里却一片漆黑，这是黎明前最黑暗的时候。

我到了山下，又折向了右边，轻轻地掩过去。

刚走了不远的距离，我就隐约听到前面踢踏踢踏的响声，好像是有人走路的声音，不过声音杂乱，看来有很多人在前面走来走去。

我急忙停了下来，伸手拽住两人，轻轻地蹲低了身子，因为这踢踏踢踏的声音太熟悉了，熟悉得叫我心惊。

任元生轻轻贴近我耳朵，悄声问道："异先生，有什么不对吗？"

我也轻声答道："这些不是普通人！"

任元生对于这句话有些不能理解，因为他不知道我那天晚上的经历，问道："不是普通人？那是……"

他那句"那是什么人"还没有问出，山顶上突然有五束光亮照了下来，我知道，那是地质院的五位工程师手中电筒的光芒。

薄雾渺渺，我自然看不到他们五个人的身影，但是五束阔大的光晕却已经隐隐约约地将离我们不远的地方照出了个大概。

我能够感觉到刘正和任元生身体的震动，甚至我的第六感觉都能够觉察出任元生已经张开了嘴巴，想要惊叫出声，所以我不等那声啊叫出口，就急忙伸手捂住了他的嘴巴。

这不是我有多高明，更不是我的第六感是多准确，而是眼前的景象对任何人来说都已经足够震撼。我之所以没有叫出声来是因为我已经隐隐约约地觉察到了这一点，而刘正还能保持沉默，可能得益于他从警数十年的各种凶险经历。

要怎么描述当时我们看到的情形呢？后来每当我给别人叙述到这里的时候都会犹豫一会儿，因为不知道用什么词来形容当时的感觉好。虽然我曾经给不同的人说过许多次，但是当我写到这里的时候，还是禁不住停下了手指，望着键盘和电脑屏幕想了半天。不为别的，只是想尽量真切地表达出自己当时心里的真实感受。

当时，五道阔大的光晕照射下来，几乎将方圆几百米的地方都照亮了。雾蒙蒙的光晕中，几百条僵硬的身影直挺挺地站在一起，头发上泛出一层黄色的光晕。这些人——或者叫身体——不停地挪动着。僵硬、凝涩，也许是被山顶上的手电筒光芒所吸引，他们都无一例外地背对着我们，脸孔朝向山顶。

也许你会说，这没有什么特别的，不就是光晕中站着几百号人吗？但是如果你亲眼见过这种场面，也许你就不会这么说了。

在深夜的荒野中，好几百人直挺挺地聚在一起，既不交头接耳也不随意活动，更不苟言笑，只是像木偶一样挪动着僵直的身体，踢踏——踢踏——无休无止，说不出的诡异可怖！

在人群不远处，几辆破损不堪的车辆翻在一边，地上直挺挺地躺着几个身穿警服的人，一动不动。

光晕只在这里晃了几下，就收了回去，我想他们和我们刚才一样，不可能看到这些影影绰绰的人。因为五道手电筒的光点并没有转向，而是直直地向下移动。我们又陷入了完全的黑暗中，好像那些人影只是随着光晕被投射过来的影子一样。

过了好一会儿，我觉得自己堵在任元生嘴巴上的手掌被两只胖乎乎的手掌拿了开来。任元生的声音微微发颤，在我耳边轻轻说："这……这到底是怎么回事？我们怎么办？"

我脑子里也是一片混乱，但是有一件事很明确，那就是我们必须采取行动，不然用不了多长时间，地质院的那五个人就会懵然不觉地撞进人群里，结果可想而知。

过了一会儿，刘正的声音轻轻传了过来：“必须引开他们！”

是的，现在只有这个办法可以解救即将撞进危险中的懵懂五人。但是，那会使我们陷入危险中，可是我们能眼睁睁看着他们落入“陷阱”吗？答案不用说，无论从道义还是从人情来说，这个险都必须由我们去冒。

“任市长，刘局！你们待在这里别动，我年纪轻，腿脚利索，跑起来他们追不上，你们就趁机往另一个方向跑，咱们在中心医院会合。”我笑着说，语气轻松。但是，实际上我实在不知道这些人跑动起来是不是会和陆华一样迅速，我不知道我是否能够胜利脱身。

“不行！”刘正和任元生异口同声地说。

“你孤身一人太危险了！我看咱们兵分三路，向不同的方向跑，这样每个人的压力就会小很多！”任元生语气坚定地说道。听他口气不像是在和我们商量，而像是在下命令。这是他第一次用这种不容分辩的强硬口气和我这个客人说话。

我看了两人一眼，知道他们绝对不会躲在一边看着我和这群人做生死纠缠，于是只好回应：“那好，咱们分三个方向跑，每个人必须离开这里一百米之后再打开手电筒，尽量给自己争取点时间，我判断不出他们跑动的速度到底有多快！”

两人点点头，于是我们三个人伸出手叠放在一起，互相鼓劲，不再多说什么，就各自分路跑开。因为时间已经很紧迫，那五束手电筒的光芒已经离这里不足两百米了！

我转身向左轻手轻脚地走去，走了大约有三十多米便停了下来。

毕竟我年轻，身上还算有点功夫，和两位过了知天命年纪的老头一起行动已经占了很大便宜，不做出点牺牲实在对不起自己的良心。更何况，这场危机很大程度上也是因我而起。如果不是我决定晚上行动，恐怕也不会遇到这种凶险的状况。

我从腰间掏出电棍，打开开关，心里默默数着数。

估计两人已经跑到百米距离的时候，我猛地将手电筒的电门推开，一道电光刷的一下向前射出，照在那群直挺挺的身体上。

那群人纷纷扭过头来，每个人的脸上都发出一模一样的笑容——诡异、冷酷！

我大声叫道："来啊，到这里来！"

人群瞬时动了，踢踏踢踏的声音响成一片，有几条身影已经像飞奔的豹子一样到了我身边。速度之快，远远超出了我的预期。

就在这时，左右两边的黑暗中又有两道光束射了过来，人群开始分散，但是大部分还是朝我这边跑过来。虽然他们已经不再拥有正常的思维，但是舍近求远这种事，无论是谁都不会将其作为首选。

山脚下的五人也发现了异常，五道手电筒的光芒一起照射了过来，凝在原地。

第十五章

杀死陆华

一

我无暇再顾及别人，因为这时已经有五六个人冲到了我面前，咧着白森森的牙齿，伸着弯曲成爪的手指向我扑过来。

我不敢托大，急忙一个躲闪，避过了最前面那人的扑击，将手中电棍横掠，嗤的一声响，他猛地哆嗦了一下，什么声音都没有发出来就像一截枯木一样翻倒在地。

没等他爬起来，第二、第三个也已经来到了我身边。一个人伸手来抓我的手臂，另一个人却突然伸出左脚向我当胸踢来。

对于前一个人我不敢怠慢，手腕一翻，电棍在空中划过一个半弧，又是嗤的一下，将他电飞出去。但对于后一个人，我根本就没有在意，因为虽然他速度极快，可他出脚的位置离我不下三米，这种距离根本不可能对我构成任何威胁。

可是我错了，错的原因是我忽略了一个关键问题。是的，从一般情况来看，他这一脚无论如何也不可能碰到我的身体，但是，这不是一般情况，这里所发生的一切都不能以常理来判断。因此，就在我将第二个人电飞出去的一瞬间，胸口也好像被人用铁锤狠狠地锤了一下，疼痛还没有传到我的大脑，身子就已经直飞出去。砰！我浑身一震，重重地落在了地上！

直到这时，我才感觉到疼痛席卷而来，心口发闷，甚至有一两秒钟的时间，我感到自己的心脏已经停止了跳动。

我脑子一阵晕眩，眼前晃来晃去的都是那人伸到空中，像面条一样拉长的腿。

两秒钟后，我一个翻身站了起来。不是我想在这群潮水般涌到我面前的人面前表现一下自己的身手，起一点震慑作用，而是就在这一晃眼的工夫，已经有两个人如同秃鹫一样从天而降，向我猛扑过来。上次扑击十分猛烈，将我摔出去不下七八米，而这两个人就是从那里飞身而起的，一跳起来足有四米多高，先不用考虑两人本身的力量，单就一百多斤的重量从高空跃下的势道来论就足以令我筋断骨折。

我抬起右手想要用电棍狠狠地给两人一下重击，可是不知道电棍丢到了哪里，我的手中已经空空如也。

来不及多想，我身子向后撤了半步，右手猛地伸出，在空中变掌为拳，砰的一下击在前面那人的脸上，然后趁着后面那人扑空落地的当儿，一个扫荡腿，将他掀翻在地。

可是，这个做法用处并不大，因为从后面涌上来了更多的人，就算我有李小龙一样迅捷猛烈的身手，依然没有任何胜算。

不用想，在这种情况下，与其逞匹夫之勇，不如赶紧逃命。所以在打倒前面两人的同时，我已经放开脚步，斜斜地向田野中逃去。

奔逃中，后面的脚步声杂乱地传来，我不敢直着向前跑，因为那样更容易被后面的人扑到，所以只好左拐右拐地盘旋前进。不过，目标很明确，那就是离荒山越远越好。也许离荒山越远，他们身上所具有的特异能力就会越弱。虽然这个推测只是我的主观想象，可事到如今，我只能相信自己的推测。

正在我辛苦无比地在田野中绕圈子的时候，寒风中突然隐约有啪啪两声枪响传了过来。

不用去辨别枪声的来向也能猜到，这肯定是刘正在紧急关头扣动扳机发射了子弹。我心头一紧，不仅为刘正担心，也担心起了任元生的安危。

刘正虽然年过五十，但他是从警一生的警察局长，应变能力肯定不是一般人能比的，何况又有手枪保护，所面临的危险自然要小一些。但任元生不同，他身为 S 市市长，属于“文官”，年龄也不算小，本来像他这种级别的官员，除了公事外出之外，基本上都是在办公室里待着。就算是外出，也百分之九十九是坐车，即便平时注意身体锻炼，也只不过是跑跑步打打太极而已，对于近身搏斗，可以说是一点不通，现在又是手无寸铁。要是这些人中有一两个追到他身边，他几乎没有丝毫应付的能力。

一想到这里，我的担心就更加强烈。要是他果真遭遇了什么不幸，我绝对脱不了干系。虽然事出无奈，但堂堂的一市之长竟然丧生在荒郊野外，这个责任我是无论如何也推卸不掉的。

我一边想着一边向任元生跑远的方向打量，暗夜中那里一点光亮也没有，不知道他是故意熄灭了手电筒隐身躲避，还是已经遭遇不幸。无论情况怎样，我都有义务去看一看，也算是对自己的一丝安慰。

于是我一边七拐八拐地躲避人群的追击，一边向着他跑去的方向追过去。

在我的记忆里，任元生是向东南方向跑的，如果不出意外，他现在应该已经到了三四百米以外，再加上我绕圈跑路所耽误时间，等我追上他，他应该已经到了千米以外。以乐观的态度面对危险，这是我一贯的思维方式，所以我斜着朝东南方向离荒山大约一千米的地方快速行进。

这个逃跑方法颇为有效，跑了一会，身后的脚步声越来越少，看来追上来的人已经不多了。

又跑了大约两百米，已经听不到身后的脚步声了，我暗自松了一口气，斜着眼睛向后面扫视。黑暗中只能看出去四五米的距离，至少在这段距离内没有发现有人跟着我。于是，我改变行进的方式，直着向前狂奔。

在我大约跑出了三四里路程的时候，东边天空已经微微露出了一丝光亮，黑夜马上就要过去了！

我一边向前跑，一边仔细打量周围的环境，侧耳倾听黑暗中的动静。只有远处村子里雄鸡嘹亮的啼鸣声此起彼伏地传来，除此以外四下里一片死寂，就连身后也听不到一点追赶而来的脚步声，好像刚才根本就没有人追过我，一切只不过是我的幻觉而已。

又跑了一会儿，我看到东方微微透出的光亮中好像有一个人影站着。

我紧走几步，这下看清楚了，面前十米左右的地方确实站着一个人。他一动不动地站在那里，身边没有别的人影。

我心里一喜，不用说，这个人一定是任元生，因为那群人很明显是喜欢聚集在一起的，不可能有人独自站在荒野中。可是，任元生为什么会站在这里呢？而且还一动不动？

唯一的解释就是他受了惊吓（也可能受了伤，但不会太严重，还能站立说明没有生命危险），心里一时难以接受，才会怔怔地站在那里发呆。

我一边走近一边喊道：“任市长，是您吗？”

那人没有回头，但他的身子好像动了一下。清晨的寒风中，他好像还低沉着嗓子嗯了一声。

我松了口气，走到他身后，伸手拍了一下他的肩膀，轻声唤道：“任市长，您没事吧？”

就在这时，我只觉手上猛然一紧，他伸出手搭在了我手背上，一把将我的手攥住了！

一被他的手攥住，我就大惊失色，意识到情况不对，因为可以明显感觉到那只手掌不是胖乎乎的，而是像一把铁箍一样有力，抓得我手咯咯作响，疼痛钻心！

二

我挣扎了好几下，但丝毫没有作用，那人的手掌好像跟我的手背长在了一起，半点也挣脱不开。

正在这时，那人慢慢转过身来，脸上诡异地笑着，声音木然地说：“你好，异先生！”

我看到面前这个人的脸，心里不禁一阵苦笑。

是的，这不是别人，而是老相识，他的名字不止一次出现在我前面的叙述中，他叫陆华！

虽然这次见面和上次只隔了几小时，但是他的样子却起了很大的变化。

变化的自然不光是面貌，最多的是神情。如果说上一次在石洞里他是半醒半迷的状态，眼神中还有很多迷茫的话，那这一次却是完全清醒了。

我这么说你不要误会，我不是说他已经恢复了正常的神色，而是指他的神色已经变成了被彻底控制之后的清醒，清醒到我完全不认识了。

当然，他的模样也有了一些变化，脸色更加憔悴，头发异常蓬乱。这说明在这之前的几个小时里他曾经有过剧烈的思想挣扎，而挣扎的结果是，他已经被完全控制。

也就是说，现在抓住我手掌的陆华已经完全变成了一个陌生人，一个随时都有可能对我下死手的陌生人！

“你好，陆队长，没想到我们这么快又见面了！”我一边应付着一边想脱身的办法。

“异先生，白枫让你骗走了吧？”

“不是骗，而是救，我将她救到了一个安全的地方！”我纠正陆华的话。这个时候我已经没有必要再跟他兜圈子。

“你将她带到哪里去了？”

“我不会告诉你的！”我断然答道。

“这不重要，我能够找到她。”陆华很自信地说，“只要你不跟她在一起就好，我不想让她看到你死在我手里！”

“你觉得你能找到她吗？”我故意问。

“当然！”陆华笑得更加诡异，“只要我想找，没有人能够躲得开，你不是也没有跑掉吗？再说她是不会想跑的。”

“你想明白我的问题了？”我说。

“是的，我想明白了。”陆华答道。

“好！那请你告诉我你为什么杀死老方和小周，他们做错了什么？”

陆华笑道：“他们都该死，谁挡我的路谁就该死！”

“那么，以前你做的那些为民除害的事都是错的咯？”我又问。

“什么为民除害？”陆华说，“你不要再将一些别人的事情强加到我头上，我不会再相信你。”

没错，除了他在半迷半醒、左右挣扎时所做的事以外，他将以前的事情完全忘记了。

“我不想再跟你废话了！”陆华说着，突然一张嘴，一条猩红分叉的舌头倏然伸了出来，像一条红色的绸带一样将我的脖子围了一圈。

我一直惊异于白枫所说的那天晚上陆华舌头分叉的事情，现在我终于看到了，白枫所说的每一句话都是真的，陆华的舌头确实是分叉的——其实，我在他那晚留下的影像中已经看到了，不过现在亲身感受到了它的威力！

他舌头的力道很猛，我的脖子一被缠住就感觉到呼吸困难，颈骨好像马上要被折断一样。

我抬起右手，竖起食中两指狠狠地向那条猩红的舌头戳去，并用眼角的余光瞥了一眼陆华。他并没有什么动作，因为他此时正目不转睛地盯着我的脸，看着我脸上露出的痛苦表情而诡笑不止。

我神色间不敢有丝毫变化，凭借多年的训练，用感觉控制着手指戳击的方位。

就在我手指刚刚触到那根生有许多肉刺的红舌上时，蓦然间，手指好像被什么东西抓住了，接着咯咯两声轻微的响声，一股钻心的疼痛迅速传到我的大脑里。我知道，自己的两根手指已经断了。

陆华对我笑得更加诡异，支支吾吾地说：“异先生，你不是我的对手！”接着我感觉缠绕在脖子上的舌头生出了更大的一股力道，将我的身子完全扯了起来，双脚离地而起，好像被人用线扯着的风筝一样飞上了天空。

陆华舌头一甩，将我抛起来，我便重重地摔在数米以外的地面上，砰的一下，全身巨震。

我根本就没有时间和力气爬起来，因为陆华好像玩性大发，在我身子着地的一刹那，他已经又将我拖起来再抛到空中，然后又重重落下。

就这样落地飞起，飞起落地有四五次，我已经被摔得七荤八素，眼前金星乱冒。这不全是被摔的结果，还有被勒的原因，因为在他不断抛摔的时候，束在我脖子上的舌头越勒越紧。难以想象，他的舌头怎么能产生这样大的力道。更加难以想象，他的舌头怎么能延伸出四五米的长度？

我早就知道自己不可能是陆华的对手，但是我想不到的是自己在他面前根本就没有还手的机会。用不了多长时间，我的生命就要结束了，就算摔不死，也会被勒死！

就在我脑子渐渐昏迷的时候，隐约中突然听到有人大声喝道："住手！"

我的身子再度落地，这次没有被再次抛起来，我本能地伸手去拉扯套在脖子上的肉舌，这次居然成功了。我费了九牛二虎之力总算将那圈舌头拉伸了几寸，勉强呼吸了几口空气，这才有时间向那个声音发出的方向看去。

凉意袭人的清晨曙光中站着一个满身泥土、衣衫不整的中年人，身体微胖，脸色煞白，双手紧紧握着一只手枪，枪口对着陆华。这不是别人，正是任元生。

任元生紧张而惶恐地看着陆华，说道："陆……陆队长！你住手！"

陆华支支吾吾道："你是谁？"

任元生脸上露出一股深深的惊讶："我是谁？我……我是任……元生。"

"任元生？"陆华古古怪怪地重复了一句，接着道："不认识，你快滚一边去，不然，我连你一块杀了！"

任元生手臂微微晃了一下，道："陆队长，你……你不能杀人，否则，我就开枪了！"

陆华喉咙中发出两声怪笑，言语不清地说道："好啊！"

他最后两个字刚出口，身子就向前窜去，一股很大的拖拽力量立即传到了我的脖子上。

自从任元生一出现，我就提防着陆华会暴起发难，所以在我努力了几次无法从他那条舌头中摆脱出来以后，我只有将希望寄托在任元生身上。虽然我不知道他的手枪从何而来，使得怎么样，但我都要试一试！

于是，我在他们交谈的时候，悄悄地向离我一尺远的一块突出地面两三指的石块挪了挪，然后用两脚的脚尖钩住了石块。

就在陆华猛地向前窜出的时候，我双脚使力，虽然被拉扯得脖子咯咯作响，但生死系于一线，我还是拼命钩住，不敢有半点放松。

陆华身子一窜，已经晃身移动了几米，可是他的舌头被我硬生生地拉住，速度再快也不能靠近任元生。

说时迟那时快，陆华身子向前一动便又晃了回来，向我靠近。

我知道一切的成败就在此一举，刚觉得脖子上一松，我立即声嘶力竭地向任市长喊道："快开枪！"

我的声音刚出口，就听到啪的一声枪响，陆华啊的一声惨叫，身子向一旁趔趄了两步。我只觉得脖子上一松，于是赶紧打了几个滚，翻到了一边。

三

我腾地一下从地上站起来，脖子上还有一团猩红的舌头围着，但是已经丝毫没有了拉力，舌头从我们两人中间断开了！

陆华用两只手紧紧捂着脸，身子不停发颤，我向待在另一边的任元生使了个眼色，示意他再开一枪。虽然陆华本性不坏，所有的这些罪恶行径都是那个脓包在作祟，但是无论如何，人在面对危险的时候首先想到的就是自保。

任元生呆呆地站着，手里的枪微微颤抖，我知道他的心里比我还要紧张。他缓缓地将枪指向了一旁的陆华，瞄准了，然后慢慢地扣动了扳机。

啪！

一声枪响，我眼见俯身在一旁痛苦哼哼着的陆华，心里说道：再见了，陆队长。

可是，我的告别为时尚早，因为就在枪响的那一刻，陆华本来在微微颤抖的身子突然消失了。子弹打在地上，掀起几片土块，飞得老高，在空中四散开来。

我心里大惊，急忙回头向任元生看去，只见他也惊恐不已地望着我，不相信眼前所发生的一切。可是不容我多想，因为就在他身后，我看到了另一条身影，如鬼似魅，正无声无息地向任元生缓缓靠近。

此时天空已经比原先亮了许多，我朦朦胧胧地看清了那个人的面容——

陆华！

就在枪响的那一刻，陆华已经凭借着他近乎光速的速度躲开了，并且绕到了任元生的背后，好像一只恶狼正在缓缓地靠近着自己的猎物。

此时的陆华，面容比原先更加狰狞恐怖，因为他的嘴角流出了一缕很浓的血迹，黏黏连连，像是西方恐怖电影中的那种吸血僵尸。我知道，救我命的那一枪并没有打在他身上，而是打在他伸出的长舌上。

我此时离任元生大约只有四五米的距离，可也已经是鞭长莫及了，因为以陆华的速度，我就是再近上两倍，也完全没有可能比他先冲到任元生身边。于是，我只好向任元生使使眼色，希望他能够看明白我的意思——虽然用言语可以更直接地告诉他情况，但那无疑也会增加他被攻击的可能性！

这时天色已经亮了许多，任元生看到了我的示意，也眨了眨眼睛，目光开始斜斜地向后下方移动，他已经知道危险就在自己身后。

任元生微微闭了一下眼，然后又深深地吸了一口气，以缓解处于高度紧张的神经。最后，他紧紧地抿起嘴巴，好像下了很大的决心一样，快速地猛一转身！

啪！又是一声枪响。

这次我看得分明，陆华的速度简直到了匪夷所思的程度，因为他是在枪响后才突然加快了脚步，但是，就在子弹飞行的那微乎其微的时间里，他已经很从容地避开了，身子一晃，就到了任元生一边，右臂猛地一抬，狠狠地向他脖子上揽去。

我知道一切都完了，陆华的这一下足以将一个身强体壮的成年男子的颈骨折断，任元生已经没有生还的希望了。

我猛地扑了上去，虽然已经来不及，但我不能眼睁睁地看着任元生被折断脖子。而且，就算我不扑上去，陆华会饶了我吗？

我刚刚一动，耳中又听到啪的一声枪响！

只听见陆华和任元生一起发出惊叫，同时摔倒在地上。

循声看去，在离我大约十几米的地方，静静地站着一个人，他手里的枪还冒着一股青烟。

那人穿着一身警服，头发斑白，正是刘正！

刘正缓缓地收起枪，向这边走过来，边走边平静地问我：“异先生，你没事吧？”

我点点头，转头看向躺在地上一动不动的两个人，暗叫可惜。虽然刘正枪法很好，但还是晚了一步，任元生已经遭了陆华的毒手。

我顾不上问刘正如何正好赶到，更加来不及向他致谢，就匆匆和他一起走过去分开了地上的两个人。

陆华肯定是死了，因为他的脑袋已经被打破，黏乎乎的脑浆涂得满脸都是，加上他那张诡异的笑脸和嘴角的血丝，看得人心里一阵阵往上冒凉气。

任元生并没有被穿透陆华头颅的子弹波及到，但是他一动不动，身子软软的。为了确定他的生死，我将左手轻轻伸到他脖子上，想看看他的颈骨是不是已经被折断。

就在我将冰凉的手指放在他脖子上的时候，任元生突然轻轻咳了两声，缓缓地睁开了眼睛。

他疑惑地看了看我和刘正，又看了看躺在自己身边满脸脑浆的陆华，急忙一个骨碌翻身爬了起来。他摇了摇自己的脖子，低声道：“好险，差一点就没命了！”

刘正的枪开得真是及时，就在陆华的手臂刚刚搂到他脖子的那一刹那，子弹也正好射进了陆华的脑子里。虽然陆华借着余势将任元生打晕在地，但却并没有折断颈骨，这真是不幸中的万幸！

我站起身，看见刘正满脸惋惜和伤感地盯着躺在地上一动不动的陆华，心里不禁也感到一阵失落。陆华本来是一个正义凛然、兢兢业业的好警察，但是现在却被脓包改变成了一个浑浑噩噩的杀人机器，这实在是一件令人痛心的事情。

我们三人恭恭敬敬地向陆华的尸体鞠躬，也算是向这位命运凄惨的朋友做一个告别。

然后我问起两人和我分开后的情形。原来，他们和我分开后，刘正突然想到任元生手无寸铁，如果遇到危急情况，任元生连个抵挡的工具都没有，于是又折回去将手枪送给了他。任元生走出大约一百米后，就看到了我打开的手电筒光，心里很惊讶，以为我遇到了什么危急情况，于是又赶紧往回赶，想要助我一臂之力。半路上和追来的几个村民相遇，他逃不过，只好开枪解围——这就是我听到的那几声枪响。好在追过去的人不多，所以他也没有遇到什么大的危险，然后他看到我的手电筒光（实际上是电棍的光，手电筒已经在第一次交锋中弄丢了）又开始往前跑，他知道我暂时没事，也就没有再往前追，而是熄灭了手电筒继续往远离翠山的方向跑，跑了一会又停下来查看情况。直到我追到这里和陆华打斗（其实是挨打），我们发出的声音将他引了过来。

而刘正将手枪给了任元生以后，就一路向前跑，跑出了大约一百多米后，将手电筒推亮，放在一株矮树的枝杈上，自己则跑到一边藏了起来。看到没有人追过来，他便慢慢地往回跑，黑暗中也遇到过几个散开的村民，但是那几个人都很一般，像行尸走肉，没有什么特殊的能力，被他三拳两脚地打倒在地。于是他一直往前走，直到回到了被掀翻车辆的山脚下。由于那时我已经将大部分人群引远了，所以他也没有遇到多少阻拦。他在一名遇难下属的手上拿出了一支手枪防身。等听到我们这里的枪声，他才摸了过来。

我听完两人的叙述，也将自己的经历说了一遍。刘正沉吟道：“这样看来，这些人也都和陆华一样受到了那种不知名物质的控制，但是好像不是所有人都发生了特殊的变异。”

于是我将解剖僵尸的发现简略说了一遍，最后说道：“那只可以被脓包遥控的眼睛可能在不同人身上生长的位置不一样，有的人像陆队长一样拥有超凡的攻击能力，有的却没有。就好像白枫的读心术和李院长的自残行为，还有那名撞车而死的中年人，虽然他们心理或者身体上的某种意念或者功能得到了加强，但不是每个人都变得很有攻击力！”

正在我们说话的时候，有两条光束射了过来。我抬头看了看，迎着光并不能看得很清楚，正在我们感到疑惑时，突然听到几声欢呼，有人叫道：“任市长，原来你们在这里！”原来是地质院的那五位工程师。他们在听到山下的异常声音以后就躲在一块石头旁边，不敢再往下走，直到山下重归平静才下了山寻找我们。

我们见五人都没事，心里很高兴。李胖子问道：“任市长，天马上就亮了，我们回去吗？”

任元生看了看我和刘正，说：“刘局长，小异，你们说我们现在该怎么做？”经过一场生死波折，我们之间的生疏感已经消失了，他也不再见外地叫我异先生，而是将我当成了自己人。

我微微一笑，说道：“任市长，刘局，小度听你们的安排！”

任元生微微一愣，可能是对我自称为小度感到惊讶，不过，他随即明白了过来。

刘正说道：“我们应该联系局里先把遇难者的遗体运回去，然后对附近的村庄展开一次严密的检查，看看这里到底有多少人被感染了。小度，你们对怪石有没有什么新的发现？”

我不等几位工程师说他们得出的各项数据，便抢先回答道：“我根据几位专家的测试结果，已经有了一个大致的推测，不过还要等专家们做进一步研究才能确认！”

几乎是同时，包括那几名专家在内的其他人异口同声地问道：“什么推测？”

“我不是想卖关子，只不过这事儿不是一句话两句话就可以说清楚的，咱们还是先回去，随后我再仔细跟大家说！现在我们先去看看其他几位同志还有没有生还的。”

刘正沉痛地摇摇头，但还是跟我们一起向前走，走了几步突然又停了下来，从怀里拿出手机，想要打电话，但看到没有信号，又不禁摇了摇头。

我说："刘局，这座山对手机信号有很大的影响，您还是离远一点试试。"刘正听了我的话，便拿着手机向一边走去。

此时天已经基本大亮，晨曦初上，整个地面都好像罩上了一层薄薄的雾气，宛如仙境。

我们看着四下里再也没有人，刘正即使落单也不会有危险，于是先向翠山走去。

我们离得本来就不远，没走多长时间就到了山脚下。汽车的玻璃都被砸得粉碎，车身歪歪扭扭地翻到一边，连轮胎也瘪了好几个，汽油漏了一地，车身凸凹不平。看来如果不做一次大修，这几辆车就算报废了！

五名警察分散着躺在地上，摆着各种形状，但每一个人都是衣衫破烂，尸体毁坏严重，面孔中露出的神色均是惊疑惶恐，也许他们到死也不明白这些村民为什么会对自己狠下杀手。四周没有发现村民的尸体，看来他们到死也没有对这些村民还手。五名地质工程师看到这副惨状，一个个脸都吓白了。

刘正说得没错，他们没有一个生还者。我心里难受，深感内疚。如果我没有让王小二打电话通知他们来这里，恐怕他们也不会遇难。我们将他们的尸体都整齐地摆放在一起，帮他们整理好身上的警服，深深地鞠躬致敬。

我们又将陆华的尸体和几名被我们杀死的村民的尸体也搬到这里，将陆华和战友们摆在一起，而将村民的尸体摆在另一边。对着这些尸体，我们都没有说话，心情很沉重。

过了不多时，刘正走了回来，说电话已经打通，警局里的同志和医生马上就到。

大家席地坐下，等着警察和医生到来。此时太阳已爬上了地平线，整个翠山映着朝霞一片苍翠，连大伙儿的脸上也泛出一层淡淡的绿意。

等了约有半个小时，远处开来几辆鸣着警笛的警车，后面还有几辆白色救护车轰鸣跟进。

我和任元生等人坐着两辆警车先回了 S 市，刘正却留下来处理善后事宜。

一路上很平静，车子开得也很平稳，我和任元生、李胖子坐在一辆车上。大家都没有说话，任元生脸色凝重，不知道是对昨天夜里的凶险遭遇耿耿于怀，还是在为荒山周围的村民担心。李胖子一刻不停地翻着记得满满的笔记本，嘴中念念有词，但是却听不清他在说些什么。而我看着车窗外熙熙攘攘的上班人群发了半天呆，最后闭上眼睛将这几天以来所发生的事情重新想了一遍，看看有没有漏掉什么重要细节。

第十六章

流　星

一

车子开到中心医院，我首先被送到了医务室，被折断的手指要赶紧处理一下。这虽然算不上重伤，但十指连心，折断的骨头只要稍微颤动一下，就是揪心的疼痛。

医院里挤满了人，到处都是排队的市民，医务人员忙得焦头烂额。后来我才知道，市政府在今天早上已经在电视、报纸等媒体上播发了通知，S市所有公立医院都面向社会开展免费检查活动，市民可以在一天中的任何时间进行检查。当然，媒体不可能将真实情况公之于众，那样会引起市民极大的恐慌，很可能会造成社会秩序的瞬间瘫痪。媒体对外的理由是流感疫情检查，每个市民都要登记造册，颁发健康证。没有健康证的市民将禁止出入公共场所。这个理由既避免了市民恐慌，又避免了漏报的可能。

骨折的手指很快便包扎好了。在受伤以后，我自己已经对伤口做过了简单处理。一般情况下，我需要好好地输上两天吊瓶，但因事情紧急，已经没有这个时间了，所以也只好作罢。

等骨伤处理好以后，我出门去实验室找李教授和蔡峰，看看他们的进展如何——我很想知道这种可以将人彻底改变的传染病到底能不能控制住。但是当我走出门的时候，却被一个人叫住了："异先生，林书记和任市长请您过去一下！"

那是一个穿着笔挺西装的年轻人。其实昨天晚上我和他就已经见过面，只不过可能是由于职位的原因，他并没有参加那次会议。于是我让他在前面带路，快步跟了过去。

我们走过楼梯，到了一间原先应该是会议厅的大办公室里，门上贴了一张白纸，上面写着粗黑的几个字——临时指挥部，许多穿着各式衣装的人正在进进出出。

我直接推门而入，看到屋里已经聚集了许多人。他们都在各自忙着，对我进来全然没有注意。林清正在墙角一旁接着电话，他一边大声说着话，一边来回走着，神色焦急，不用问就知道事情确实已经很糟糕了。

任元生在房间的另一边向包括李教授在内的许多人讲述我们昨天的经历，那一圈人都眉头紧锁地倾听着，脸上时而露出惊惧，时而变得惊讶。离我最近的一群人里，一个头发全白的老者正戴着花镜与那五位地质工程师激烈地讨论着什么，桌子上杂乱地放着几个笔记本——他们昨天晚上的劳动成果。

我看见大家都在忙，便凑过去听他们在讨论什么。

就在这时，只听一个威严的声音道："大家别说了，咱们开会！"说这话的正是接完电话走回来的林清。

屋里顿时安静了下来，大家都就近找到座位坐下来。

林清嗓子有点沙哑，开口讲道："客套话我就不说了。昨天晚上异先生一行人发生了一些意外。从他们的遭遇来看，这场传染病已经蔓延出了市区，周边群众也受到了传染，我们先让异先生说说当时的情况，咱们一起分析分析！"看来他在熬了一整夜以后，病情也在加重。

所有的目光都齐刷刷地射向了我。说实话，我是一个比较随便的人，从来没有在这样的正式场合发过言，让我面对生死危险我不会害怕，但是看着这么多人的眼睛，我心里却突然紧张了起来，于是只好笑笑，说："我这个人说话从来都是丢三落四的，害怕会落下什么重要细节，咱们时间很紧，还是请任市长说说吧，他的经历和我基本差不多！"说完我向任元生看了一眼。

经过了一场生死与共的并肩战斗，我们之间的距离已经近了很多。任元生和我对视了一眼，立即明白了我的意思，他接过话头，说道："那我就说说看，如果漏掉了什么，希望异先生补充！"于是他将昨天晚上的整个遭遇一丝不漏地讲了出来。

我必须承认，他的叙述不但完整而且恰如其分、条理清晰，这应该得益于他经常在大庭广众之下发言的缘故。要是真让我来说，恐怕会说得支离破碎、稀里糊涂。

他毫不停顿地说了有半个多小时，当他说到我们和陆华的较量以及陆华所表现出来的特异本领时，所有人的脸色都变得惊异莫名，好像任元生说的只是一个故事，不可能是真事。当然在这里面，只有一个人的脸色自始至终没有变化，那就是李教授。他对此完全相信，因为他自己的遭遇如果说出来，恐怕大家更加不会相信了。

当听到陆华身死的消息后，大家的脸上都罩上了一层灰暗。在座的人不是官员就是医学专家或者是地质学家——当然除了我之外，可以说都是S市的精英。刑警大队长在S市也算是头面人物，对于他的突然死亡大家还是感到震惊，更何况是在如此诡异的情况之下丧命。

任元生将整个事情叙述完毕，最后说："对于任何人的无辜死亡，我都感到很痛心，我希望我们可以尽快结束这场灾难，让一切重新进入正轨！"

林清等任元生讲完，向我问道："异先生，你的伤没事吧？"

我淡然一笑，说："皮肉伤，不碍事！"

林清转头向那位满头银发的老者问："龚老，您是咱们市里的地质权威，据您的分析，这块石头到底是什么东西？"

龚老一边摘下花镜一边接口道："听小张他们说了那里的情况之后，我也觉得很奇怪，但是凭借他们的这些资料，我还不能贸然做出判断！"

"据您的估计，那应该是一个什么东西？"林清进一步问。

龚老道："林书记，这是很严谨的科学分析，我的主观臆断只能误导分析工作的正常进行，所以，在没有得到可靠的支持证据以前，我不想过早下结论！"

我听着龚老的话，心里开始着急，也急于想把自己的观点说出来，于是接过话头说："科学研究当然应该严谨，龚老是科学家，当然要有证据才能下结论。但我不是科学工作者，我自己倒有一个看法想说说！"

龚老打量了我一眼，扁扁嘴说："洗耳恭听！"

我看他一副文绉绉的样子，心里暗暗摇头，接着道："也许大家不知道这块石头的位置，它位于山体内10多米的地方，当然，我说的是垂直高度，如果从窄洞爬进去，大约有50米。怪石处在一个密闭的石室里，仅有一条窄洞与外界相连，石室约有20多米，成圆弧形，也就是说，整个石室是一个圆球状的空间。而那个窄洞是呈一个平滑的抛物线形状通向石室的！"我知道自己说起科学性的东西来很不在行，于是一边说一边做着手势。

"而且根据张教授的探测，石壁曾经受到过高温的烤炙，曾经在高温下融化过，然后又重新凝结了。"我说到这里向张老头看了看。

张老头清清嗓子，说："从石壁的坚硬程度和圆滑表面来看，那里的石壁确实曾经被高温烤炙过，我测量出的数据可以证明这件事！"说着张老头扬了扬手中记满各种数据的笔记本。

我慢慢走过去拿起桌上一张由胡瘦子拍摄的照片，指着上面的石蛋继续说道："而根据黄教授的检测，石蛋外面这一层厚厚的透明石块是石晶，很坚硬。"

黄白脸脸上一红，道："我不是……你叫我小黄就行了，那个……这个石蛋确实很坚硬，我们报废了四根钻头才钻开了一个小洞，那个……"说着向龚老偷觑一眼，继续说道，"据我的初步推测，这很有可能是石晶，不过，还需要等检测结果出来以后才能确定！"

我又将矛头指向了刘眼睛，继续说："刘教授，那块石蛋好像有很大的辐射波，对不对？"

刘眼睛却不像黄白脸那样谨小慎微，大声说道："这是确定无疑的。"

我笑了笑："其实我一开始爬进这个窄洞就有一种异样的感觉，我不知道这种感觉应该用什么词来形容，直到我第二次进洞抬起头向上看的时候才恍然大悟！"

任元生很好奇地问我："你看到了什么？"他之所以会这样问是因为那时我们是没有分开的，所以，如果我看到了什么特殊的东西，他也应该知道。可是他显然没有任何发现。

“其实当时胡教授也看到了，他还在衣角打了一个结！”我看着大家恍然大悟的神情，继续说道，“是的，那是一颗流星，拖着长长的尾巴在夜空里划过一条弧线！”

胡瘦子一拍大腿，道：“对对对，你说得对。从你所列举的这些证据可以推断，那就是一块陨石，我他奶奶的怎么没有想到！”

所有人没有想到这个文化人会突然爆出一句粗口，顿时轰然笑起来，会议室本来十分沉闷压抑的气氛稍稍得到了缓解。

龚老道：“刚才我也想到过这种可能性，只不过有件事情解释不通。窄洞只有不到半米的直径，可是石蛋却有七八米大小，它是通过什么方式进去的呢？”

二

他说得没错，如果按常理推断，一个体积很大的圆球要想从一条极窄的洞里穿过，可以说全无可能。除非这个圆球自己可以收缩，就像武侠小说上所说的“缩身术”，但是，圆球是石质的，而且是比一般的石头还要坚硬好多倍的石晶。不过他忘记了一种可能，我继续说：“它并非穿进山体的时候就这么大，而是后来变大的！”

龚老没听完我的话，就大声叫道：“它又不是活的，会自己生长，怎么可能是后来变大的？”

我指着石晶里面的那颗绿色的石卵笑道：“我猜想当时的情形应该是这样的。一枚不知道从哪里来的绿色巨大陨石脱离了自己的轨道，冲进了大气层。在和大气层的微粒摩擦中燃烧了起来，这使它的体积迅速消耗变小，也使它的温度急剧增加。但是因为这枚陨石的质地很坚硬，体积又大，虽然大部分都被大气层燃烧掉了，但还是剩下了一小块坠落到了地面上，坠落地点也就是现在我们所说的翠山。也许那时候它还不叫翠山，是陨石落下之后土层起了变化才得名的。小陨石带着高温以它本来就比石头坚硬许多的质地，呼啸着撞在了那里，它所挟带的势能加上自身的硬度，还有足以熔化铁石的高温，立即就将荒山穿了一个洞，直入山体内部。在滑行了 50 多米以后，它的势能也耗尽了，积聚起来的热量立即就将周围的石头熔化掉了。也许还可能形成了一场爆炸，但是由于它已经深处山体内部，所以爆炸只是形成了一块空间——也就是它所在的这间石室。经过一段时间以后，熔化的石头又重新凝结，形成了这层厚厚的石头包层——也就是我们所说的这层石晶。又经过了很长时间，绿色陨石散发出来的辐射改变了荒山的土质，使土质的颜色变成了绿色。可是这种辐射波很强大，在日积月累中，慢慢地影响了周围的人，使他们生出了一场怪病，这场怪病就是这脓包的源头！”

我说到这里就停了口，扫视了大家一圈，每个人都陷入了沉思。我想他们应该觉得我的推断虽然有点异想天开，但却也合情合理，不是吗？如果这场怪病和这块绿色石卵没有关系，那么为什么陆华会莫名其妙地带着白枫赶到那里？为什么白枫在受控状态下对石蛋如此依恋？为什么那群村民会无缘无故地在深夜里聚集到荒山下？如果不是这样，这些匪夷所思的怪事又该如何解释呢？

“那么，异先生，为什么那些村民只是聚集在山下，而不是像陆……陆队长一样爬到石头所在的窄洞里去呢？”一个人提出了自己的疑问。

我想了想，回答道：“这一点我也不能给出确定的答案，但是据我推测，可能是因为这些村民的病情发展得要比陆队长轻一些，还没有对那种辐射形成更强的接收能力。就好像同时患了感冒的两个人，一个可能体质好，扛扛就过去了，另一个人却需要住院治疗一样！”

“那你是说陆华的体质不好？”问出这句话的还是那个卫生局王局长。

我笑着说：“这只是一个比喻，可能这种疾病的发展不是以我们常识上所说的体质为衡量标准的！”

“也就是说……”林清神色凝重地说道，“我们在座的每个人都可能已经患上了这种疾病？”

我苦笑道：“理论上应该是这个样子，但这只有检查以后才能确定！”

“那么我们现在应该怎么办？”另一个人问道。

所有的人都看着我，等待我给出答案，可是我没有答案，只能苦笑着摇摇头：“我只能寄希望于在座的医学专家了，因为我能想到的只有药物控制。”我没有直接提李教授的名字，因为这里不光有他一位专家，而且我也不想给他更大的压力，毕竟这是一个很艰难的课题，不但责任重大，而且时间紧迫。这个令人肃然起敬的老头在发生了自残事件以后，已经连续数天没有休息过了。我能够看到他面容上的憔悴疲倦，而且身体好像也瘦了很多，他身上的白大褂看起来居然有点松松垮垮。

但李教授是这个刚刚组建起来的医学小组的组长，恐怕也是这些医学专家们的领袖。因为当我说到这里的时候，他们的目光都一齐望向了他。

李教授一直木雕一样地坐在那里，静静地，眉头深锁，脸色凝重。他愣了好一会儿才说：“昨天，我们又在恒温的洁净室对五只小白鼠做了注射试验。得出的结果很不理想。它们的免疫系统已经被完全摧毁，虽然现在还没有死，但身体内的免疫系统也没有修复的迹象。即使药物确实管用，如果以摧毁人体免疫系统作为代价，我认为也是不值得的！”他说话的速度很慢，中间还有许多次停顿，好像大脑已经因为疲劳过度，随时都可能突然中断思维一样。

林清静静地听李教授说完，转头关切地说道：“李教授，虽然情况十万紧急，但您还是需要好好休息！”是的，李教授的表现大家都能看到，那确实是过度疲劳导致的，他确实应该好好睡上一觉，不然，他可能会因为身体过度透支而发生意外。

“休息？我不敢休息！”李教授苦笑道，“我怕一闭眼睛就会像陆队长那样再也醒不过来了！”

他说的话绝非危言耸听，那天晚上陆华如果没有被催眠，也许第二天早上他就会自己醒过来。过度疲劳之后的睡眠和催眠虽然看似不同，但效果一样，都会导致大脑的深度睡眠，而大脑一旦沉睡过去，就正好给了脓包乘虚而入的最佳时机。

会场立即又陷入了沉闷，一片寂静，沉闷的寂静。

过了好一会儿，李教授才又接着说："我个人觉得只用小白鼠做实验已经不行了。首先，白鼠的身体结构和人类的大不相同，即使实验在白鼠身上获得成功，也不能保证在人身上也能够获得成功。再者，就算白鼠试验成功了，我们还是要加量作用到人体身上，这个剂量不是简单按体重或者体积换算来的，也就是说，即使小白鼠的试验成功了，我们还是要在人体上进行试验。"

"那你的意思是直接在人身上做实验？开什么玩笑！这可是人命关天的大事，有哪个活人愿意做这种牺牲？"王局长大声吆喝着。

"你怕死，并不代表所有的人都怕死！"李教授冷冷地回道，"我做第一个志愿者！"

王局长脸上一红，但却又无话可以反驳，只是哼哼地坐在椅子上翻着白眼珠。

林清道："李教授，您现在是我们的主心骨，也是全体S市民的主心骨，这个险您不能冒。如果这真是必要举措的话，我来做第一个吧！"

这句话立即引起了会场的混乱，市委书记要做实验者，这无论如何都难以令人默然视之！他这句话刚说完，许多人就嚷了起来："不行，您是市委书记，怎么能冒这个险？"

"笑话，堂堂市委书记做实验品，S市的人都死光了吗？"

"要是真的非这样不可，那我愿意做第一个！"

正在大家吵得不可开交的时候，任元生大声喊道："不要吵了，不要吵了！"他连着喊了好几声，大家的叫嚷才算平息下来，他继续说道："这只是李教授的一个想法而已，并没有决定要这么做，咱们再想想其他办法。"

"还有其他办法吗？"在座的一个人问道，这个问题自然是问向李教授的。

"无论什么办法，总会有第一个！当然我们会先在尸体上做试验，确定到底多少剂量可以达到完全摧毁脓包的效果。但是，总要有活人来做第一个尝试者！"

是的，李教授说得没错，无论什么办法，总要有人第一个去做。

“好！现在我安排一下下一步的工作，这个问题大家就不要管了。”林清严肃地说，“李教授，你们赶紧在今天早上运回的那些遇难同志的尸体上做实验，如果得出结果，马上告诉我，不能擅自决定！龚老和地质院的专家同志们继续研究石卵的成分，尽快得出一个确定的结果！至于其他同志，还是按照各自的分工，继续加强普查工作。大家请在今天晚上12点以后，到医院的检查室做检查，每一个人都要做。好吧，就到这里！”

书记的命令已下，大家有什么话也不能再说，于是纷纷站起身来，向外走去。

我也站起身出门，林清叫住我说：“异先生，你要出去吗？”

我讶异地回头道：“不是，我想去看看白警官！您有什么事吗？”

林清点点头，问道：“你对你刚才的推测有几分把握？”

我摊摊手，说道：“除此之外，我想不到更加合理的解释。等到普查结果出来以后，看看患者的数量，说不定并没有我想的那么糟糕！”

林清苦笑一下，又问道：“你说，我们如果毁掉那枚石蛋会不会起到什么作用？”

我又摊摊手，说：“我也说不准，不过我认为还是先确定石蛋的‘身份’之后再做决定比较保险，我们已经不能再面对比这更糟糕的局面了！”

林清点点头，向我做了个请的姿势。

我刚走出门，就和一个穿白大褂的人迎面撞了个满怀，我们都趔趄着向后退了一步，我抬头一看，原来是蔡峰。只见他脸上溢满了惊喜和兴奋，他一看到是我便开口问道：“异哥！李教授在吗？”

“在屋里，什么……”我的话还没有问完，蔡峰已经一步迈进了屋里，大声叫道：“院长，有重大发现！”

屋子里一阵脚步声响起，我赶紧闪到一边，门猛地被推开，李教授首先跑了出来，大步向实验室的方向奔去，后面跟着蔡峰和林清等人。

我心想，看望白枫并不急在这一时，还是先去瞧瞧蔡峰到底又发现了什么。我知道他做事向来稳重，如果不是关系重大的发现，他不可能兴奋成这样，于是我也飞奔着跟了过去。

三

我快步跑到实验室时，见到大家都聚集在门口，并没有人闯进去，而且都是满脸的疑惑。瞧得出来，没有几个人能够搞清楚蔡峰所谓的“重大发现”到底是指什么。

我被挡在人群外面，只能踮着脚尖向屋里张望。在人头晃动的空隙间，我看到实验室的地面上有一摊黄浊的“污水”在四处横溢——焦黄、黏稠，在地上如同可以无限复制的细菌生命体，缓缓地向四周蔓延开来。在已经被黏液“摧营拔寨”的势力范围内散落着许多亮晶晶的玻璃碎片；桌脚的地上横躺着一只暖水瓶，孤零零地散发着丝丝热气。

“这要说起来得算我的失误，忙了这几天，我已经有点头晕脑涨了，眼睛看出去，连桌椅板凳都是晃来晃去的。我本来想用玻璃吸管取一点液体去做个毒性的分析检测，但是，刚取完液体，我就不小心滑了一跤。不但玻璃吸管摔得粉碎，就连桌脚的一个暖水瓶也被我踢碎了，结果就成了这个样子！”蔡峰带着几分自嘲地笑着说。

林清等人还是没有听明白，疑惑地一会瞧瞧蔡峰，一会看看地上还在不断蔓延的焦黄黏液。可我却已经明白了蔡峰如此兴奋的原因。当然，从李教授呆立不动的身形和那只颤抖得越来越剧烈的右臂，我明白他也已经知道了原因。

这并非因为我和李教授比其他人聪明，而是那天掘开李莫然坟墓的时候，我和他都在场。

如果蔡峰不说现在在地上不断蔓延的液体是暖瓶里的温水的话，我一定就误认为那绝对应该是蔡峰在坟墓中“多此一举”取回的混合了雨水的尸液——也就是迄今为止，我们所能找到的克制脓包蔓延的唯一灵丹妙药。

说到这里，你大概已经明白了蔡峰会为自己的不小心而欢欣雀跃、兴奋异常的原因了吧？

是的，正是这无意中的一跤，摔出了一个惊人发现，摔出了取之不尽用之不完的“灵药”源泉！没错，这表明那一小杯含有尸毒的液体具有极大的感染性。就好像电脑病毒一样，只要给它一个媒介，它就能以极快的速度感染所有的连接“主机”。当然这里的“主机”只是我们最平常不过的水！要是在一般情况下，毒性很强的尸液具有这么强烈的传染性，那就会是一件使人头疼的棘手之事；可是在这个特殊时期，没有人会认为这是一件坏事。

就这么沉默了好一会儿，李教授嘟囔道：“摔得好！”接着他好像猛然惊醒一般，回身将我们这些不是医生的多余人员驱赶了出来，“都出去，都出去，别妨碍我们工作！”

我们退出了实验室，门就被砰的一声关上了。

到现在，林清等人还是满脸疑惑，不知道到底发生了什么事情。

我只好将那天刨开李莫然坟墓的事情原原本本地说了一遍，当然，墓穴尸水可以克制脓包的消息李教授已经在会上说过，也不用我再多说。

听到这个消息，大家的脸上都泛起了笑意，这应该是这几天来唯一让人鼓舞振奋的发现！

任元生笑着说：“小蔡真是一员福将，这一跤真是……真是摔得好，摔得好！”

大家听了他的话，都不禁轻松地笑起来。

林清跟着笑了两声，突然皱起了眉头，问道：“那么以后这水怎么办？”

大家的笑容又都凝在了脸上。他不是在杞人忧天，既然尸液可以无限复制，那么它无疑又潜藏着巨大的危险。将来消灭这场疾病之后，如果有一滴尸液渗透到了 S 市的饮水系统里，甚至于就算滴落到城市的下水道中，那又会是一场灭顶之灾，甚至远比现在的情况更加凶险。因为实验已经证明了它不光能够克制脓包，还具有更大的毒性。

“只有提醒李教授，在制造药物时要仔细计算，最好能够做到完全不多不少！”防疫站风站长苦笑着说。问题是真要使配置的解药剂量完全合适，一滴不留，恐怕就算是世界上最先进的计算机也不可能达到。与其将希望寄托在饶幸上，还不如想一个处理方法更为现实。

林清皱了一会儿眉头，最后还是笑着说道：“总会有办法的，我们现在还是努力攻克眼下这一关最要紧！”

剩下的事情就是商量部署调动的事情，我看再也帮不上什么忙，就默默退到一边，走下了楼。

第十七章

另一个疑点

一

医院恐怕从来没有像今天这么门庭若市过，走廊里、大厅里全部挤满了人，就连院子里也已经人满为患，也许免费体检在S市算得上一件新鲜事。市民挤在一起，眉开眼笑地大声说着话，一个人在向人述说着自己虽然天不亮就赶来了，却等到这时候还没有轮到他的苦闷；另一个人却在大声赞扬政府开展这次活动真是一件天大的好事，而且为领导能够切身为老百姓着想感谢不已。还有人因为排队次序的问题和旁边的人吵个不停，唾沫星子四溅；电视台的一位女记者正站在人群中热情洋溢地对着镜头大发宏论！

我从人群中慢慢挤了出来，直奔底楼的白枫病房。站在病房外面，可以看到白枫已经醒了，她正抱着膝盖望着一面墙静静地发呆。不知道她在想什么，看起来十分入神。

我轻轻地推开房门，门开时所发出的吱呀声并没有将她从沉思中拉回来。直到我坐在了她床边的椅子上，轻轻咳了一声，她才回过神来。

她脸色憔悴，已经和我第一次见到时判若两人。她看了我一眼，嘴角微微上挑，挤出一丝微笑来，开口说道："谢谢你救我回来！"

虽然不知道是谁告诉她的消息，但显然她已经知道了发生过的事情。我微微一笑说："不用客气，你现在感觉怎么样？"

"还好！"她答道，"他……真的死了吗？"

我知道她问的是陆华，脸色不禁也黯淡下来，说："我没想到会是这种结果，真是很抱歉！"

白枫的脸色变得更加难看，幽幽道："其实，他对我一直很好，我没想到他会做出这样的事情来！”

“这不是他的错，如果他还能恢复清醒，恐怕连他自己都会害怕的！”

白枫又叹了口气，沉默了一会，才又开口说道：“外面的人都是得了一样的病吗？”

我苦笑着说：“现在还只是怀疑，也许事情并不像我们想的那样糟糕。”

白枫也挤出一些笑来，不知道是在安慰自己还是在安慰我，说：“但愿是这样吧！”停了一下，她又问：“这件事情到底是怎么发生的？”

我本来不想再和她谈论这件事，但是，现在不说这些，还能说什么？我看着她满脸的惊疑，知道如果不跟她说明事情的“真相”，恐怕她会一直困惑下去，这样对她的恢复不会起到什么好的作用，于是将我对整个事情的推测讲了出来。虽然这件事听起来有点天方夜谭，好像外星人入侵地球一样怪诞，但是，就算是怪诞的原因也总比毫无缘由让人安心得多。

白枫十分认真地听着我的话，既不插嘴也不点头，只是一脸凝重地听着。

当我将自己对整个事件的梳理详详细细地讲了一遍之后，白枫的脸色才略微舒展了一些，好像心底的石头落了地。她张嘴想说什么话，但突然眉头一皱，说道：“我觉得你说的还有疑点！”

“疑点？哪里不对？”

二

白枫缓缓地说：“你还记不记得我给你打电话的那天晚上发生的事情？”

我点点头。

“那天晚上我出事前曾经在网上查到过关于李莫然的一些信息，这件事我有没有跟你说过？”白枫又问。

我又点点头，示意她继续往下说。

“如果事情真的如你推测的那样，那么为什么李莫然早在三年前就已经患病很严重，而我们隔了三年才会集体发病？难道这只是李莫然体质的原因吗？”

我被她问住了，不知道该如何作答。是的，她提出的这个问题确实难以解释，就算我可以将陆华的表现视为比其他人病情严重，那么，李莫然的表现又如何解释呢？难道单单从个人体质的差异来解释就能够搪塞过去吗？明眼人一看就知道，这种解释根本就是在敷衍了事。如果李莫然因为体质特殊而提前发作，那么为什么好几十万人口的一个S市，唯独他一个人体质特殊？这显然是说不过去的。这其中一定还隐藏着其他原因，而这个原因很有可能就是解决现在所发生的一切问题的关键。我一定要搞清楚！

白枫见我沉吟不语，便又勉强笑了笑，说道："也许是因为我得病而变得敏感了，可能事情就是你推测的那个样子，我只是在胡思乱想。"

"不是！你说得没错，这确实是一个最大的疑点，如果解开它，也许整件事的来龙去脉就会真正明晰起来！"我又顿了一顿，继续说道，"不过，现在你的主要任务是安心养病，这件事我会弄清楚的。"我说完，郑重地向她点点头，站了起来。

"我跟你一块去吧！"白枫闪着亮晶晶的眼睛说，"毕竟我对S市比你熟！"

我转头向她笑笑，轻松地说："放心吧，我绝对不会迷路的！"然后就轻轻打开门，走了出去。

虽然白枫有相当的自制能力，但陆华这件事对她是一个沉重的打击，会像石头一样压在她心的头，使她每时每刻都不会忘记自己是一个病人，是一个用不了多长时间就会变成像陆华一样的行尸走肉的人。如果这样还要让她跟我一起行动，这对于一个年轻女子来说不但不近情理，而且有点残忍。更何况经过了受伤和被劫持这两件事之后，她的体力已经严重透支，她现在需要的就是安心恢复。不过，她真的能安下心来吗？

想到这里，我不禁暗暗苦笑。

现在我要去找刘正，也许公安局里会有李莫然的详细资料，这件事一定要从他的出身经历来寻找线索。

我一边想一边往外走的时候，听到有人在楼道口大声叫我。

我抬起头，看到刘正站在走廊的另一头一边向我挥手一边大声叫我。于是我紧走两步，到了他旁边，笑道："刘局，真巧，我正要去找你呢！"

刘正风尘仆仆地站在那里，听到我这句话，诧异地问道："你知道了？"

"知道什么？"

"陆华还活着！"刘正脸上露出一丝欣慰。

我大吃一惊，以为自己听错了。当时我明明看到子弹射进了陆华的脑袋，而且他那满脸模糊的脑浆还历历在目。现在听到这个消息，我实在难以相信。于是张大了嘴巴问道："陆华还活着？"

刘正微笑着点了点头，说："是的，他还活着！他不仅还活着，而且已经恢复了正常的状态！"

三

当我站在病房门口，看着头上裹着一层层绷带的陆华头脑清醒地看着我时，我才从惊讶中反应过来。

是的，陆华没有死，这听起来有点匪夷所思。但是当我搞清楚了这件事情的原因以后，也就不觉得有什么奇怪了，只是为陆华的侥幸生还感到庆幸而已。

子弹确实射入了陆华的头颅，但却是贴着他的颅骨穿过的，不知道当时是因为刘正不愿意亲手打死自己的得力干将，故意抬高了枪口，还是黑夜里视线模糊，靶心不准，又或者是陆华在听到枪声以后，本能地躲闪了一下——以他当时所拥有的速度，造成这种伤害已经算是意外了。

但不管是什么原因，子弹确实贴着陆华的颅骨洞穿而过，没有伤到他的脑子，而是打破了他颅骨上那个正在迅速胀大的脓包，我看到的所谓脑浆只不过是黏稠的脓液而已。脓液是黄色的，和脑浆有很大不同，但清晨的朦胧天色使我忽视了这个不算细小的差别。中弹之后，陆华就昏迷了，看到他那种血肉模糊的惨状，我自然也没有心情去试探他是不是已经停止了心跳，所以稀里糊涂地将他归入了死亡的名单当中，直到医院的救护车将他当成了一具没有呼吸的尸体，盖上一层白布和其他死者一同放在车里。很可能是沿途的颠簸使他发出了痛苦的呻吟，司机以为诈尸，吓得不等车停住就跳了下去。刘正揭开白布查看究竟时，才发现血肉模糊的陆华已经睁开了眼睛。

这是一件好事情，那个具有特异能力但神志模糊的陆华已经消失，清醒的陆华又回到了我们的身边，这确实是不幸中的万幸。虽然他曾经杀死了自己的两位同事，虽然他曾经劫持过白枫，虽然他曾经试图将我和任市长置于死地，但这不是他的罪过，现在也不再重要，重要的是他没有死！

我看着躺在病床上一动不动的陆华说道："陆队长，你……终于醒了！"

陆华眼中泛起一阵潮湿，看了我一眼，慢慢地将头转到一边，愣了好一会才说："我要是永远都不醒过来多好！"他声音支吾，有点吐字不清，我将他发出的音节在脑子里过了一遍，才明白他说的是什么。明白他的意思之后，我回头看了一眼刘正，他脸上露出了苦笑。

我正想再安慰他几句，刘正却在我背后扯了扯我的衣服，将我引出了房门。

陆华没有再看我们，只是紧紧闭着眼睛，两行泪水顺着他满是胡茬的脸颊流下来，滴落在颌下那层厚厚的纱布上。

我们沿着走廊走出很长一段距离，刘正才停下脚步，说："他都知道了！"

其实，我见到陆华那种痛不欲生的表情就已经猜出来了："是你告诉他的？"

刘正点点头，说："他醒过来之后，见到身边躺着的尸体，情绪就开始变得有点失控，一直疑心是自己杀死了他们，甚至好几次用头撞车上的铁栅栏。我们给他打了好几针镇定剂，却丝毫不起作用，没有办法，我只能一五一十地将经过跟他说了！"

"你也说了老方和小周的事？"我吃惊地问。车上死去的同伴其实并不是他所杀，所以他不用良心不安，至于劫持白枫和我遭受攻击的事情，也没有发生难以挽回的后果，我想他之所以耿耿于怀、自责不已，还是因为老方和小周的遇难。

刘正摇摇头，说："我没有说，但他好像知道是自己的过错。因为等我将他如何被我一枪打晕的事情讲完以后，他就说：'局长，你不该救我，你应该再给我补一枪，我杀死了老方，杀死了小周，现在我又劫持了白枫，还试图杀死异先生和任市长，你让我怎么还有脸活着？"

我能体会陆华此时的心情，那是一种深深的负罪感，任何人在做出了这种难以挽回的事情之后，都会因为心底的良知而饱受折磨。那是一种折磨，更是一种煎熬，这种煎熬远比身受酷刑还要难受，而且无休无止、永难释怀！

我明白陆华是怎么知道是自己杀死了老方和小周的，那是因为我。正是昨天晚上我和他第一次见面时所说的话使他知道了事情的真相。没错，他既然还能模模糊糊地记起我的名字和以前的事情，那就证明那时他并不是完全失去记忆的，而是处于半迷半醒的状态。既然那时能够回忆起清醒时的事情，那么，现在能够记起我在他半迷半醒状态下说过的话也就可以理解了。

"那么，他说话为什么又模糊不清呢？"我又问。

刘正看着我，苦笑着摇摇头，好像难以启齿一样。

看着刘正欲言又止的样子，我突然明白了。这是任元生第一枪的结果，当然也是我造成的恶果。第一枪本来是要打陆华的，但是中途被我钩住石头，陆华身子移动并没有将我拖起来，那一枪正好打在他缠绕我的长舌上，将它打断了。没想到他恢复正常以后，舌头上的伤残却并没有恢复过来。

虽然我对自己酿成的恶果感到很抱歉，但是却并不后悔。面对昨天晚上那种险恶的形势，我别无选择。

我苦笑了一声，安慰道："也许陆队长只是一时难以接受，过一段时间可能会好点，毕竟这件事不能怪任何人，要怪只能怪那个可恶的脓包，你也不用太担心！"

刘正叹了口气："但愿如此吧！不过，他的性格我很了解，要让他将这件事完全放下，恐怕不是很容易。哎！不说这些了，也许时间久了会慢慢好起来。你找我是不是有其他的事情？"

于是我将白枫的疑问说了一遍，并问他有没有关于李莫然的详细资料。

刘正皱眉道："嗯，这个问题是很奇怪。这件案子在没有牵扯到李莫然之前，我们也没有刻意去搜索他的资料，只是在挖出他的尸体之后，我才对这个人为什么会变成僵尸产生了兴趣，有意无意地搜索了一些他生前的资料，但不是很全，当时觉得没什么用，也就没有提供给你。"

我赶紧问："这些资料现在在哪儿？"

"在我家里，你要是需要的话，我现在就回去取！"

我说："不用了，我跟你直接去看吧！"

四

刘局长的家并不像我想象的那样气派。它位于一幢外表陈旧的老式居民楼里，房子也不大，是标准的两室一厅的小户型，家中摆设和退休工人差不了多少，大厅里放着一台25英寸的彩电，一组用了很多年的真皮沙发上垫着一层考究的坐垫，那是手工缝制的。冰箱、衣柜也没有什么特别。

刘正笑道："让异先生见笑了，我这里可真是寒舍！"

"刘局客气了，一进你家门就能看出你的为人了！"

"马上就要退休了，儿女都有了自己的小家，我们老两口还折腾什么，住着舒服就行！"

说话间，从厨房走出来一个面容慈祥的中年妇女，腰里扎着围裙，看来正在准备早饭。看到我们进门，她笑着向我打招呼。

我叫了一声阿姨，中年妇人笑了笑，问刘正："老刘，这位是……"

刘正笑着说了我的名字，然后说："老伴，快去倒点水，早饭好了吗？"

刘局夫人一边拿了茶壶去冲茶一边说："你不是说最近工作忙，不回来了吗？怎么大清早的突然又跑回来了？"

刘正一边将我向里屋让，一边说："说了你也不懂，你快准备早饭，忙活了一晚上，我和小度都饿了。"

我微笑着跟随他到了卧室，屋里放着一台19英寸纯平显示器的老式电脑。刘正一边将我让到椅子上，一边翻着抽屉找那份李莫然的资料。

终于，他在电脑桌底下的抽屉里找到了这份薄薄的资料，也就有四五页的样子。

我接过来，迫不及待地看了起来：

李莫然　男　66岁　卒于2002年3月4日，生前职业：农艺师。曾工作于S市农科院，退休后在紫金香花卉市场担任顾问，直至谢世。死亡原因不详。

这时刘局夫人送来茶水，站在旁边对刘正抱怨道："没见过你这样的，马上退休了，怎么比以前还忙……"她说到这里就住了嘴，我一直在看手中的资料，没有去看他们俩，我想肯定是刘正怕打扰我的思绪，阻止了老婆唠叨。然后，她出了门，接着听到防盗门开启关闭的声音，她应该是去外面买早点了。

下面的资料就是李莫然家庭情况的简单介绍，我见第一页上没有什么别的有用信息，于是往下翻。接下来是两篇李莫然曾经在农艺杂志上发表过的文章，一篇是关于如何栽培小麦能有效提高产量的实践技术论文，还有一篇标题是《大蒜的药用价值新探》的论文，别的就没有了。

我大略翻阅了一遍这两篇文章，第一篇是纯粹的科技论文，第二篇却写得很系统，从大蒜的种植历史讲到药用传统，又从大蒜的成分构成写到药用价值，然后着重提出了几项新的药用功效。可以说这是一篇很详细而又很有独到见地的文章。里面还用了许多医学名词和英文符号，这些东西我当然看不懂，只能根据上下文的意思大概推测这些名词和符号的意思。但李莫然在论文里却用了很多，可以看出这些名词在他这里是随手拈来，这至少说明他绝对不是一个对医药学一窍不动的门外汉："刘局，李莫然曾经接受过正规的医学教育吗？"

刘正递给我一支烟，帮我点上，自己也点上了一支，说道："这个我还真不知道，不过，植物学的专家多多少少都懂点草药知识，毕竟在咱们中国古代，草药是基本方剂，行医诊病靠的就是从农作物中分离出来的草药，农学家懂草药知识也很正常！"

我点点头，接着说道："不过，看这篇文章，这位农学专家不像是只懂点草药知识这么简单！"

“你发现什么疑点了？”

我摇摇头，突然想到了什么，问：“李莫然退休是在哪一年？”

刘正沉吟着算了一下，回道：“如果按照 55 岁退休年龄计算的话，应该是在 1997 年。”

“那么，他退休以后就一直在花卉市场当顾问？”

刘正又是苦笑着摇摇头，表示并不清楚。其实我问他这些问题也有点强人所难，恐怕除了手头上这寥寥数页的资料之外，他知道的并不比我多多少。

我立即问：“那个紫金香花卉市场离这里远吗？”

“不远，就在城西，离这里也就是十几分钟的车程。”

我站起来，说道：“我想马上过去了解一下情况！”

刘正看了看腕上的手表，说：“现在才八点多，一般那里要到 9 点才开门，我们还是吃完早饭再去吧！”

说话间，刘正夫人已经将早饭买回来放在了桌上，并热情地招呼我过去吃饭。早饭散发着一股浓浓的香味，热气腾腾，既有油条豆浆又有已经热好的牛奶汉堡，看来这是专门为我准备的。也许在这位局长夫人看来，像我这个年龄的人，一定很爱吃西式食品。

我坐下来，也没有客气。其实刘正说得很对，经过一晚上的惊险波折，我的肚子确实已经开始咕咕叫了。

说实话，这顿早饭是这几天来我吃到的最为温暖畅快的一顿。我和刘正吃得都很快，刘正夫人一边忙活着给我们添饭，一边看着我们微笑。她心里一定在想我们两个人怎么像饿了好多天的难民一样。

吃完饭，刘正就驾车载着我向紫金香花卉市场进发了。我在车里暗暗祈祷，但愿这次我们能有所发现。

第十八章

被蒸熟的人

一

紫金香花卉市场坐落于S市城区的西郊，约有一个标准足球场大小，由几排温室大棚组成。我们到达时院门已开，虽然顾客还不是很多，但身穿统一制服的工作人员已经将各式各样的鲜花摆了出来。

刘正将车停在了门外的停车场，看车的老太太看到刘正身穿警服，神情顿时有点紧张，甚至连票据都撕了好几下才撕扯下来，慌慌张张地双手交到刘正手里。

我和刘正进了门，眼前顿时一亮，五颜六色的各式鲜花满满地摆在两边，站在旁边的花卉老板一边向我们兜揽着生意，一边狐疑地看着我们，也许他们对身穿警服的人都有些本能的畏惧。

我们向一位店主打听市场管理处的位置，她给我们指了指，说："直着走，出了大棚，那里有一座两层小楼就是了。"

按照她的指引，我们直奔管理处。她说得没错，大棚后面确实有一座二层小楼，小楼上悬挂着一块霓虹灯招牌，虽然没有点亮，但那巨大的字却表明了这地方的功能——紫金香花卉大市场管委会。

我们进了小楼，在一名工作人员的指引下，直接去了管委会领导办公室。

刘正走在前面，敲了敲掩上的办公室门。过了一会儿，一个中年人的声音传了出来："谁啊？"

刘正大声问道："请问毕主任在吗？我是市公安局的。"

那个声音轻轻地啊了一声，带着诧异，可能觉得大清早警察登门，肯定不会有什么好事情，然后略带慌张地说："你……您稍等，马上来。"

先听到一阵急促的脚步声，然后是开动门闩的声音，门被打开，露出一个中年人胖乎乎的脸。他先把门开了一条缝，问道："你们有什么……哎哟，这不是刘局长嘛，您怎么有空大驾光临了，快请进！"

门被呼的一下打开，中年人很热情地招呼我们进去，向一边低着头拖地的年轻女子道："小璐，你别打扫了，先去给两位贵客倒水！"

年轻女子一身正装，看样子不是打扫卫生的清洁工，应该是秘书之类的工作人员。她低着头嗯了一声，急忙将拖把放在一边，急匆匆地向外走去。

毕主任一边掏烟给我们一边说："刘局，以前只在电视上见过您，没想到今天您能大驾光临，这可真使我们市场蓬荜生辉啊！您有什么要求，尽管吩咐！"

刘正笑道："毕主任客气了，我们来是有点事情想找你了解一下。"

毕主任道："什么事？您说，我一定努力配合公安局的工作。"

"你还记得李莫然吗？"

毕主任思索了片刻，嘴里轻轻地念着这个名字，一副凝神思索的样子。这时，那位叫小璐的年轻女子端过来两杯热气腾腾的茶水，声音甜甜地说："刘局长，您二位请喝茶！"

我迎面瞥了她一眼，这时她已经将头发束在了脑后，一张白皙的脸颊呈现在我们眼前。我心里暗道，怪不得大清早就从里面插着门，原来是有几分姿色！

毕主任有意无意地瞧了那女子一眼，又缓缓地将头转到了一边，等她出去之后，才一拍脑袋，恍然大悟道："李莫然！想起来了，以前是我们市场里的高级顾问，好像三年前已经不在了！"

刘正看了我一眼，示意我来提问，因为我到底想问什么，他也不知道。于是我正色道："毕主任，李莫然在这里工作了很多年吧？"

"可不是，自从他退休以后就到了我们花卉市场当顾问。那时，我还只是一个小小的管理员，还是小青年，现在一晃眼十多年过去了，连我都成了中年人了！哦，当时是我们的老主任聘请他来的。他们是老同学，可是三年前李老师——当时我们都尊称他李老师，他去世之后，我们的老主任年龄也大了，不想再操心这摊子事，所以两年前就退下来了。我才被大家推选当了这个主任。其实，李老师这个人，我还真没有怎么跟他打过交道。他是高级顾问，我只是一个普通的管理员，对他的事也不是很了解。您问他有什么事?”

虽然他的话听起来有点颠三倒四、条理不清，有点想到什么说什么的味道。但是我也大概明白了他的意思，他是在婉转地告诉我们，他和李莫然没有什么关系。或许他对我们的想法和刚才外面其他人一样，警察大清早登门绝对没有什么好事！既然我们开门见山地问李莫然，那么肯定是他犯了事，无论如何先和他划清界限再说。

“那么，他是怎样一个人呢?”我又问。

“要说起来，这李老师得算是一个好人，对待我们小职员都非常客气。不过，这人也有点奇怪，就是不太爱说话，老是整天将自己关在花房里，也不知道在研究什么东西。其实想想也没有什么好奇怪的，人家毕竟是搞科研的，性格上有点孤僻也完全说得过去！”毕主任缓缓说道。

“那么平常他除了研究花卉之外，还干什么?”

毕主任想了想回答道：“也没有干什么吧！他一大清早来了，就一头扎进了自己的花坊，有时候到中午饭点了都不知道出来吃饭。我们做饭的师傅就专门给他留着，等他想起来了再吃。有时候从外面来了参观的客人，他也陪着介绍介绍，其他的就没什么事了！”

“您知道他对中药材了解吗?”我又问。

“说起这个来，我还真想起来了，他不但懂，而且很老到。我们市场里经常有人有头疼脑热的，他就给人开几副中药喝，真是立竿见影，比打吊瓶还有效。我有时候都怀疑他以前是不是医生出身。还有，像我们这些经常跟花卉打交道的人，呼吸道都有点敏感，经常咳嗽什么的，李老师自己配了一副药，还别说，只要是你稍微有点不适，服上一副，立即就好了。我们背地里都叫他李神医，这名字他知道了以后也只是笑笑，挺和蔼的一个老头。”

话谈到这里，我感觉实在没什么好问的了，虽然他的话证明了我的一些推断，但是对于白枫所提出的疑问还是没有什么帮助，无法搞清楚李莫然提前发病的原因。这时我心中不禁有些失落，眼神散漫地在这间办公室里四处打量着。

突然，我看到斜对面墙上挂着一个很大的相框，里面张贴了许许多多的照片。远远的我看到一张照片上有一位精神矍铄的老者，看他的样子和那天夜晚在案发现场看到的李莫然的遗像有几分相似，只是隔得远了看不真切。于是我站起身，向相框走去，好奇地问："毕主任，这些照片是什么时候照的？"

毕主任回头看了看，笑着说："这是我们花卉市场成立以来，外地的许多专家客商和我们的合影，留个纪念罢了。现在回头看看，还是有点意思的！"

我走近去看，那张照片是十几个人的合影，下面写着：2001年某某市专家来紫金香花卉市场参观交流留念。其中中间站着一位身材瘦削的老者，表情微笑，面容和蔼，正是李莫然。

我在上面仔细寻找了一番。这张贴的满满的巨大相框里居然有六七张和李莫然的合影，上面标着年份和来宾名称。在相片中，李莫然的动作表情完全一样，如果将两张照片重合到一块，忽略掉大小差异，恐怕这些李莫然可以一毫不差地完全重合。

我笑着说："看来李莫然没少接待外宾啊！"

毕主任连连摇手，道："这才哪到哪啊？其实李老师给我们市场做出了巨大的贡献。他接待的参观团和外地客商太多了。就因为他知识渊博，对花卉研究很深，许多客商就是他拉来留住的。也奇怪了，我们业务员好不容易跑了客户，不知道费了多少口舌，花了多少力气，有时候都留不住，但李老师就给人家说说花卉知识，这笔生意就成了！"

听他说了这么多，可我现在好奇的是："毕主任，现在那些照片还有吗，能不能拿给我看看？"

毕主任为难地说道："有倒是有，不过都存到了资料室里，得好好找找，恐怕也不全了。"

刘正插嘴道："那么，只好麻烦毕主任帮着找找了！"

毕主任连声道："不麻烦，不麻烦！"说着就跑到了门外，大声喊小璐，吩咐她赶快去资料室将照片拿过来。

在他出门的空当儿，刘正问我："你在这些照片上看到什么可疑的地方了吗？"

我摇摇头说："没有，不过既然来了，最好不要放过任何一个可能有所发现的细节。"

刘正点点头。

毕主任走回屋里，招呼我们坐下喝茶，我突然想到他刚才所说的花房的事情，于是问他："毕主任，能不能带我们去李莫然曾经工作的花房看看？"

毕主任笑着说："这个当然没问题了，只不过自从李老师故去之后，我们又聘请了一位顾问，现在花房是他的。三年的时间不算短了，里面恐怕很难找到当年的痕迹了。不过，李老师所培育的许多良种花卉还在。"随后我们跟着他向花房走去。

花房并不远，就在楼前面的一个小温室里，罩了一层保温膜，室内很亮，点着两盏白炽灯，一个老头正在给一株牡丹浇水。

毕主任叫了一声黄老师，老头抬了抬头，眯着眼睛看看我们。毕主任说："这两位是市公安局的领导，这位是刘局长，他也对我们的花卉感兴趣，所以进来参观一下。"

大家寒暄了两句，我问道："这里边哪些是李莫然培育的花卉？"

黄老师愣了愣，然后伸手指了指墙角的一排花，声音冰冷地说："就那些。"然后他又蹲下身子，自顾自地忙活起来。

我和刘正走到那排还在怒放的花丛前面，仔细地看着李莫然遗留在世上的鲜花。

看得出，这些植物并没有得到很好的管理，生得杂乱无章，花丛中还夹杂着许多青草。可是即便如此，还是能看出李莫然培育出的确实是良种。

这堆花是许多品种的集合，玫瑰、紫罗兰、郁金香……各种各样的花枝互相纠缠，争相怒放，好像一副百花争艳图，红蓝交辉，黄白相嵌。如果将每一种花都分开来，就会发现尽管它们都没有经过修剪，但花叶相衬得恰到好处，绽放的花朵鲜艳无比。说实话，我当时真有点大开眼界的感觉。

正当我心里大加赞叹时，忽然在花丛中看到了一株高高耸起的青色植物。它的植株粗壮，像是一个身强体壮的农夫站在一群浓妆艳抹的美女中间，格外显眼。

我微感诧异，不禁问道："这是什么花？"

毕主任刚想回答，就听那黄老师冷冷地说道："不认识吗？那是最普通的柴胡，不是花！"话里分明是取笑我孤陋寡闻，连柴胡都不认识。

刘正听他说话的语气，眉头微微皱了皱。

毕主任连忙喊道："黄老师！"

我对他说话的讽刺意味丝毫没有在意，只是大声问："这是柴胡？"

毕主任被吓了一跳，偷偷看了刘正一眼，强笑道："您认不出来也没有什么奇怪的，我本来也觉得这柴胡不对，哪有长得这样粗壮的柴胡？"

"嗤！"黄老师撇撇嘴，发出一声轻蔑的笑声，"这有什么大惊小怪的？翠山上的柴胡不都是和这株一样高大！真是……"

我听到翠山两个字，脑子里顿时浮现出昨天晚上所见到柴胡的样子。是的，除了颜色不同之外，这株柴胡和翠山上的那些并没有什么两样。心中念头一闪，觉得那个答案已经渐渐明晰起来。为了更加确定，我又加重语气大声问："你是说这株柴胡就是从翠山上移植过来的？"

二

我想我当时喊叫的声音一定很大，脸上的表情也好不到哪里去，因为当我问出这句话时，不但毕主任脸上的惊惧表情更加深重，就连刘正的脸上也微微变了色。

毕主任说话的声音就有点慌乱了，支支吾吾地说："这个……那个，可能……也许……好像李老师在的时候确实引种过山上的柴胡。后来……这个……后来他说这种草药是柴胡中的极品，如果能大面积栽种，就能成为一个很大的……产业！当时，我还是一个小管理员，这中间的事情，我……也不是很清楚。”他一边说一边在我和刘正脸上扫来扫去，可能他心里还搞不清楚，移种野外草药到底犯了哪条法律。

我这才意识到自己说话的语气已经使这位毕主任心中不安了，于是定了定心神，声调也降了下来，继续问道：“那么，结果如何呢？李莫然的试验成功了吗？”

“哎！很古怪，刚开始移植过来的时候，这柴胡长得还算顺利，可是没过一个月，上面的颜色都褪了。除了长得比别的品种粗壮高大以外，请医学专家一检测，里面的药物成分和普通的也差不多。所以这事也就慢慢搁下了。没想到这东西生命力还挺强，都多少年了还活着……这事不犯法吧？”

我赶紧解释说：“没有没有，毕主任误会了，我只是随便问问！”

说话间，那名叫小璐的年轻女子已经双手抱着厚厚一摞相片走了进来。

等她将相片放在桌子上，我们凑近了去看。这一摞照片不下一百张，都已经微微泛黄，有的已经褪了颜色，还有的照片上人脸都模糊了，散发出一股霉味。

刚才在屋里毕主任称赞李莫然的话并非夸大其词，从这些照片上可以看出李莫然当顾问的这十几年，确实为花卉市场做出了不小的贡献。照片上的参观留影人员不但来自全国各地，而且还有十几张是和外国友人的合影。

我一边仔细翻阅着这一张张记录着李莫然十几年来赫赫功绩的照片，一边赞叹他在花卉这个本不是他的专业的领域里所取得的成就。如果不是他曾经培育出了许多令人艳羡的优良品种，也就没有这数以百计的合影留念。可以看出在每一张照片上，李莫然所站的位置都是画面的中央，无论是几个人还是几十人的影像，他的位置永远不变。

翻着翻着，我的目光突然被一张照片吸引住了。在这张照片上只有两个人，一个是李莫然，另一个是身穿白大褂的中年医生。下面写着一行字：本市场高级顾问李莫然与本市 **** 专家齐思农教授合影留念。其中的一些字已经很模糊，甚至无法辨认了。

我指着照片上的人问道："毕主任，这位齐思农教授是什么来历？"

毕主任凝神想了想，说道："他可是咱们市里的医药学专家，当年和李老师关系很好，不过四年前就已经过世了。"

"怎么死的？"

"这个我就不太清楚了，当年只是知道两个人关系不错，他也经常来市场找李老师。不过，您要是有兴趣的话，可以到中心医院去查查，他是那里的医学专家。"

我微微沉吟，笑着说："毕主任，这张照片我想借用一下，等用完马上给你送回来，行吗？"

毕主任赶紧说道："一张老照片，您尽管拿去用，还送什么送！"

我将照片小心地放进衣兜里，就抬起头来，瞥眼看到桌子上有个拆了封的大塑料袋，里面装着许多干净的白手套，于是走过去拿起一双戴在手上，从墙角拿起一把小铁锨，走回花丛旁边："毕主任，这株柴胡我要带回去看一下。"

其实，李莫然一死，接替他的黄老师又有自己的一套培育方法，这些花草在这里已经算是多余了。所以我知道他不会拒绝。果然，毕主任很痛快地答应了，并拿起一把铁锨过来帮忙。

柴胡是根系发达的中草药，其主要药用价值都包含在根中，所以我们费了很大的劲儿才将这株硕大的柴胡挖出来。我们找了一个大的密封袋将它装好后，便告辞离开了花卉市场。临行我还向他借了一把小铁锨带着——虽然这可能有点违反警民条例。

上了车，刘正发动引擎，问我："去医院？"

"不，去翠山！"

刘正没有多问什么，开车直奔清明镇。

车子稳稳地行驶在通往清明镇的大路上，不一会儿就出了市区，两边绿油油的田野不停地倒退着。现在虽然是九月份，快到庄稼收获的季节了，但这时反而是农民最清闲的时候，一路上也没有碰到一个在田地里劳作的人。

“你觉得这种植物和李莫然的病情有关系？”刘正一边开车一边问。

“两者之间应该脱不了干系。其实，我一开始见到山上特异的柴胡时就应该想到，但还是忽略了。如果那块石蛋真能够发出很强的辐射，那么受影响最大的应该就是植物和动物。土壤、山石只能改变颜色，而生命体却有可能产生细胞结构的变化，从而导致某种特殊的变异！”

“那么，李莫然是因为整天和柴胡待在一块才感染了这种病毒的？”

我缓缓道：“或者，他还有可能亲口尝过。一个敬业的植物学家能够不畏安危地亲口分辨植物的成分，这个我一点也不感到惊奇。古时候不就有神农尝百草的传说吗？”

刘正点点头，又问：“那么，那张照片说明什么呢？”

“我也不敢肯定，但如果说这位医学专家曾经将这些柴胡用在给市民的中药方剂里，就很有可能将这种……病毒散播出去！”我说到病毒的时候微微顿了一下，不知道用这个词形容是否准确。

“还有，”我继续说道，“我甚至怀疑他的死也和这种病毒有关系！”

“你说的是齐思农？”刘正问。

“是的，这个问题也许李教授能够给我们一个答案，这也是我将这张照片拿回来的原因。另外还有一个疑点，也许能够证实柴胡的变化和石蛋有关系。刚才那位毕主任说这株柴胡从翠山上移植下来不到一个月，本来的颜色就褪掉了，这说明正是翠山上的特殊土壤或者说是石蛋的特殊辐射导致了柴胡的变化，而并非这柴胡是一个特殊品种。我想那种淡淡的红色是石蛋赋予的，它不但使柴胡发出了异彩，还能够催使柴胡本身的药物成分增加。这才是翠山上的柴胡在药效上有别于其他品种的原因所在。”

我们一边聊着一边向前疾驰，没用多长时间，就看到了那座在阳光下发着绿色光彩的翠山。

三

经过翠山旁边村落的时候，我们见到几辆白色的救护车从村子里驶上大路，呼啸着和我们擦身而过。村子的路口还站着几名手拿警械的警察在维持治安，无数的村民排着队等在一边，瞪着惊慌的眼睛四下里瞧。

我刚想问刘正这是怎么回事，突然明白过来。昨夜的惊险遭遇又一幕幕地在脑海中缓缓闪过，两根折断的手指在汽车轻微的颠簸中隐隐作痛。

路口的警察看到刘正的车子，远远敬了个礼。刘正在他身边停了下来，摇下车窗问："情况怎么样？"

"局长放心，一切正常！"

刘正道："要注意态度，别造成村民恐慌，注意安全！"

那名警察又敬了个礼，回答了一声是。刘正又开动了汽车。

我问刘正："带村民去哪里检查？"

"市区！镇上的医疗条件太差，怕出漏子。说实话，一想到昨天晚上，应该说今天早上那一幕，我心里就觉得后怕。安全起见，只有调动警力维护治安了。"刘正无奈地说。

到了翠山脚下，车子还是停在离昨天晚上事发地点不远的地方。我们下了车，看到田地里许多杂乱的脚印和汽油流溢的痕迹，地面上还有许多碎裂成一小块一小块的玻璃，都不禁叹了口气。

我们向山上爬了一段，随便选了一株柴胡，戴上手套用铁锹轻轻地挖起来。由于害怕其中真的含有致病的病毒成分，所以我很小心，尽量不使它的枝叶碰到自己身上。但是仔细想想，说不定自己已经被感染，还这么谨小慎微，就未免有点可笑，但是要真是不管不顾地拖拽挖掘，心里还真有点害怕。

刘正看我右手不方便，就接过铁锹来，动手挖起来。

他刚挖开了一个小洞，就听到远远的有人叫道："闪开了，大家都闪的远远的！"那声音好像是从山顶传来的，我不禁抬头看去，心里疑惑，不知道这些人在山顶上搞什么名堂。

正在我心里狐疑的时候，突然听到轰的一声闷响，只觉得自己站立的地面也轻轻晃了一下。

"怎么回事？"

刘正摇摇头，表示自己也不清楚。于是我们停了动作，疾步向山上爬去。

我们大概用了二十多分钟的时间，就已经接近山顶。这时，又听到轰的一声闷响，脚下震动得更加剧烈，好像突然发生了大地震一样。头顶上一股浓烟化作扭曲的长条形状，向空中射出，又缓缓地弥散开来。

我猜想一定是有人在炸那个石蛋所在的窄洞，于是便加快了步子。

等我爬上了山顶，就见到一群身穿爆破服的人在山顶上穿梭忙碌。

我大声问道："你们在干什么？"

这些人都回头看了我一眼，没有人理我，又低头继续忙活起来。只有其中一个人向我走了过来，边走边摘下脸上的面罩，说道："刘局，异先生，你们怎么来了？"

我仔细看时，才辨认出那是地质院的胡瘦子，于是问道："胡教授，这是在干嘛？"

他笑了笑，说："把那个石蛋弄出来！"

我吃了一惊，疑惑道："那可是一整块岩石，深入地下十几米，你们怎么能炸开？"

胡瘦子略略得意地说："对啊，想弄开一个大洞那是不可能的，所以我们就想了另外一个办法，那就是将石蛋外面包裹的石晶炸掉！"

"你们就不怕把里面的石卵也一块炸开了？那是什么东西还不知道，要是挥发性很强怎么办？"

胡瘦子指着一张画着石蛋和窄洞的草图说："你放心，异先生，这个我们已经计算好了。你看，石卵大约有一尺的直径，而那条窄洞 90 公分，我们可以不完全炸开，里面留上一层，然后将它拖出来就行了。我们想了很长时间，只有这个办法最稳妥，要不然怎么测试它的成分？仪器也进不去啊！"

我变得哑口无言，他说的的确是事实，如果不能将石蛋从洞里弄出来，确实是很难用仪器对它的"身份"进行确认。但是，我总觉得这样做有点鲁莽，于是只好走过去看看再说。

此时，那个不足一米的石缝已经被炸开了，阳光照进了宽大的石室里，一股霉臭夹杂着硫黄火药的味道从洞里冒了出来。我看着石室，突然觉得它好像是被掘开的古代帝王陵墓，那杂乱的石块像是被抛掷满地的死人头骨，正在睁着一双黑洞洞的眼窝冷冷地看着我。

我转过头去看那个窄洞，洞口垂着一根粗索，好几个人在上面拽着。

不一会儿，粗索动了动，上面的人开始往上拉扯，一名全副武装的爆破人员从洞里爬了上来。

那人上来之后，摘下面罩，大口喘着粗气。上面一个人问道："怎么样？"我听这声音有点耳熟，侧头看去，原来是那位被人尊称为龚老的地质学教授。

那名爆破员说："石头真硬，这么大的量，才剥离了三分之一不到。不过，我这次爆破洞打得深，炸药量也加了一倍，看来能行。"

龚老吆喝道："好，大伙都退到 50 米以外，准备引爆！"

说完，所有人都向后退去，直到了 50 米开外，大伙才趴到地上。一个爆破员手里拿着一台仪器，大声喊着："准备！……五、四、三、二、一，引爆！"

当他喊到一的时候，所有人都将头埋在了地上，有的人还用双手捂住了耳朵。

只听轰的一声巨响，大地震动。一条笔直的浓烟如同射出的箭羽一样窜到空中，足足到了几十米高的地方才慢慢扩散开来。

又等了两三分钟，大家都站起身来，慢慢地靠近了石缝。由于离的较近，石室顶上的石头被震塌下去一块，将整个石室的地面压得一片狼藉。

那名拿着仪器的人挥了挥手，另外一名爆破人员戴上装有氧气的面罩，腰里拴上一根绳子，轻轻溜了下去。

大家静静地等着，满脸期盼地看着还在咕咕冒着浓烟的窄洞。

过了不多会儿，只见绳子被拽了三下，大家一阵欢呼，雀跃而起。也许在他们约定的暗号里，三下表示爆破成功。

有人拿着一个用特殊材料编成的暗黑色网兜也溜了下去。

又等了一会儿，绳索再次被扯动，大伙兴奋异常，喊着号子向上面使劲拽动。

我心里暗暗发紧，不知道那枚圆溜溜的石蛋现在被炸成了什么样子，想要凑近看看，却被满身爆破装束的人员挡在了外面。

过了一会儿，有人叫道："慢点儿，慢点儿，上来了上来了！"然后大伙闪开一条道，两名爆破队员双手抬着网兜慢慢走过我身边。

我终于看清了那枚石蛋现在的样子。它的体积当然小了许多，很像大一号的鸵鸟蛋。石面并不是支离破碎，却好像比原先还要光滑，和西方巫师常用的水晶球有几分类似。没有了外面那层厚厚的石晶，绿蛋的颜色更加绿了，真的好像一枚碧绿的眼球，幽然放光。尤其是经过阳光照射，它的周围好像升起一层淡淡的绿色光晕。

我看着两人慢慢向山下走去，悬着的一颗心也终于放了下来。无论它是什么，至少没有造成人员伤亡，这是最让我们感到欣慰的地方。

人群也跟在后面渐渐远了。

山上只留了三个人缓缓地将石室中的两人拉了出来。两人爬出洞口，摘下面罩，大口喘着粗气，可以想见，经过数次大量炸药的爆破，石室中恐怕已经变得浓烟滚滚。虽然两人有氧气呼吸，但身负一身沉重的防爆服从窄洞中爬上爬下，也确实会耗费很大的体力。

我和刘正转过身准备下山，突然听到身后有人大声叫着两个名字，声音惶急。我心里一沉，忙回头看去。

只见那两个刚从窄洞里爬出来的爆破队员坐在地上，还是大张着嘴巴，闭着眼睛，一副大口喘气的样子。可是我离那两人并不远，刚才还能听到的粗重喘息声这时却好像已经停止了。

我和刘正都是大惊，急忙向那里跑去。我蹲下身子，伸手去探其中一名爆破员的呼吸，只觉得一点气息也没有了。我来不及多想，又探手到他脖子上摸他的脉搏。手指刚刚触碰到他的皮肤，指头就好像被滚烫的开水浇了一下，本能反应地一震——他的身体滚烫无比！

只听背后刘正惊呼："他的身体怎么这么热？好像被煮熟了一样！"

我的心沉到了最底，这么高的体温，别说是人，就算是一块石头也给烫热了，恐怕……

就在这时，他的脸色也开始变了，红通通的，好像是（我不是对死者不敬，只是想不到更好的词语表示）煮熟的红烧肉一样。他的眉毛开始慢慢从皮肤上一根根掉了下来，头发也一绺绺地飘落在地。

刘正说得对，他们已经被身体里散发出来的热量蒸熟了！

这时，我突然放开了他的身体，猛地站起来，大步向山下狂奔，一边跑一边叫着："快放下石蛋，离得远远的，谁也不要去碰它！"

第十九章

水落石出

一

我这下喊叫的声音很大，近乎于咆哮，而且我一路向下跑一路喊，至于喊了多少次，连我自己都记不得了。现在想想我当时是很反常，不像我以往处事的风格，因为我真的很害怕，害怕再见到有人无缘无故地丧命。他们下山的方向和我上来时不是同一个，所以我们在山下根本没有见到他们所乘坐的车辆。

等我大口喘着气追上他们时，发现他们都愣在当地，回头怔怔地盯着我，脸上迷茫中更夹杂一丝恼怒，也许一个外来者这样疾言厉色地大呼大叫在他们看来十分没有礼貌。

胡瘦子向我这里跑了两步，问道："异先生，你这是怎么了？"

我没有回答他的话，只是气喘吁吁地冲到前面还在合力拎着石卵的两个爆破队员身边，大声命令道："扔掉它，快离远点！"

其中一个人满脸狐疑地看了看手中绿幽幽的石卵，伸手向它指了指，问道："扔掉它？我们为什么要扔掉它？"

说实话，现在想来我当时是有点气血上涌。当我看到他伸出手的时候，以为他是要触碰那枚绿蛋，心里大吃一惊，来不及做什么解释，而是一个箭步冲上去，紧紧抓住他的手腕往外一拉，厉声说："你聋了吗？我叫你扔掉它！"

人在紧张的状态下，出手时轻重的把握是很难控制的。我一抓到他的手腕，他就哎哟一声痛叫，拎着石卵的那只手也松了。

本来两人合力还能保持石卵在两人身体中间，不碰到任何一个人的身体，可是他这边一松，石卵猛地往下一沉，歪着向另一个人腿上砸了下去。

而那人好像被我的神情动作吓住了，身子一动不动地站在原地，任凭石蛋砸向他的小腿，连躲避的意思都没有。

我心里大急，右腿伸出，从下往上划了一条弧线，先在他手腕上踢了一脚，接着重重地踹到他身上。他一个趔趄，向后退了两步，哎哟一声，四仰八叉地摔倒在地。

与此同时，我手上加力，一把将另一个人也扯到一边。

石卵咚的一声落在地上，从网兜里滚出来，向山下滚了四五米，卡在一株粗大的柴胡上，撞得树上的圆叶扑簌簌落了下来。

大家见我动起了粗，纷纷围过来，厉声问我想干什么。

龚老好像也生了气，但声音还算正常，只是音量提高了许多：“异先生，你到底要干什么？”

我转过头瞧着这些面带怒色的人，大声道：“谁要是碰到这个绿蛋，就得死。”

大家好像并没有听明白我的意思，忿忿不平地叫嚷着。

正在这时，刘正也气喘吁吁地赶了过来，一边跑一边喊：“大家别误会，异先生是好意！”

刘正将上面两人已经死去的事情告诉了大家，在场的每个人都变了脸，由愤怒转为恐惧，不由自主地向旁边退着，好像那枚石卵已经是引燃了导火索的炸弹，马上就要爆裂开来，将大家炸得支离破碎一样。

然后，四周静了一会，有人冲向了山上，所有的爆破队员才跟着一起冲了上去。

龚老呆了呆，突然说道：“小胡，快去车上拿防辐布，马上将它盖上！”胡瘦子答应一声，远远绕过石卵，飞快地向山下跑去。

等胡瘦子将防辐布拿过来，我帮着他将石蛋紧紧地包裹了好几层，一颗心才稍微落下。隔着布摸去，石卵只有微微的热气透出来，实在难以想象，那两人的身体内怎么会积聚了那么巨大的热量。

随后我和龚老等其余四人也上了山。

就过了这一会儿的功夫，那两人的形貌已经发生了很大的变化——脸颊凹陷，皮肤龟裂暴起，透着一股难以形容的苍白——好像刚刚出土的干尸一样狰狞可怖。

我知道，那是因为身体的水分急剧流失造成的。

龚老眼中流下两行浑浊的泪水，从皱纹里横溢出来。刘正轻声问："龚老，您看，这两位同志是什么原因导致死亡的？"

"都怪我，都怪我！要是我考虑得再周全一点，也就不会发生这种事情了。我本来以为防爆服有阻挡辐射的作用……哎，要是穿上密封服就好了，都怪我！老了老了，竟然犯这么大个错误！"龚老一边用宽大的手掌抹着泪水一边说。

我对他说："龚老，其实这不是防爆服的问题，而是在将石卵装进网兜的时候，他们肯定用皮肤接触过石卵！"

"对对，你说得对，要是辐射波散播的话，我们这些人都活不了。可是……可是……那是什么辐射？"龚老睁着一双泪眼，不解地看着我问。

我苦笑着摇摇头。是的，连他这位研究石头的专家都搞不明白，我又怎么能知道？

接下来，大家只好将尸体抬下了山。龚老又让几个人搬上来一个大铁箱子，小心翼翼地装了石卵，抬到山下，上了车赶回S市。

我心里暗叹一声，提醒自己以后行事一定要万分小心，也许只是一个无足轻重的小小疏漏都可能酿成无法挽回的惨痛悲剧。还是古人说得好：小心无大错！如果这两位爆破队员在行事时能再小心那么一点点，只需要一副手套，也许结果就不会是这样。

我们也尽快挖了一株柴胡，下山赶回S市。

行在路上，我感到有点乏力，脑子也微微晕眩，问刘正，发现他的反应也和我差不多。虽然我们没有碰到石卵，但它散发出的辐射还是多少对我们的身体造成了一些影响。好在等我们疾驰回到中心医院以后，这种感觉已经消失得差不多了，我提着的心才总算放了下来！

等我们赶到医院时已近正午，我本来想着去实验室找找李教授，但等我爬上楼看到门上那张写着“不许打扰”四个威严大字的告示时，就打消了这个念头。他现在已经是超负荷运转。事实的真相和控制疾病蔓延比较起来，前者就显得无足轻重了，还是等到他有点空闲时再问这件事吧！

我和刘正下了楼，到医院旁边的小吃店里草草吃了饭，并让饭店老板做了两份病人餐。吃完以后，我和刘正各端着一份，他给陆华送去，我则拿给了白枫。

她恢复得很快，除了脸色还有点憔悴以外，精神好了很多。我看着她把饭一口一口地吃下去，突然觉得其实看着一个女人吃饭也是一种很惬意的享受。

等她吃完饭，我便将这次去查李莫然的过程告诉了她。她的看法和我基本相同。我当然没有告诉她在翠山上遭遇的那一幕，因为如果她知道了那枚绿蛋有这么恐怖的特殊能量的话，恐怕心理的压力会更大。

最后我讲了陆华死里逃生的事情。她听了很高兴。虽然陆华曾两次对她进行过攻击，但她知道这不能怪他，当下就要我带她去探视。我说了陆华情绪很不稳定的情况。他们两人在一块工作了很长时间，虽然没有发展成情侣，但彼此已经十分了解，白枫知道这次打击对陆华来说恐怕会成为一道需要很久才能越过去的坎儿，自己贸然出现起到的也许会是反作用，会加剧陆华的负罪感，使他无地自容，于是也就不再坚持了。

我在她病房待了大约有一个小时。门一开，刘正走了进来。白枫轻轻坐起，叫了一声刘局。

刘正笑吟吟地坐在旁边，问了一下白枫的情况，柔声安慰了几句，嘱咐她好好休息。然后叫了我，我们一起走出了病房。

我跟着他往外走，问：“有什么事吗？”

“现在医院忙成了一锅粥，我想那两株柴胡在这里一时半会儿也没办法分析，我带你到别的地方去检测一下！”

“医院？”

“不，大学！”

二

那是一所规模很大的大学，而且也是全国数得着的医科大学。刘正说，这所医科大学出过很多著名的医学专家。他带我去找的是一位大学教授，当然，也是著名的医药学专家。他的名字叫方天新。

当我们找到方天新教授的时候，他正在办公室里翻看着学生的论文。方教授五十多岁，头发花白，一副深黑色的眼镜使他的眸子显得格外深邃。

如果说他的身份只是一位医学专家的话，我不会太在意，但是加上一层大学教授的头衔就使我有点紧张起来。不是我与生俱来就害怕老师，只是我学生时代不是一个好学生，每当有和老师单独打交道的机会，都不会是什么好事情。加上我没有读完大学就中途辍学了，所以每当面对老师，我都会心里紧张，这种畏惧感恐怕到我老了也不能克服了。

方教授很平易近人。刘正说明了来意之后，他就叫我们将柴胡拿到了实验室。

他只是很细心地观察李莫然那株柴胡的样子，对从翠山上取来的柴胡却并不如何在意。

我忍了半天，终于开口说道：“方教授，我觉得这一株柴胡应该是问题的关键！”说着，我忐忑不安地指了指那株红色的柴胡。

方教授笑着点点头，道：“我知道，不过这种柴胡我已经有了一个大致的分析结果，倒是这株柴胡要好好分析分析！”

我听着很好奇，从来没有见过单用肉眼就能看出植物里面成分的人，不禁半信半疑地看了看他。

方教授微微一笑，道：“怎么？不相信我的眼力？告诉你，我这只眼镜可是花大价钱配的，比显微镜还灵呢！”说后面这句话的时候，他的脸上露出一种神秘的表情。

“不是不是！”我赶忙说，但心里的狐疑却更加强烈了。

方教授笑着说："给你开个玩笑，其实这种柴胡我在几年前就专门研究过！不过，现在有了对比，可能会得出不同的结果来。好了，老刘，带这位小朋友到我休息室去喝会儿茶，等我有了结果就过去。"

刘正答应了一声，引着我向外走。临出门的时候，我突然想起来一件事，回头道："方教授，恕我多嘴，您在分析的时候，最好别让皮肤碰到它。"

方教授抬起头，看着我说："好的，我记住了！"

看来方教授在学校里的身份很高，因为他的休息室装潢得十分高档，绝对不下于星级宾馆的标准。

刘正熟门熟路地找出茶壶，从橱子里拿出一盒包装精美的铁观音泡上，从缓缓飘散的茶香就能够判断出这种铁观音应该算得上极品了。

我问："刘局，你和这位方教授很熟吗？"

刘正笑道："我爱下围棋，他也是老棋迷，有时候就约到一起对弈两局，算是棋友吧！其实，工作方面就沾不上边了。这是我第一次在工作上请他帮忙。"

我这才明白刚才方教授不叫他刘局而称他老刘的原因了。其实，个人因共同爱好而结交的朋友有时候比工作上的朋友更为单纯和密切。

"陆队长现在情绪好点了吗？"我问。

"还是那样。我对他很了解，他是一个眼里不容沙子的人，而且做事刚正不阿，这也是他年纪轻轻我就提拔他的原因。本来我想着等我退下来之后，就推荐他来接替我的位置，现在看来，不用上面表态，他自己这一关都过不去！"刘正脸色凝重地说。

看得出来，刘正对陆华的期望很大。如果没有发生这件事，陆华三十多岁的年纪就能掌管一个市的公安系统，绝对是警界的新星，前途无量。

"他执意要做第一个，我费了很多口舌也没有用。有时候他很成熟，但是有时候他却执拗得像个孩子！"刘正苦笑着说。

我刚开始还没有明白他所说的第一个是什么意思，但转念一想就明白了。那是指第一个活体实验者，如果李教授的药物在人的尸体上取得成功，那就要在活人身上做一次活体实验，这是难以避免的，就好像李教授说的总有第一个一样。陆华是要做那最危险的第一个。

我沉吟道："刘局，其实我能理解陆队长现在的心情。他那种负罪感不是一两句话就能够释怀的，如果是我，我也可能这么选择，因为这就像是在赎罪，让心里能好受点！"

"那你的意思是答应他？"

"除了这样，还有其他选择吗？如果你不同意，恐怕陆队长会愧疚一辈子。"

刘正沉吟着，茶杯贴在唇边，好一会才轻轻啜了一口。

我们一边喝茶一边聊着，时间渐渐过去了两个多小时，我和刘正都开始有点儿焦躁起来。我提出是不是去实验室看一下，刘正摇摇头说："方教授做实验的时候，最忌讳别人打扰了，咱们还是耐心等一会吧！"

又等了两个多小时，天色已经渐渐暗了下来，刘正也坐不住了，开始来回在屋里踱步。

这时候，门口传来一阵沉重的脚步声，我向门口看去，就见到方教授面色凝重地走进来，也不和我们打招呼，走到桌边，颓然地坐到了沙发上，拿起刘正用过的茶杯，一饮而尽。这还是我们中午沏的第一壶茶，到现在早已凉透了，但他好像一点也没有觉察到一样，连杯底的茶叶都灌进了喉咙里。

我看着他有些异常，知道他得出的结果一定不是什么好消息。我静静地等着，不敢去打扰他。

他又倒了一杯凉水灌进肚里，才缓缓地开了口。

"让你们久等了，实际上我两个小时以前就得出了分析结果。"说着他点燃一支烟，皱着眉头看了我一眼，神情古怪地继续道，"不是我想将你们晾在这里，只不过有点事情我一直想不明白，所以这两个小时我都在想这个问题！"

我对他说的话更加感到好奇，不知道到底是什么为难的问题让他一直想了两个小时。但我和刘正都没有问，只是静静地等着他说下去。

方教授说完从衣兜里掏出来三张纸，缓缓地将它们并排放在桌面上。

我和刘正都围过去看。其实，那是三张很普通的打印纸，而且每一张上的内容也大同小异，只是三个图表。图表是标有X轴和Y轴的坐标线，高高低低地排列着许多方形柱，下面写着丁香酚、乙酸等名称，有十几项之多。我仔细数了一遍，第一张和第三张是十三项，而第二张却是十四项，其他的就是一些细微的差异了。如果要从三张纸上找不同的话，那就是第一张的纸质有点陈旧，微微泛黄。

我对于简单的医学常识都是门外汉，更别说这种精确致毫微的药物元素的分析图表了，所以看了半天，也不知道他说的那个问题是什么。

不过，方教授也并没有指望我们能看出结果来。他之所以摆出这三张图表，目的可能只是想让自己说起来更加有理有据，这是科学工作者严谨作风的体现。

果然，方教授依次指着三张纸道：“第一份是六年前我对翠山上的柴胡做的一个药物成分含量分析所得出的结果；第二张就是你们刚刚所拿过来的红色柴胡的分析结果；第三张是那株绿色的分析结果。我没想到六年前的东西现在还能找到，不过，幸亏有了它，不然我恐怕想破了脑袋也想不明白这其中的缘由！”

我现在明白了为什么第一张纸会显得有些陈旧，原来那是他六年前分析得出的数据。我不得不佩服眼前这位方教授的细心和严谨，一份多年以前的分析数据现在居然还保存着！

“你们看，我六年前所得出的分析结果是，翠山上的柴胡比其他地方柴胡的药物成分含量要高出许多！”方教授指着第一张纸上那一条条高高耸起的方柱说道。

其实这个结果我早已经知道，而且还不止一次地听说过。任元生曾经提到过；在花卉市场毕主任也曾经提到李莫然发现的这个结果。所以现在听到他的这句话，我并不感到奇怪。

接着他又说：“但是，通过对这种奇异柴胡生长习性和植株形状的分析来看，这只不过是一种异化的表现，并非是特殊的品种。我曾经在药学刊物上发表过自己的观点，那就是虽然这种异化植株有着远比其他柴胡更高的药用价值，但是在没有确定其异化原因之前，并不适合将其引入医学临床。”

我对他的这个观点很认同，医学是关系人命的大事，稍有不慎就可能酿成一场难以挽回的浩劫。通过这句话，我也推断李莫然可能没有看到过他的这篇文章，要不然，他的那个大面积栽种形成相关产业的想法就不会产生，恐怕也就没有了今天的悲剧。

“但是当时我不知道异化的原因，因为从成分分析上来看，除了柴胡自身所具有的成分以外，没有发现其他特殊成分，这个问题一直困扰了我很长时间，直到今天……”他指着第二张纸上一根标有特殊红色的微微凸起的方柱说道，“其实，原因就在这里，虽然我现在还不能知道这种特殊元素叫什么名字，但肯定是它。因为，在任何地方的柴胡里面都不会有这种对弱酸性反应这么强烈的物质！”

我看着那根微微凸起的红色方柱凝神半晌，问道：“那为什么这次您能发现这种成分，六年前却没有发现呢？”是的，如果方教授没有用到其他的检测方法，那么取自同一地方的柴胡所得到的结果为什么会不相同呢？

“问得好！这就是问题的关键所在。”方教授深邃的目光中流露出一丝兴奋，继续说道，“你再看第三张图，有什么发现吗？”

我看着第三张纸上的图表，一边和前两张做着比较一边说：“这个不但其他药物成分含量比第一张迅速降低了，好像……对，少了一种成分！”

方教授笑道：“对，这就是关键所在。第一张元素成分激增；第二张虽然多了一种成分，但其他药物成分却已经迅速减少；第三张不但药物成分有所减少，而且成分的种类也恢复到正常水平。这说明什么？”他一边说着一边目光炯炯地看着我。

我若有所思，好像已经抓住了问题的答案，但是我不知道怎么说。于是又问道：“那这说明了什么？”

“这说明，正是这种奇异元素催发了原来柴胡的药物含量！”

我又有点不解地问道："那为什么第二张上面的其他药物成分又变得很少了呢？这里面不是依然包含着这种成分吗？"

"这个问题和你问的第一个问题其实是一个问题，或者说是一个原因造成的两种结果。这也是我想了两个小时才想明白的道理！"

他说着面色又变得很凝重："其实六年前和现在我所用的分析方法一模一样，但却得出了不同的结果。这说明不是我的方法出了问题，而是植物本身的问题。六年前，这种元素还不能称其为一种元素，只能说是一种能量，对，能量！这种能量催加了原来的药物成分，但是还没有成形，还没有结成一种可以析出的成分。但是六年以后它却已经完全成形了，已经成了独立于其他十三种成分之外的第十四种成分！"他声音缓慢，也许一边说还要一边在脑子里搜寻可以恰当表达自己意思的词语。

我听他说到这里，突然恍然大悟，接口道："这也就说，李莫然五年前移种这种植物时，这种成分还没有成形，所以离开了那里的土壤环境，柴胡就又恢复到了普通水平。"

方教授点点头说："是的，这应该就是事情的本来面目。"

"那么，是什么原因导致了这种新成分的产生呢？"一直坐在旁边仔细倾听的刘正开口问道。

我也把目光再次转到了方教授脸上，虽然我已经隐隐约约知道了那个答案，但我还是很希望从他嘴里能够听到另外一种答案。

方教授凝眉道："要让我确定地说出是一种什么原因，我也说不好！但是如果要我打个比喻的话，这就像核弹或者氢弹爆炸时所产生的那种辐射波，只有像这种强大的能量波才能改变一种生命体的细胞结构，导致变异！现在，它是真的变成一株新品种了。"

我和刘正对视一眼，都默然不语。虽然我想得到其他的答案，但是方教授的答案还是如此雷同。那枚绿色石卵辐射能量的巨大作用，我和刘正都已经亲眼目睹过了，连一个活生生的人都能瞬间死亡，那么长时间里改变一株植物的细胞结构就显得再平常不过了。

“那么，这种成分如果摄入人体，会不会产生危害呢？”我又问。这是我所关心的问题，也可能是李莫然之所以会得怪病的原因。

三

我们行驶在通往S市的公路上。夜色已浓，车灯照在前方的公路上形成两圈很好看的光晕。空中升起了一层薄薄的雾气，看来明天早晨肯定会有大雾。

公路上很冷清，车开出很长的距离才会遇到一两辆或迎面而来或赶超上来的车。

刘正开得不快。车子发动机发出的轻轻轰鸣声中，夹杂着广播电台一遍又一遍重复的播音员声音：

紧急通知，各位听众请注意，当前流感在我市大范围传播，已经严重影响了广大市民的身体健康。市政府为了彻底扑灭流感病毒，维护正常的工作生活环境，特下发此通知。请广大市民三天内就近到市区各医院免费体检，颁发检查证件，并尽量减少外出时间。医学专家正在加紧研发有效治疗药物，并将免费为患者治疗！请广大市民积极响应。三天后，各公共场所将会设有专人对出入市民进行例行检查，未持有检查证件者将严禁出入！特此通知，本通知每十分钟重复播出一次！接下来请欣赏《音乐大放送》！

电台开始播放周杰伦的《菊花台》，虽然我对周杰伦的歌向来比较喜欢，但今天却无心欣赏，脑子里老是萦绕着方教授那句意味深长的话：“可能会产生某种影响，也可能像这株柴胡一样发生某些变异。其实是伤害还是促进都很难说。就好像人学会用双脚直立行走一样，在我们今天看来那是一种进步，但在当时看来可能只是一种倒退！”

无疑，他的话应验了，这种变异已经开始。从挖开坟墓的李莫然，到要将我置于死地的陆华，再到满城的感冒市民，他们已经开始了这种变异。抛弃了旧有的平凡与压抑，掌握了某种超常的技能，这到底是进步还是倒退？我说不清楚，但是，如果整个世界都充满了肆意涌动着的自我，每个人都被自己的情绪所左右，而将一切法律和礼俗统统踩在脚下，那我不敢想象那会是一个怎样的世界！

不等那首歌唱完，刘正就伸手关上了广播，强笑道："方教授的话只是一种猜测，也许事情没有那么糟糕。只是，我想不明白的是，如果李莫然的发病是因为那株移植到温室里的柴胡所致，那么陆华他们又是怎么被传染的呢？"

我苦笑一声道："也许这种病真的可以传染，从我们打开李莫然坟墓的那一刻就被传染上了。也许是那块石卵本身的辐射作用，也许……"我摇摇头，伸手摸了摸装在衣兜里那张沉甸甸的照片。

"是啊，有很多种可能，但是每一种可能又都显得牵强。其实这件事本来就好像一个人所做的诡异噩梦。哎！真希望一觉醒来，这些事情都没有发生过！"刘正叹息着说。

一小时后，我坐在中心医院的会议室里，听着李教授强打着精神做的发言："我们在人体试验上做了两套方案，一个是针剂注射，所用剂量已经清楚，只不过尸体是没有知觉的，在丧失了生命意识之后，自身的感知和免疫系统也都没有了，所以注射在活着的人体身上会产生什么效果无法得知。第二个方案就是用尸水浸泡，只需要经过三个小时的浸泡就能够彻底消灭脓包。从我们试验来看，效果和针剂注射差不多，而且死者皮肤没有变化，但至于是否会产生疼痛甚至对免疫系统造成毁伤，这也只有在活体身上做试验才能得知。至少目前来看，小白鼠的生命体征正常，对其免疫系统有轻微伤害，但应该是在可以忍受的范围。"

这是一个好消息，不过第二种方案实行起来有一定难度。上百万人口的S市，如果每个人要浸泡三小时，那么盛放尸水的场地是一个难以解决的问题。再者，将来尸水的排放处理更是一件棘手的事情。

林清沉吟道："李教授，你们认为哪种方案更好？"

"当然是第二种，由于不是直接注入人体，皮肤能起到一定的防护作用，但现实问题也是需要考虑的一个因素。"

"那么，尸水有没有办法处理？"任元生接口问。

李教授看了蔡峰一眼，示意他来回答。

这是蔡峰第一次出现在会场，我能看出，他也十分疲惫，脸上的胡须生得如同杂草一样，将本来英俊的脸颊衬托得很邋遢。本来我以为蔡峰会有些紧张，这种高级别的会议他应该是第一次参加，但他只是木然地答应了一声，疲惫已经让他没有多余的精力紧张了。他清了一下嗓子，说道："通过这几天我对这种病毒的观察，这是一种混合了许多病毒元素而产生的新病毒，例如小儿麻痹、麻疹、水痘等，我的猜测是这种病毒是一种新的病毒元素侵入人体之后，整合了人体本来含有的许多病毒元素变异产生的新病毒。这种整合的新病毒具有很大的破坏性，可以很快攻破人体的免疫系统，将人体体液进行转化，转化成脓液物质……"

王局长打断道："小同志，刚才任市长问的是尸水的处理办法，没有问生发原因。"

李教授冷冷地回道："不知道原因，怎么知道结果？"

蔡峰继续说："尸水能够摧毁这种新病毒，新病毒自然也能够摧毁尸水，这是相生相克的道理。我们已经得出了剂量比例，尸水通过注射克制病毒的剂量是1 ∶ 20，人体浸泡无须剂量限制。而病毒克制尸水的剂量是1 ∶ 40。只要我们将一定量的病毒注入尸水中，就能达到清洁尸水的目的。只不过我们还不知道是什么病毒整合了这些病毒。"

我听到他的话，虽然心里还是不敢确定，但还是补充道："我可能知道。"

所有人的目光又都转向了我，我拿出方天新教授所分析的三张写着数据的纸张递给蔡峰说："那种毒素应该包含在翠山上的柴胡里！"接着我将方教授跟我讲过的话复述了一遍，当然我故意将其中李莫然那一节略了过去。

蔡峰和李教授听完我的话，都点了点头。

任元生不解地问："小蔡，我有一点不明白，这些毒素怎么可能混合到一个人的身上？"

蔡峰苦笑道："疫苗接种！"

所有的人都沉默了，是的，自从人类研究出了疫苗接种的办法以来，世界各国都广泛采用，这也成为世界上预防重大传染病、地方病、疑难病的首选方法。注入少量的病毒，使人体产生对这种病毒的抗体，也就杜绝了病毒的侵入。这确实是一种防患于未然的最好办法。但是谁又能想到，这些看起来微不足道的毒素，会在另外一种新生病毒的整合下，变成一种足以改变一个人的致命疾病！当父母怀抱着新生婴儿接种疫苗的时候，谁能想到会有今天的结果？医学技术的发展到底是一种进步还是一种倒退？没人知道！

“好！”林清道，“异先生又为我们立了一个大功，这也证明了那枚怪石确实是这场疾病的罪魁祸首。龚老，你们的研究结果如何？”

龚老说道：“这枚石卵有很强的辐射性。我们对其材质进行了检测，虽然还不能确定其成分，但可以肯定的是，那确实不是地球上拥有的物质！”

“嗯！”林清微笑道，“整个事情已经水落石出了，正是这块陨石的辐射造成了新病毒的产生，而且这种新病毒具有很强的传染性，当它传染到人身体上的时候，就整合了人体原有的毒素，形成了这种脓包。我也说说市民的体检结果，截至现在，受检人数的 90% 都感染了这种病毒，我想这个比例恐怕也基本上接近了实际比例，这是我们必须面对的残酷局面。刘局长，你们公安系统要做好封锁出入本市各条交通道路的工作。”

刘正点头道：“这项工作我们已经按照市政府的要求，从今天早上就开始了。”

“好了，就到这里吧，散会，李教授请留一下。”林清摆摆手说。

等大家都出去了，只有李教授和林清、刘正留在了屋里。我虽然也有些事情要找李教授，但还是先到了门外，等他待会出来再说。我知道他们留下来的原因，应该就是为讨论商定那一个活体实验者的名额。林清自然是想说服李教授允许自己来做，而刘正之所以留下来应该是为陆华争取。

我正在想李教授到底会答应谁的请求时，突然看到走廊里摇摇晃晃地走来一个人，一边伸手扶着墙壁一边缓慢地迈着步子。看到他头上裹着的一层层纱布，不用看他的面貌，我也能知道这是谁。

他走到我身边，微微一笑，略带口吃地叫道：“异先生？”也许他已经在这短短的时间内掌握了舌头短一截时的说话方式，虽然还口吃得厉害，但已经能听清楚说什么了。

我略带歉意地问道："陆队长，你好点了吗？"

陆华苦笑一下，回道："好多了，多谢！李教授在里面吗？"

我点点头。

他迈着缓慢的步子向门口走去，又好像想起了什么，突然停了一下，没有回头，声音低低地说："我对我那天晚上的作为向你道歉，请你原谅。另外，拜托你一件事，好好照顾白枫！"说完，就推开门走了进去。

实际上我是想说其实白枫没有怪你的话，但是没等我开口，他已经消失在关起的屋门内了。

我在门口站了足有十几分钟，才看到门被推开。林清和刘正搀扶着陆华走了出来，慢慢地向走廊尽头走去。我知道，陆华成功了！

李教授走在后面，低着头，也许在为刚才陆华的表现感动。无须多想，我也知道陆华获得这个机会一定费了很大的力气。他看到我站在门口，问道："你在等我？"

我点点头，从衣兜里拿出那张相片，递到他手里，问："李教授，您认识他吗？"

李教授只看了一眼，说："当然，他曾经是我们医院的副院长，一位很有医德的好大夫！你怎么会有他的照片？"

我于是将去紫金香花卉市场的事情说了一遍，然后问："你知道他是怎么死的吗？我怀疑他的死也和这种病有关系。"

李教授的脸色变得很难看，怔怔地看着照片发了半天呆，才开口说道："这不大可能吧？他好像是因心肌梗塞去世的。当时我在外地考察，等我回来的时候，他已经下葬了。"

我叹了口气，知道这个线索断了。不过，就算能确定这位齐思农院长也是死于脓包又能怎样呢？无非是为这场悲剧再加上一个砝码而已。想到这里我也就释怀了，只好说出自己更深层次的忧虑："我是担心这位齐教授会不会曾经用翠山上的柴胡为病人治过病。如果是那样，现在医院药房里还有没有存药？这可能会遗留祸根！”

李教授的身子抖动了一下，大声否认道：“不可能！不可能！医院里的柴胡都是从外地进的，怎么可能是翠山上的？”

我见他一副想要发火的样子，心想自己这么说确实有点污蔑死者的不敬之意，下面的话也就只好咽了下去。

李教授显然很激动，迈着大步向走廊一边走去，手里紧紧地捏着那张照片。

我耸耸肩，下了楼走向门口的小饭店。是啊，已经九点多了，是吃晚饭的时间了。

第二十章

活体实验者

一

夜里十二点，我准时赶到医院检查室门口，看到那些市领导正在门口不安地逡巡着，负责登记的医生不停地用手掌拍着自己的脑袋，整整一天一刻不停地记录检查者的姓名资料，对谁来说都不是一件轻松的事情。

轮到我时，我接过他手中的笔，填写了资料。除了资料以外，后面还有一栏需要医生填写的内容，是关于有没有感染的检查结果。我所在的那一页基本都是感染人群，只有一个人名是例外，心里暗想不知道我能不能成为另一个例外。

我转过身，突然对这些未感染人群产生了兴趣，于是问负责的医生：“能不能帮我复印一份未感染人的资料？我想看一下！”

那位大夫看了我一眼，说道：“行啊，你自己到屋里去复印一下吧！”说着拿起桌子上另外几张纸递给我，向旁边一个房间指了指。

我拿着薄薄几张幸运者的名单，走进了那间办公室。

做完例行检查，我想到白枫屋里去好好看看这些幸运儿到底是一些什么人，在楼梯门口看到刘正和几位警察正在帮着陆华穿戴一身崭新的警服。我知道陆华要走进那间充满臭味的实验室里，躺在浑浊发黄并混合着尸毒的污水里，不知道结果会怎样。

我凝立原地，眼角有点湿润，不知道是该走过去安慰他几句，还是应该默默地为他送行。

陆华很高兴，显得很开心，整理了一下自己的警帽，向刘正和同事敬了个标准的军礼。他转过了身，向我所在的走廊走来——从这里可以直通那扇决定生死的大门。

他迈着军步，斗志昂扬，好像要去接受奖章一样。我知道在他心里，这个生死试验无疑是一场庄严的检阅，是一个军人、一个警察备感骄傲的事情。刘正和他的同事们立正站好，对着陆华的背影深深地敬了一个无比标准的军礼，久久没有放下！

他走过我身边，停了下来，笑道："异先生，能和你一起工作是我最大的荣幸！谢谢！"说完，他举起手，也向我敬了一个军礼，一个非常标准的军礼！

一股难以言表的感动涌上心头，我眼圈红了，但拼命忍住，不让自己的泪水流出来。我微笑着对他说："陆队长，我也是！我能认识你是我这辈子最大的荣幸，我永远不会忘记！"说完我也以我自己的方式向他致礼，深深地鞠躬表示我的敬意。

他转过身子向走廊走去，我突然想起有一句话应该告诉他，如果现在不说，以后恐怕没有机会了。于是我大声喊道："陆队长，白枫让我告诉你，她不怪你！"说完，我转身下了楼。虽然白枫没有让我捎这句话，但是我知道，如果她在场的话，说的肯定也会是这句话。

我坐在白枫病床边，仔细地翻阅着手里的这几张纸。上面有上百个名字，大致可以分成三大类：一类是小孩，小的一两岁，大的四五岁；第二类是一些外来人口，有农民工，也有小商小贩，更有一些被困在S市的商务人员；第三类就是最底层的人，这里的最底层不是指通常意义上的下层普通市民，而真是最底层的人，像那些靠乞讨为生的人。由此也可以看出这次政府力度之大，一般情况下像这种人是不会被列入检查之列的。

我呆呆地坐在床边，看着白枫熟睡的脸庞，脑子里却在想为什么是这三类毫不相干的人群成了幸运儿。他们到底具有什么样的特殊抗体，能够躲避这场近乎浪潮的大"瘟疫"？但是，我不是医生，我的智力也只是中上水平，不可能仅凭一些简单资料就找到事情的根源。我想了好长时间，终于还是颓然地趴在床边，睡着了。

我这一觉睡得很沉，直到感觉有人轻轻拍了拍我的肩膀才醒过来。我睁开惺忪的双眼，看到白枫正微笑地看着我。我故意打了个哈欠，说道："我怎么在这儿睡着了？"这时我才发现后面还站着一个人，我扭头看去，就见到刘正正俯身拾起一件外衣递给白枫，那应该是白枫半夜醒来时给我盖上的。

刘正面带喜色地说道："异先生，跟我出来一下！"

我跟着刘正走出了病房，发现天已经大亮了。

"告诉你个好消息！"刘正惊喜地说。

"什么好消息？"我一脸诧异。

"昨天晚上的检查结果出来了，你是我们当中两个没有被感染的人之一，这是第一个好消息。"

我心里一动，忙问："那另一个是谁？"

"蔡峰，蔡大夫！"

我点点头，说："这就排除了李莫然尸体传染的可能性。那么另一个好消息呢？"

"陆华实验成功了，他已经清除了身体里的毒素，虽然对免疫系统有些损害，但并不是太严重。蔡大夫说，很快就能恢复了！"

我一把抓住刘正的手，激动地问："真的？"这是我自从来到S市以后听到的最令人振奋的消息。

"早上，林书记已经下了命令，对城里护城河进行堵截，辟出两段各三里的距离实行尸水感染，男女各一边，马上进行治疗！"

我知道S市是一座古城，以前的古城外都有护城河。新城是在原来的基础上建起来的，经过几十年的发展，S市扩大了将近十倍，古时城外的护城河也就变成城里的一座景观河了。

当下我和刘正就赶赴了拦截现场，数台推土机发着轰鸣巨响将石块泥土填塞到河道里，许多人在搭帐篷，顺着河道延伸得很长。虽然昨天晚上陆华穿着一身新的警服去了实验室，但是他绝不能穿着衣服浸到尸水里，因为尸水很黏稠，穿着厚厚的衣服根本就不可能完全接触到皮肤。所以搭上帐篷一方面可以用来遮风，另一方面可以用来遮羞。

许多工人正在帐篷里安装空调。现在正是深秋季节，如果没有空调来调节气温，别说浸在水里三小时，恐怕十分钟人就会抖成筛糠。

一台大型的抽水机安放在堵好的堤坝上，一刻不停地将河里的水抽到另一边。我微感诧异，本来就要用水，为什么又都抽掉？但是略一转念就明白了。带有尸毒的水用完之后要根据一定的比例清洁掉，如果不知道水量，也就不能配制出合适的剂量。

许多市民正伸着头往这里看，由于沿岸都拉了警戒线，他们也不敢靠近。

恐怕这世界上从来没有出现过用尸水治病的事情，想到这里我又不禁感到好笑。

傍晚时候，水量的测量工作已经结束。我跟蔡峰站在温暖的帐篷里。他面对倒映着灯光的清澈河水，微微愣了一会儿，终于将手中注射器里的尸水推入了河中，那黏液如同固体一样在河水中激起几点水花，咚的一声沉了下去。河里很快就泛起一阵阵灰黄的颜色，汩汩地冒着水泡泛上来，慢慢扩大，蔓延开来。没用多长时间，我们面前十几米的水面都变成了黄色，变得黏稠，一股刺鼻的臭味弥散开来。虽然帐篷里预先放着许多香料，但是仍然压不住那股扑面而来的恶臭味。

走出帐篷，我偷偷地问蔡峰：“你是什么时候来S市的？”

蔡峰答道：“三年前，怎么了？”

我哦了一声，没有回答他，这个问题的答案我可能会作为一个秘密保守一辈子。

城里所有的广播设备都在播放同一条消息，讲述着这场疾病的真实情况，并宣布明日八点市委书记和市长将作为第一批入水治病的人。事已至此，隐瞒情况是最不明智的，因为闻着这刺鼻的臭味，看着让人作呕的尸水，流感的解释已经不可能让市民跳下河去了。

而医院里正在加紧提取柴胡中的毒液，配上各种疫苗，制成可以摧毁尸水的毒液。如果有人看到这一幕，一定会以为整个S市都疯狂了。以毒攻毒虽是下下之策，但又是唯一的办法。

在此之后大约半个月的时间里，S市所有的事情都停顿了——工厂停工，学生停课，整个城市好像一时间陷入了瘫痪。所有人（那些幸运者可以忽略不计）都只是在做一件事——洗澡，将自己浸泡在恶臭黏稠的尸水中解除病痛。

这几天我一直待在屋里没有出去，不是因为整个城市上空都飘散着尸臭味，而是我出去也帮不上忙。另外，我的心情也很不好！虽然已经将这件事查了个水落石出，但我却怎么也高兴不起来。

二十天以后，河流在毒液的溶解下，重新回归清澈，疾病的罪魁祸首绿蛋也被地质院用特制的防辐射柜子永远封存到了一个不为人知的秘密地方。市民重新回到了正常的生活轨道，上班的依然上班，乞丐依然跪在街边向人们泪流满面地述说着自己的悲惨遭遇……生活恢复了正常，事情已经结束了，但是好像还没有！

二

二十天以后，我们在中心医院的会议室里，等待着李教授的到来。这些人中既有市里的高级领导，也有中心医院的全体医护人员，当然还有我这个外人。白枫和我坐在一起，而另一边坐的是刘正。

陆华终究没能走出心里的阴影，他选择了离开。在整个事情结束之后，在全体市民恢复了健康之后，他留下一纸辞呈和给白枫的一封信，离开了S市，离开了他为之奋斗多年的警察事业。我不知道他将要去哪里，将来会怎么样，但是也许这样他心里会好受些。我们都祝福他（当然，这不是陆华最后出场，因为在异度侠以后的故事里，陆华还会跟我打交道，只是当时我并不知道），希望他能过得幸福、活得愉快！

白枫当然没有当着我的面拆看那封信，但是我可以肯定她一定是含着眼泪看的。因为第二天我再见到她的时候，她的眼睛肿得像两只红苹果。

此时的蔡峰已经升任中心医院的副院长，这绝对是破格提拔，但如果和他在这次事件中所做的贡献比起来，这实在是算不了什么。医院上下也没有人不服，我为他感到高兴！

我们等了很长时间，但是一直没有等到李教授的出现，大家开始交头接耳、心情烦躁，最终我们等到了一个令人吃惊的结果。

大约在上午九点钟，去请李教授的医生拿着一张碟片回来了，并说这是在李院长办公室桌上发现的。和它放在一起的还有一张纸条，上面写着：

给大家播放影碟，我要说的话都在上面！

宽大的荧幕垂了下来，投影仪中开始出现李教授的身影。

他坐在自己办公室的椅子上，面前放着一个火盆，里面正升腾起阵阵火苗，可以看到火盆中的燃料是一张张写满了各种字迹的白纸。

他面容憔悴、头发蓬乱、脸颊凹陷，连那双本该炯炯有神的眼睛也黯淡下来。但是他却穿着一新，笔挺的西装，周正的领带、锃亮的皮鞋，就好像要去参加一场盛大的宴会一样。

他微微笑着，声音缓缓发出，飘荡在宽大的会场中："很抱歉把大家约到这里来，但我却只能通过这张碟片向你们问好。当你们看到这张碟片的时候，我已经到了我想去的地方。不要来找我，你们也找不到！

"我从小就有一个梦想，梦想自己可以成为一个救死扶伤的医生，一个可以彻底打败病魔的卫士。 五年前，当我自认为成功解救了 S 市上百万人口的病痛时，我曾经觉得自己是那么的了不起。我为自己感到自豪。我觉得自己甚至可以改变世界，让所有人都脱离病痛的折磨。

"可是，我错了！没有人可以改变世界，更没有人可以脱离病痛。生老病死是生活的本质，没有人可以改变它！

"刚开始，对异先生的观点我是嗤之以鼻的。我不认为一个没有科学知识的人可以为别人解决什么问题，但是后来，我发现我错了，我慢慢明白，科学也许并不一定正确，很多事情并不是科学可以解释的。我现在对异先生说声对不起，你是对的。

"我对此次事件负有不可推卸的责任，当异先生给我看了那张照片的时候，我才知道原来我就是罪魁祸首，是我引发了这场灾难。我才是罪人。

“当然，我知道异先生或许早就知道了这个答案，但他可能是为了给我这个可怜的老人留一点尊严，所以他没有说出来。这是异先生的好心，但这并不能成为我为自己开脱的理由。

“是的，我是罪魁祸首。如果在五年前的那场瘟疫中我没有使用柴胡，可能事情就不会发展成这样，就不会死这么多人，也不需要上百万的市民去沾染恶臭的尸水。虽然当时我不知道使用的是翠山上的柴胡，但这也不是我应该为自己开脱的理由。

“这不是个意外，虽然从表面上看，这确实是一个意外：一块不知道来自哪里的陨石撞击了地球，落到了翠山上，市民意外地患上一种瘟疫，我意外地采用了翠山上的柴胡作为疫苗的一种药物成分……但是，我要说的是，世界上从来就没有意外，意外只是我们自己的想象而已。自从我们人类采用病毒来抗击病毒的那一刻起，祸根就已经种下，即使不在今天发生，也会在将来的某一天发生。如果说这只是一个意外的话，那么，我们人类不也是在意外中诞生的吗？

“如果我没有想去改变什么，我只是做好一个医生的本分，为患者治病，不去研究那可恶的 CD123 疫苗，也许就不会发生这种事。

“小蔡，你是个人才。你很像我年轻的时候，忘我地工作，相信自己的能力，我很欣慰能遇到你。但是，我想送给你一句话：你不要试图改变什么，不要试图让所有的人远离疾病，你只需做好一个医生的本职工作——当一个好医生，就够了。我就是前车之鉴，你不要步我的后尘，这是我最不想看到的事情。

“是的，有这个想法当然没有错，但是许多看起来很对的事情纠结在一起往往就会演变成一个难以弥补的错误，甚至远比你出于坏心而做的事情还要坏。

“不是吗？李莫然是一个植物学家，他想将良种发展壮大，这是他的工作，有错吗？齐思农作为一个医药专家，作为医院的副院长，他想用最好的药材为病人治病，想为医院节省开支，这有错吗？我想为数以百万计的市民永远解除S市潮湿环境所引起的瘟疫困扰，这好像也没有错！但就是这一个个没有错的事情最后导致了现在的巨大错误。虽然，现在我们消灭了这种变异病毒的困扰，但这就正确吗？如果有一天吸收进我们身体里的尸毒突然爆发，到那时，谁还会相信我们现在所做的是一件正确的事情？所以不要试图改变什么，做好你应该做的就是最大的贡献。

“好了，我该走了，我们以后可能再也见不着了。林书记，任市长，异先生，刘局长，以及医院的同志们，谢谢你们听我说这些话！”

说完这些，李教授对着镜头深深地鞠了一躬，画面就消失了。

会场陷入了寂静，没有人说话，突然林清大声道：“李教授去哪里了？”

我突然想到一个地方，对，他一定是去了那里。想到这里，我腾地从椅子上站起来，向门外飞奔而去。

当我赶到翠山，疾步爬到翠山光秃秃的山顶，想溜进那条窄洞时，窄洞已经从里面被堵上了，看着被烟熏的乌黑还在散发着热气的石块时，我没有疯狂地要去打开它，因为显然已经晚了。我知道李教授一定在里面，因为石头上写着“不许打扰”四个大字！我知道，如果我们打开它看到的可能只是一堆骨灰。也许，李教授安眠于此，他会觉得非常安心，我们又何必再去打扰他灵魂的安宁呢？

尾　声

后来，市政府为了纪念因为这场灾难牺牲的人，专门在翠山顶上建了一座纪念碑，李莫然和其他人的尸骨也安葬到了这里。

在立碑的当天，我向李长龙教授和李莫然教授的坟墓恭恭敬敬地鞠了三个躬，希望他们能够得到安息！

我在S市又盘桓了几天，只等参加完蔡峰和白小娟的婚礼才打算回去。但是接下来又发生了另外一件事，我的打算落空了。

（详情请关注异度侠科幻探案笔记第二部《阎浮诅咒》）